À PROPOS DE L'AUTRICE

Après avoir obtenu un diplôme en histoire et en sciences politiques à l'université, Eva Shepherd a travaillé dans le journalisme et comme rédactrice publicitaire. Sa passion pour l'Histoire et les romans qui finissent bien l'ont amenée à l'écriture de romances historiques palpitantes et pleines de rebondissements. Elle vit à Christchurch en Nouvelle-Zélande, mais passe ses journées immergée dans le monde de la fin de l'Angleterre victorienne.

L’éveil de la passion

EVA SHEPHERD

L'éveil de la passion

Traduction française de
MARINE DEPRET

Les Historiques

HARLEQUIN

Collection : LES HISTORIQUES

Titre original :
STRANDED WITH THE RECLUSIVE EARL

HARPERCOLLINS FRANCE
83-85, boulevard Vincent-Auriol, 75646 PARIS CEDEX 13
Service Lectrices — Tél. : 01 45 82 47 47 - www.harlequin.fr
ISBN 978-2-2804-8346-9 — ISSN 1159-5981

Composé et édité par HarperCollins France.
Imprimé en février 2023 par CPI Black Print (Barcelone)
en utilisant 100% d'électricité renouvelable.
Dépôt légal : mars 2023.

FSC
www.fsc.org
MIXTE
Papier issu de sources responsables
FSC® C159065

Pour limiter l'empreinte environnementale de ses livres, HarperCollins France s'engage à n'utiliser que du papier fabriqué à partir de bois provenant de forêts gérées durablement et de manière responsable.

Chapitre 1

Cornouailles, 1890

Lady Iris Springfeld était un mystère. Partout où elle se rendait, la même question bruissait derrière les gants de soie et les éventails. Pourquoi n'était-elle pas mariée ? Après tout, elle possédait toutes les qualités qu'un homme recherchait chez une épouse. Elle était ravissante, gracieuse, d'un naturel doux, généreux et aimable, et chacun savait que sa main s'accompagnait d'une dot de belle taille.

À la fin de sa première saison, bien qu'elle eût refusé plus d'une proposition, personne ne put le lui reprocher. Après tout, une fille de comte, surtout aussi séduisante, était en droit de se montrer difficile. Sans doute espérait-elle une offre plus intéressante, un meilleur parti, se convainquit-on. Au terme de sa deuxième saison, toujours sans la moindre annonce de fiançailles, d'aucuns haussèrent un sourcil ou s'interrogèrent à haute voix, mais l'on s'attendait néanmoins à ce que des bans soient bientôt publiés. Mais à présent que Lady Iris Springfeld avait atteint l'âge avancé de vingt-trois ans et s'apprêtait à conclure sa cinquième saison sans s'être fait passer la bague au doigt, elle se retrouvait au centre des conversations les plus avides parmi les nobles dames de la bonne société.

Il devait *forcément* y avoir un problème avec Lady Iris Springfeld.

Mais ce que la rumeur ignorait, c'était qu'Iris possédait un secret bien gardé, un secret qu'elle n'avait partagé qu'avec ses deux sœurs, Daisy et Hazel. En effet, contrairement à la majorité des personnes issues de l'aristocratie britannique, Iris Springfeld était déterminée à se marier par amour. Tant qu'elle ne serait pas tombée éperdument amoureuse d'un homme qui l'aimerait en retour, et sans l'ombre d'un doute, pour ce qu'elle était, pas pour sa beauté ou sa fortune, elle resterait célibataire.

Et il devenait de plus en plus évident que cet homme ne serait pas Lord Pratley. Iris frissonna et resserra les pans de sa mante autour de ses bras pour tenter de se protéger du temps inclément. Lord Pratley avait pleinement tiré parti de sa présence à la fête de Lord et Lady Walberton pour la courtiser assidûment et sans relâche, au point de la pousser à prendre une décision drastique : feindre une migraine et prévenir sa mère qu'elle préférait se retirer tôt. Iris détestait mentir à sa famille, mais quel autre choix lui restait-il ? Non, vraiment, c'était la seule option sensée en pareille circonstance. Elle n'aurait jamais pu tolérer d'entendre un énième compliment obséquieux de Lord Pratley sans jeter toutes ses leçons d'étiquette et de bonne conduite d'une jeune lady en société par la fenêtre, suivi d'un plat de petits fours dans sa figure de flagorneur.

Iris essuya une goutte de pluie qui pendait au bout de son nez. Si Lord Pratley pouvait la voir en cet instant, elle doutait fort qu'il continue à louer sa beauté, la seule chose, avec sa dot, qui paraissait l'intéresser. Ses épais cheveux blonds qu'il admirait tant n'étaient plus soigneusement relevés au sommet de sa tête en une coiffure à la mode, mais formaient une masse informe et trempée dans son dos. Il ne décrirait certainement plus ses mèches ébouriffées et ruisselantes comme de l'or fondu ou de la soie scintillante aux couleurs du soleil. Ses yeux, qu'il avait qualifiés d'aussi bleus que des centaurées et créés par Dieu pour capturer le cœur d'un honnête homme, étaient désormais à peine visibles tant elle devait plisser les paupières pour distinguer son chemin sous la pluie battante.

Quant à sa grâce et à son élégance, elles les avaient troquées contre une marche gauche et une posture voûtée. Son autrefois ravissant chapeau azur pendait sur ses oreilles comme un vieux chiffon détrempé, sa robe céruléenne était éclaboussée de boue et ses bottes remplies d'eau... Sans doute ressemblait-elle davantage à une mendiante qu'à une jeune lady raffinée, en cet instant. Elle gloussa, souhaitant soudain que Lord Pratley puisse la voir ainsi. Mais, réflexion faite, Iris était certaine qu'il aurait malgré tout réussi à faire son panégyrique, même dans l'état pitoyable où elle se trouvait.

Son ricanement se mua en grimace quand de la boue glissa par-dessus la cheville de sa botte et pénétra dans ses chaussures. Elle baissa les yeux et découvrit qu'elle se tenait en plein milieu d'une large flaque et que ses bottines de soie crème ressemblaient maintenant à des sabots de paysan. S'extrayant de cette mare collante, Iris s'efforça de ne pas songer aux dégâts. Lorsqu'elle rentrerait enfin chez elle, sa chambrière serait fort mécontente de devoir nettoyer et réparer sa toilette, désormais complètement gâchée.

Finalement, peut-être n'avait-elle pas choisi l'option la plus sensée... se lancer dans une promenade boueuse avec des vêtements conçus pour passer une soirée confortable dans un salon chauffé et des chaussures qui n'auraient jamais dû affronter la rigueur des sentiers de campagne lui paraissait à présent quelque peu inepte.

Feindre une migraine pour être autorisée à regagner sa chambre lui avait semblé une bonne idée, sur le moment. Tout comme son plan de fuir la maison pour une courte et paisible marche. Elle avait simplement espéré profiter d'un instant de répit, loin de Lord Pratley, pour admirer le coucher de soleil. Comment aurait-elle pu imaginer que le temps dans les Cornouailles changeait si vite ?

Si Iris avait été superstitieuse, elle aurait considéré cette tempête comme son châtiment pour avoir raconté un petit mensonge à sa mère. Mais un petit mensonge pouvait-il pousser Dieu à faire hurler le vent, s'abattre la pluie et transformer une soirée agréable, bien que couverte, en véritable déluge ?

Comme si Dieu avait lu dans ses pensées, l'orage redoubla d'intensité. Iris tira plus étroitement sur les pans de son chapeau trempé.

— D'accord, d'accord ! s'exclama-t-elle à l'intention du Tout-Puissant. Vous avez été très clair. Je n'aurais pas dû mentir à mère.

Mais le pire, à présent, c'était cette terrible sensation de s'être complètement perdue. Iris interrompit sa pénible marche pour examiner le paysage alentour. Tous ces champs se ressemblaient comme deux gouttes d'eau, *littéralement* sous ce rideau aqueux. Comment était-elle censée se repérer ? N'avait-elle pas déjà contourné cette grange ? À moins que toutes les granges des Cornouailles ne soient identiques ?

Il devenait chaque minute plus évident qu'elle ne parviendrait jamais à rentrer par ses propres moyens et qu'elle avait grand besoin d'aide. Si une douche torrentielle et glacée demeure préférable à une soirée au bras de Lord Pratley, le ciel s'obscurcissait de plus en plus et fuir ce servile personnage ne valait tout de même pas de passer une nuit dehors par un temps pareil.

Iris tendit le cou pour mieux observer devant elle, puis tourna la tête et fit de même derrière elle, resserrant sa mante plus étroitement encore autour de ses épaules. L'une de ces deux directions la ramènerait vers le domaine des Walberton, tandis que l'autre l'en éloignerait sans doute davantage. Le problème, c'était qu'elle n'avait pas croisé âme qui vive depuis le début de l'orage et qu'elle n'avait que peu de chances de rencontrer quelqu'un susceptible de lui indiquer le bon chemin. Apparemment, les raisonnables habitants des Cornouailles ne sortaient pas se promener en plein milieu d'une tempête… Elle devrait donc demander de l'aide à la prochaine demeure qu'elle verrait.

Se présenter dans une maison inconnue était un comportement inacceptable de la part d'une jeune lady, seule et sans invitation, mais quel autre choix lui restait-il ? À part passer la nuit dehors par ce terrible temps, ce qui n'était guère une option. L'étiquette devait bien pouvoir se montrer un peu plus flexible dans ce genre de situations, non ?

Elle jeta un dernier regard derrière elle, remonta le col de sa mante et prit une décision. Revenir en arrière n'avait aucun intérêt. Mieux valait qu'elle continue de marcher jusqu'à la prochaine maison qu'elle croiserait. Et si elle n'en trouvait pas avant qu'il fasse nuit, il ne lui resterait plus qu'à se réfugier dans l'une de ces granges.

Au moins, c'était une aventure, tâcha-t-elle de se consoler en reprenant son chemin, pataugeant sur le sentier boueux. Une aventure qu'elle était impatiente de terminer.

Franchissant un tournant, elle jeta un regard dans chaque direction, mais toujours aucune demeure.

— D'accord, lança-t-elle à qui pourrait l'entendre, Dieu y compris. J'ai été bien punie d'avoir menti.

Elle plaça une main sur son cœur :

— Je jure solennellement de ne plus jamais mentir à ma mère. Si vous me ramenez saine et sauve au manoir de Lady Walberton, ma conduite sera désormais exemplaire ! Je ne ferai plus la moindre bêtise jusqu'à la fin de la fête. Je sourirai poliment, rirai aux plaisanteries de ces messieurs, écouterai les commérages de ces dames et je partagerai même les potins que l'on me relatera. Oh ! et je ne mentirai plus jamais !

Elle attendit que la pluie cesse, que le vent tombe et qu'un signe divin lui indique la route du domaine des Walberton. Mais rien de tel ne se produisit, aussi se remit-elle à barboter le long du sentier, fustigeant sa propre bêtise en serrant les dents.

Alors qu'elle commençait à craindre que les Cornouailles soient une région inhabitée des îles britanniques, un vaste manoir apparut au loin. Levant les yeux vers ses hauts murs tout en tenant son chapeau pour empêcher les bourrasques de l'emporter, elle remercia silencieusement le Seigneur.

Tâchant d'éviter les plus grosses flaques de boue, elle se dirigea vers la maison et s'arrêta au bout de sa longue allée.

— Pitié, soyez chez vous et, pitié, soyez gentils, murmura-t-elle en observant la sévère façade en pierre.

Des remparts crénelés couraient au sommet du bâtiment, flanqués de tourelles rondes qui s'élançaient vers le ciel, fières et quelque peu intimidantes, à ses quatre coins, preuve que ce manoir avait jadis été un impressionnant château fort. Hélas, cela lui donnait un aspect extérieur plutôt menaçant, conçu à l'origine pour dissuader les intrus.

Mais ils n'étaient plus au Moyen Âge, se rappela-t-elle en remontant lentement l'allée en gravier. Ils vivaient en 1890, pas en 1490. C'était une glorieuse époque, pleine d'inventions modernes, comme le train à vapeur, l'éclairage électrique et même les voies ferrées souterraines ! Rien à voir avec l'âge sombre où les nobles se cloîtraient dans des châteaux et les défendaient avec toute la puissance à leur disposition. Elle s'arrêta de nouveau et examina le manoir avec attention. Non, ils ne vivaient plus dans une ère où les jouvencelles étaient capturées et enfermées dans des cachots humides. Elle déglutit avec difficulté, s'efforçant d'apaiser son appréhension. Ce n'était vraiment pas le moment de laisser son imagination partir à la dérive. Elle n'allait tout de même pas avoir peur d'une simple bâtisse ! Par une journée ensoleillée, sans doute paraissait-elle bien plus accueillante et élégante. C'était certainement la tempête qui lui donnait cet aspect effrayant qui lui rappelait les descriptions des châteaux hantés des romans gothiques qu'elle aimait tant lire.

De toute façon, elle n'avait guère le choix. Elle ne pouvait pas continuer à battre la campagne par ce temps en attendant de tomber sur un charmant cottage couvert de roses avec un mignon petit paillasson sur le seuil. Non, cet intimidant manoir devrait faire l'affaire.

Elle approcha de l'entrée et examina les fenêtres à la recherche de lumière, en vain. Cela signifiait-il que personne n'était en résidence ? Seigneur ! Elle espérait se tromper. L'orage avait redoublé de puissance et le vent menaçait de l'emporter. Rien ne semblait suggérer une amélioration des conditions météorologiques, bien au contraire, et Iris ne tenait pas du tout à poursuivre son errance sans but à travers les champs fouettés par les éléments.

Au moins, l'entrée était abritée. Enfin, elle put se mettre à l'abri de la pluie. Elle ôta son chapeau devenu inutile et l'essora comme elle put. Ce couvre-chef était le summum du chic, avec ses plumes d'autruche, sa dentelle et ses rubans, mais il s'était avéré incapable de la protéger du temps. Il avait à présent une allure triste et pathétique. Iris frotta sa robe dans l'espoir de se débarrasser d'une partie de la boue et fit de son mieux pour recoiffer ses cheveux trempés.

Si sa mère l'avait vue en cet instant, elle aurait été parfaitement horrifiée. Non seulement sa fille s'apprêtait à commettre le crime impardonnable de frapper à la porte d'un étranger sans chaperon, mais elle allait le faire en ressemblant à un épouvantail tiré d'une rivière. Fuir la fête avait été une terrible erreur, elle s'en rendait compte, à présent. Une erreur qu'elle ne reproduirait jamais, se rappela-t-elle. Iris leva les yeux vers le ciel, dans l'espoir que Dieu écoute ses pensées chargées de remords et fasse miséricorde à cette pauvre créature trempée jusqu'aux os, en s'assurant que les habitants de la maison lui offriraient un accueil chaleureux. Elle saisit le lourd heurtoir en bronze dans la gueule d'un lion à la mine austère et l'abattit puissamment sur la solide porte en bois noir, priant pour être entendue malgré le vacarme de la tempête.

Puis elle patienta. Et patienta encore.

Pitié, pitié, faites qu'il y ait quelqu'un.

Elle frappa à nouveau, plus fort, ses coups désespérés. Allait-elle vraiment devoir passer la nuit recroquevillée sur le perron comme une mendiante ?

Le grattement métallique de plusieurs verrous résonna

soudain. Suivi par le bruit caractéristique de plusieurs clés tournées dans leurs serrures. Iris fut tentée de fuir ce son de mauvais augure, mais elle se retint et couvrit sa bouche de sa main pour étouffer un gloussement. À quoi donc s'attendait-elle ? À ce que le monstre de Frankenstein se soit installé dans les Cornouailles et lui saute dessus ? À moins qu'un fantôme de serrurier surgisse devant elle ?

Il fallait vraiment qu'elle lise moins de romans gothiques.

La porte s'ouvrit sur un majordome élégant, à la tenue raffinée, qui jeta un œil méfiant par l'entrebâillement du vantail, la mèche allumée d'une bougie vacillant près de son visage.

— Bonsoir, lança-t-elle de sa voix la plus amicale, comme si se présenter de nuit sur le seuil d'une demeure, sans invitation, au plein cœur d'une tempête, avec l'apparence d'un rat sorti du caniveau, était une conduite parfaitement normale pour une jeune lady. Pourriez-vous s'il vous plaît informer votre maîtresse que Lady Iris Springfeld lui demande audience ?

Le domestique la dévisagea d'un air bien plus sidéré que menaçant.

— Je crains de m'être perdue, reprit-elle en espérant attiser sa pitié, et comme vous pouvez le constater, l'orage m'a surprise. Pourriez-vous s'il vous plaît prévenir la dame de ces lieux que j'ai besoin d'assistance ?

Le majordome s'écarta aussitôt pour la laisser entrer.

— Il n'y a pas de maîtresse dans cette demeure, mais je vais prévenir le maître de votre situation. Je vous en prie, suivez-moi.

Iris s'empressa de le rejoindre à l'intérieur et se retrouva dans un vestibule plongé dans l'obscurité, à la maigre exception de quelques chandelles suspendues aux murs.

Elle commençait à avoir l'impression d'être remontée dans le temps. À moins que le maître des lieux soit simplement trop économe pour gâcher de l'argent dans un éclairage digne de ce nom ?

— Je vous prie de bien vouloir patienter ici, s'excusa le majordome avant de disparaître par une porte.

Iris replaça son chapeau trempé sur sa tête et s'efforça d'arranger sa tenue avant de remarquer que ses bottes pleines de boue avaient taché le tapis oriental. Elle bondit aussitôt en arrière pour s'en écarter et marcher sur les dalles en pierre. Quand enfin sa vision se fut adaptée à la pénombre, elle put distinguer le reste du vestibule. Cette partie de la maison semblait moderne, avec un large dôme en verre qui laissait certainement entrer la lumière en journée, d'élégants piliers de marbre et un vaste escalier impérial au bout du hall. Elle leva les yeux vers les murs, couverts de portraits qui paraissaient la dévisager d'un air hostile.

— Monsieur le comte va vous recevoir.

Iris poussa un petit cri de surprise. Dieu merci, c'était la voix du majordome et non celle d'un des portraits ayant brusquement pris vie. Pour masquer son embarras, elle gloussa nerveusement.

— Si vous voulez bien me suivre jusqu'au salon, la pria-t-il en ignorant poliment son étrange comportement.

— Merci, répondit-elle avec soulagement en faisant mine que rien de gênant ne venait de se produire.

La porte du salon grinça bruyamment lorsque le domestique l'ouvrit. Cette maison avait-elle donc décidé de faire tout son possible pour ressembler aux manoirs hantés de ses lectures ? Le maître était-il en réalité un cruel farfadet ou une créature dépravée des Enfers ? En cet instant, elle était si désespérée de trouver un refuge qu'elle était prête à tenter sa chance avec un farfadet, tant qu'il lui permettait de s'abriter de la pluie.

Iris pénétra dans la pièce et le maître des lieux se leva, le lévrier irlandais couché à ses pieds redressant la tête pour mieux observer la nouvelle venue.

Doux Jésus ! Finalement, non. Cette maison n'appartenait pas du tout à un farfadet. À moins que les farfadets ne fassent plus de six pieds de haut et arborent de larges épaules, de longues jambes et des costumes gris taillés sur mesure.

— Bonsoir, lança-t-elle de sa voix la plus chatoyante en esquissant ce qu'elle espérait être une élégante révérence malgré ses vêtements mouillés. Je suis Lady Iris Springfeld. Je crains d'avoir été surprise par la tempête et affreusement trempée par cette marche forcée sous la pluie.

Sans se départir de son sourire, elle désigna d'un signe de tête attristé son jupon dégoulinant.

Puis elle attendit que l'inconnu lui offre des paroles de réconfort. Mais rien ne vint.

— J'ai peur de m'être également tachée de boue.

Elle baissa les yeux vers l'ourlet de sa robe avant de lui adresser un nouveau regard d'excuse.

— J'en suis terriblement navrée.

— Approchez donc du feu, répondit l'homme.

Il s'était exprimé d'un ton qu'elle aurait difficilement pu qualifier d'amical, mais au moins sa voix n'avait-elle rien de diabolique ou de dépravé. Bien sûr, Iris n'était pas certaine de savoir à quoi pouvait bien ressemblait la voix d'une créature diabolique ou dépravée, mais sans doute pas à cette note grave et masculine, si agréable à écouter.

— Merci.

Elle fit quelques pas vers l'âtre, unique source de lumière de la pièce, et savoura sa chaleur tout en s'efforçant d'ignorer la vapeur qui avait commencé à s'échapper de ses vêtements. Iris jeta un œil autour d'elle, détaillant du regard ce vaste salon chichement meublé. De toute évidence, le maître des lieux ne devait pas recevoir souvent. Ses manières peu engageantes et la façon dont les sièges avaient été poussés contre les murs en étaient la preuve. Il ne restait qu'un fauteuil de cuir placé devant la cheminée.

— C'est bien mieux ainsi, admit-elle. Quel bonheur de se trouver auprès un bon feu au lieu de vagabonder dehors par ce temps !

Elle se tourna vers lui avec un sourire. Il s'était légèrement détourné d'elle, mais dans la lumière tamisée et vacillante des flammes, l'homme lui paraissait bien plus séduisant qu'un farfadet. Elle baissa les yeux sur sa veste. Un pli de son col était rentré. Sans doute l'avait-il enfilé en toute hâte avant qu'elle ne pénètre dans la pièce et Iris fut presque tentée de l'arranger pour lui. Au lieu de cela, elle lui sourit plus largement, dans l'espoir qu'il en fasse autant et lui montre qu'elle était la bienvenue.

— À qui ai-je l'immense plaisir de m'adresser ? demanda-t-elle au bout d'un moment, lorsqu'il devint évident que l'homme n'était guère enclin à faire les présentations.

— Theo Crighton, comte de Greystone.

Elle s'inclina une nouvelle fois et attendit qu'il dise quelque chose, n'importe quoi. Essayait-il délibérément de la mettre mal à l'aise ? Si telle était son intention, il s'en sortait à merveille.

— Peut-être notre invitée apprécierait-elle de changer de vêtements, monsieur ? intervint Charles. Elle est trempée jusqu'aux os.

Iris se retint de hausser les sourcils. C'était une évidence, le comte l'avait forcément remarqué. Mais elle demeura silencieuse et se contenta d'adresser un signe de tête reconnaissant au majordome. Au moins le domestique était-il poli, contrairement à son maître.

— Oui, occupez-vous de cela, Charles, répondit le taciturne Lord Greystone. Et pourriez-vous s'il vous plaît installer un fauteuil pour notre invitée ?

— C'est très aimable à vous de m'avoir invitée à entrer, le remercia Iris en s'efforçant de conserver un ton léger et amical tandis que le majordome traînait un fauteuil identique à celui du comte à travers la pièce.

En vérité, le maître des lieux n'avait guère eu le choix : l'étiquette exigeait qu'il fasse au moins semblant d'être content de pouvoir l'aider. Iris n'était guère habituée à être traitée ainsi. Si elle avait débarqué à l'improviste chez Lord Pratley, une jeune lady en détresse cherchant un refuge pour échapper à une tempête, l'homme aurait remué ciel et terre pour la mettre à son aise et il aurait feint qu'Iris lui accordait un immense honneur en l'autorisant à lui porter assistance.

Le majordome agença les deux sièges côte à côte, près du feu.

— J'ai déplacé votre fauteuil de deux pieds sur la droite, monsieur.

— Merci, Charles. Pourriez-vous également apporter du thé pour Lady Iris et quelque chose à manger ?

Il se tourna Charles pour lui adresser un signe de la tête, exposant le côté de son visage qui était jusque-là demeuré dans l'ombre à la lueur vacillante de l'âtre.

La main d'Iris bondit jusqu'à sa bouche et la jeune femme se sentit brusquement honteuse d'avoir eu des pensées si peu charitables pour lui. Tout devenait limpide. La pénombre, les meubles poussés contre les murs et même, osa-t-elle songer, son comportement envers elle, si différent de celui des autres hommes. Le comte était aveugle. Une terrible cicatrice couvrait son front et l'un de ses yeux et le deuxième paraissait sans vie, suggérant que lui aussi y voyait peu ou pas du tout.

Iris fut tentée de lui présenter ses excuses, mais elle était incapable d'en donner la raison. Sans doute voulait-elle lui demander pardon d'avoir critiqué intérieurement l'atmosphère maussade de sa demeure mal éclairée, ou d'avoir envahi son intimité contre son gré, ou pour ce qui avait endommagé son si beau visage.

Car son visage avait un charme fou. Ses cheveux noirs encadraient des pommettes finement ciselées et une mâchoire puissante tapissée d'une barbe naissante. Happée par sa contemplation, Iris ressentit une étrange tentation, celle de glisser son index au creux de la petite fossette au milieu de son menton.

Iris sursauta en réalisant qu'elle couvrait toujours sa bouche de sa paume et, comme prise en faute, elle détourna rapidement la tête, surprise par sa propre audace, même en pensées.

Le majordome s'inclina et quitta la pièce. Iris se laissa choir dans le confortable siège et s'efforça de chasser de son esprit toute image de fossette au menton et de pommettes ciselées.

— Vous ne souhaitez pas vous asseoir ? lui demanda-t-elle en indiquant l'autre fauteuil avant de baisser la main en prenant conscience qu'il ne pouvait de toute façon pas la voir.

Le compte tendit le bras derrière lui pour toucher l'accoudoir de sa chaise, puis il s'installa et reprit son verre.

— Désirez-vous un peu de brandy ou préférez-vous attendre votre thé ?

— Un fond de brandy serait agréable, répondit-elle avec un sourire poli. Pour me réchauffer un peu, ajouta-t-elle.

Pas du tout pour calmer mes nerfs.

Son grognement bourru laissait entendre qu'il n'en croyait pas un mot, mais il traversa la pièce, saisit une coupe sur le buffet ainsi que la carafe à décanter en cristal taillé, puis lui servit l'alcool d'une poigne assurée. Lorsque les doigts d'Iris effleurèrent les siens, une étrange sensation bondit dans ses phalanges et remonta le long de son bras jusqu'à sa poitrine, où son cœur eut un drôle de sursaut.

Bizarre. Toucher la main d'un homme n'avait jamais eu pareil effet sur elle auparavant. Sans doute avait-elle les nerfs en pelote après cette déconcertante journée. Iris avala un peu de sa boisson et toussa lorsque l'alcool boisé taquina le fond de sa gorge, puis glissa jusqu'à son estomac en traçant un sillon de feu.

Oh ! Seigneur, Iris, ressaisis-toi ! Tu as touché la main d'un homme accidentellement. Il n'y a aucune raison d'être aussi perturbée.

Elle ferma les yeux et inspira profondément pour recouvrer son calme. Puis, après une autre gorgée, elle sourit à son hôte :

— Je suis heureuse et soulagée d'être tombée sur votre maison, déclara-t-elle d'un ton toujours léger et amical. Sans quoi, je serais probablement encore en train d'errer dans cette tempête. Hélas, je n'ai croisé personne dehors, je n'ai donc pas pu demander que l'on m'indique comment regagner la demeure de Lord et Lady Walberton.

Il ne répondit rien, se contentant de siroter son brandy tout en caressant la tête de son chien. L'animal grogna de plaisir et leva ses yeux couleur chocolat fondu vers Iris avant de se rendormir.

— C'est là-bas que je séjourne. Au domaine des Walberton, continua la jeune femme. Pour une fête. Ma mère aussi. Nous y résidons toutes les deux. Pour la semaine. Mais j'ai décidé de sortir me promener. C'était idiot, en vérité.

L'homme ne disait toujours rien.

— Je ne pensais pas qu'une tempête se lèverait si vite, poursuivit-elle en s'efforçant de meubler le silence. Un instant, le temps était dégagé… Enfin, pas tout à fait dégagé. Il était nuageux et plus sombre à l'horizon, mais tout de même, je ne m'attendais pas à ce que le ciel s'ouvre et déverse pareil torrent sur la campagne. Quant au vent, Seigneur, il peut être particulièrement violent, dans cette région, non ?

Ses bavardages devaient la faire passer pour une véritable cruche, mais quel autre choix lui offrait-il ? Il fallait bien remplir cet inconfortable silence, puisque le comte ne l'y aidait guère. Iris n'était pas habituée à demeurer assise en compagnie de quelqu'un sans discuter. Chez elle, les pièces résonnaient constamment du verbiage de sa mère, de son frère Nathaniel, de sa sœur Daisy et de son aînée Hazel, qui bien que mariée leur rendait fréquemment visite. Et lors de ses sorties parmi la bonne société, ses pairs lui faisaient toujours la conversation, en particulier les hommes. Mais ce Lord Greystone paraissait aussi avare en paroles qu'en chandelles.

— Non vraiment, reprit-elle après lui avoir offert un délai suffisant pour répondre, en vain. Qui aurait pu s'attendre à ce que le temps change si vite ?

— N'importe quelle personne un tant soit peu habituée à la météo britannique, m'est avis.

Iris rit, même si le visage fermé du comte suggérait qu'il s'agissait là d'une critique et non d'une taquinerie.

Un silence gênant tomba une nouvelle fois sur le salon, seulement brisé par le retour du majordome portant une pile de vêtements. Iris lui adressa un large sourire, soulagée par son intervention.

Charles baissa les yeux vers les habits qu'il tenait et rougit légèrement, ce qui était inhabituel, car les domestiques savaient en général conserver une expression impassible en toutes circonstances.

— Je crains que toutes nos chambrières ne soient plus petites que vous, milady, leurs mises seraient donc trop impudiques si vous deviez les endosser. J'espère que ceci vous conviendra.

Il s'empourpra davantage.

Iris saisit les vêtements qu'il lui tendait.

— Je suis certaine qu'ils iront parfaitement, répondit-elle en s'efforçant de rassurer le majordome mal à l'aise.

Puis elle baissa les yeux pour examiner le linge et fronça les sourcils. Charles lui avait rapporté une tenue d'homme.

— Encore toutes mes excuses, milady, ajouta-t-il avec précipitation. Nous avons l'habitude de nous retirer tôt, à Greystone, et les autres domestiques dorment déjà, mais je vais faire descendre une chambrière pour vous aider à vous changer.

— Oh ! non ! l'interrompit Iris. Je vous ai suffisamment importunés. Je ne tiens pas à perturber davantage la maisonnée.

Elle se tourna vers le comte dans l'espoir qu'il la contredirait, qu'il l'assurerait chaleureusement qu'elle ne dérangeait absolument pas et que sa présence était la bienvenue.

Mais une fois de plus, il demeura muet et Iris reprit :

— Merci beaucoup pour ces vêtements. Je suis certaine que je parviendrai à m'en sortir seule.

Iris savait que les bonnes et les femmes de chambre s'étaient sûrement levées très tôt ce matin-là et qu'il leur faudrait recommencer le lendemain. Elle était sincère en affirmant ne pas souhaiter les réveiller. Et puis, s'habiller comme un homme ne pouvait pas être bien difficile, si ? Iris l'ignorait, mais elle le découvrirait bientôt.

— Entendu, milady, conclut le majordome en s'inclinant. Lorsque vous vous serez changée, nous ferons laver et sécher vos vêtements.

— C'est très aimable.

Elle sourit au domestique et fut heureuse lorsqu'il l'imita. Au moins, quelqu'un dans cette demeure se montrait amical !

Charles quitta la pièce et le comte se leva de sa chaise.

— Je vais vous offrir un peu d'intimité pour vous permettre de vous changer près du feu, là où il fait chaud, déclara-t-il, ce qui était sans doute la plus longue phrase qu'il ait prononcée depuis l'arrivée d'Iris.

— Merci. J'espère que vous vous joindrez à moi pour le thé. Je serais peinée de vous chasser de votre propre salon.

Et de ce qui était probablement l'unique pièce éclairée dans cette sombre et triste demeure, songea-t-elle. En guise de réponse, il se contenta de s'incliner et de sortir, son chien trottant sur ses talons.

Tandis qu'elle ôtait sa robe et ses sous-vêtements détrempés, Iris s'efforça de voir le bon côté des choses. Elle n'était plus dehors en pleine tempête. Elle était assise près d'un beau feu. Elle disposait à présent d'habits propres et secs et le maître des lieux n'était ni un affreux farfadet ni une créature diabolique venue des Enfers. Elle sourit en détachant son corset. Mais finalement, peut-être aurait-il mieux valu qu'elle tombe sur un farfadet. Il se serait sans doute montré meilleur causeur que le ténébreux comte de Greystone.

Chapitre 2

Ses vêtements trempés et boueux abandonnés au sol, Iris fouilla la pièce des yeux à la recherche d'un miroir, curieuse de découvrir à quoi elle ressemblait dans cette tenue masculine et soucieuse de remettre un peu d'ordre dans sa coiffure.

Mais elle ne trouva aucune glace suspendue aux murs et pas de trumeau au-dessus de la cheminée… ce qui n'avait rien d'étonnant. Quel usage un homme aveugle pourrait-il avoir d'un miroir ? Il lui faudrait s'arranger de cette situation. Saisissant la brosse que Charles lui avait si gentiment rapportée, Iris s'efforça de mater la masse de nœuds mouillés qui pendait de son crâne et de dégager son visage. Mais c'était peine perdue. Refaire sa coiffure exigerait les talents de sa femme de chambre. Chacune des tentatives d'Iris voyait ses cheveux retomber dans son dos tel un chiffon détrempé. Au bout d'un moment, elle concéda la défaite et tira les longues mèches blondes sur son épaule en une natte désordonnée.

Iris baissa les yeux pour observer son étrange tenue. Elle devait forcément avoir l'air parfaitement ridicule dans la chemise et le pantalon d'un homme, mais elle aurait beaucoup aimé savoir à quel point. Sans doute en aurait-elle ri, mais sans miroir, impossible. Elle se tordit de droite et de gauche dans l'espoir de contempler son dos, mais c'était aussi futile que de chercher à coiffer ses cheveux.

Elle était sûre que la vue arrière était encore moins flatteuse. Il était tout bonnement irréaliste d'espérer paraître à son avantage dans un pantalon si long qu'elle avait dû remonter l'ourlet à plusieurs reprises et si lâche qu'elle avait serré la ceinture jusqu'au dernier cran, sans oublier la chemise blanche à l'intérieur de laquelle elle nageait, qui lui tombait à mi-cuisses et dont elle avait retroussé les manches de multiples fois avant de retrouver ses mains.

Iris haussa les épaules. Elle n'était peut-être plus à la mode, mais au moins elle était au sec et à l'aise. Et puis personne ne la surprendrait dans cette outrageuse tenue. Et même si le comte avait pu la voir, elle était certaine qu'il se moquerait royalement de son apparence et ne prendrait pas la peine de commenter. Pour cela, il aurait fallu qu'il lui parle, une activité à laquelle il semblait rechigner au plus haut point.

Iris fit retentir la petite cloche en argent à côté du fauteuil de Lord Greystone pour lui signaler qu'elle était à présent respectablement vêtue et qu'il pouvait regagner son salon. Enfin, c'était peut-être légèrement exagéré. Si ses habits pouvaient être considérés comme respectables pour une pantomime, ils ne l'étaient certes pas pour une jeune lady de bonne famille.

Iris lissa de la main le lin blanc et s'interrogea soudain sur la provenance du linge. La coupe et la qualité du vêtement en faisaient l'apanage d'un gentilhomme, il appartenait donc sans doute au comte. Iris avait endossé sa chemise. Elle n'était pas certaine de savoir qu'en penser.

Jetant un regard vers le couloir, elle tendit l'oreille pour s'assurer que personne n'approchait, puis elle porta le détachant son corset. Mais finalement, peut-être aurait-il mieux valu qu'elle tombe sur un farfadet. Il se serait sans doute montré meilleur causeur que le ténébreux comte de Greystone.

Chapitre 2

Ses vêtements trempés et boueux abandonnés au sol, Iris fouilla la pièce des yeux à la recherche d'un miroir, curieuse de découvrir à quoi elle ressemblait dans cette tenue masculine et soucieuse de remettre un peu d'ordre dans sa coiffure.

Mais elle ne trouva aucune glace suspendue aux murs et pas de trumeau au-dessus de la cheminée… ce qui n'avait rien d'étonnant. Quel usage un homme aveugle pourrait-il avoir d'un miroir ? Il lui faudrait s'arranger de cette situation. Saisissant la brosse que Charles lui avait si gentiment rapportée, Iris s'efforça de mater la masse de nœuds mouillés qui pendait de son crâne et de dégager son visage. Mais c'était peine perdue. Refaire sa coiffure exigerait les talents de sa femme de chambre. Chacune des tentatives d'Iris voyait ses cheveux retomber dans son dos tel un chiffon détrempé. Au bout d'un moment, elle concéda la défaite et tira les longues mèches blondes sur son épaule en une natte désordonnée.

Iris baissa les yeux pour observer son étrange tenue. Elle devait forcément avoir l'air parfaitement ridicule dans la chemise et le pantalon d'un homme, mais elle aurait beaucoup aimé savoir à quel point. Sans doute en aurait-elle ri, mais sans miroir, impossible. Elle se tordit de droite et de gauche dans l'espoir de contempler son dos, mais c'était aussi futile que de chercher à coiffer ses cheveux.

Elle était sûre que la vue arrière était encore moins flatteuse. Il était tout bonnement irréaliste d'espérer paraître à son avantage dans un pantalon si long qu'elle avait dû remonter l'ourlet à plusieurs reprises et si lâche qu'elle avait serré la ceinture jusqu'au dernier cran, sans oublier la chemise blanche à l'intérieur de laquelle elle nageait, qui lui tombait à mi-cuisses et dont elle avait retroussé les manches de multiples fois avant de retrouver ses mains.

Iris haussa les épaules. Elle n'était peut-être plus à la mode, mais au moins elle était au sec et à l'aise. Et puis personne ne la surprendrait dans cette outrageuse tenue. Et même si le comte avait pu la voir, elle était certaine qu'il se moquerait royalement de son apparence et ne prendrait pas la peine de commenter. Pour cela, il aurait fallu qu'il lui parle, une activité à laquelle il semblait rechigner au plus haut point.

Iris fit retentir la petite cloche en argent à côté du fauteuil de Lord Greystone pour lui signaler qu'elle était à présent respectablement vêtue et qu'il pouvait regagner son salon. Enfin, c'était peut-être légèrement exagéré. Si ses habits pouvaient être considérés comme respectables pour une pantomime, ils ne l'étaient certes pas pour une jeune lady de bonne famille.

Iris lissa de la main le lin blanc et s'interrogea soudain sur la provenance du linge. La coupe et la qualité du vêtement en faisaient l'apanage d'un gentilhomme, il appartenait donc sans doute au comte. Iris avait endossé sa chemise. Elle n'était pas certaine de savoir qu'en penser.

Jetant un regard vers le couloir, elle tendit l'oreille pour s'assurer que personne n'approchait, puis elle porta le tissu jusqu'à son nez et renifla timidement. Sans quitter la porte des yeux, de crainte que quelqu'un fasse irruption et la surprenne en train de se livrer à un comportement parfaitement inapproprié, elle inspira à nouveau, lentement et profondément. La chemise, bien que fraîchement lavée, recélait encore un léger parfum masculin, délicieusement musqué et rehaussé d'une pointe citronnée, sans doute l'arôme de son savon. Elle ferma brièvement les yeux et inhala une nouvelle fois cette entêtante fragrance qui provoquait en elle la même sensation que lorsqu'elle avait effleuré sa main, une vague chaude et trépidante qui se répercuta à travers tout son corps. Piquante, perturbante, mais plutôt plaisante. Voire très plaisante.

La porte s'ouvrit. Iris lâcha aussitôt le tissu et se laissa choir dans le fauteuil, les joues en feu. Le comte entra, le lévrier dans son sillage. Il se rassit dans sa chaise et le chien se roula en boule à ses pieds avec un petit grognement satisfait pour dormir.

— J'ai une drôle d'apparence, j'en conviens, rit-elle en levant les mains pour désigner le pantalon et la chemise.

Ses joues la brûlèrent davantage. Quelle idiote elle faisait ! Il ne pouvait pas la voir.

Lord Greystone se contenta d'acquiescer.

— Mais je vous suis très reconnaissante de m'avoir fourni des vêtements propres et secs. Je me sens bien mieux, à présent, reprit Iris pour masquer son embarras.

Au lieu de répondre, l'homme avala une gorgée de brandy et gratta la tête du chien.

Iris attendit qu'il dise quelque chose. N'importe quoi. Mais il continua de caresser l'animal, muet comme une tombe. Elle toussota pour lui rappeler sa présence, au cas où il aurait oublié qu'il n'était pas seul. Mais le comte ne disait toujours rien.

Elle tapota doucement le bras du fauteuil du bout des doigts et étudia la pièce du regard en s'efforçant de trouver un sujet de conversation qui pourrait encourager cet individu peu sociable à lui adresser la parole.

La porte s'ouvrit et le majordome entra. Iris se retourna et offrit un sourire rayonnant à Charles, heureuse qu'il vienne interrompre cet interminable silence.

Le domestique ramassa sa pile de vêtements sales.

— Merci beaucoup, Charles, dit-elle, même si elle empiétait sur le rôle du comte en remerciant son personnel. Je suis réellement navrée pour l'état de ma tenue. La tempête m'a surprise et les sentiers sont devenus si boueux si vite…

Charles se contenta de hocher la tête. Lui, au moins, avait une bonne excuse pour ne pas lui faire la conversation : c'était un serviteur.

— Nous ferons notre possible pour nettoyer votre toilette et vous la rapporter rapidement, milady, promit-il en s'inclinant.

Lorsqu'il repartit, Iris aperçut l'un de ses bas de soie tachés de boue qui traînait derrière le domestique et elle sentit ses joues s'embraser à nouveau. Elle se tourna vers Lord Greystone, priant pour qu'il n'ait rien remarqué, puis elle se rappela qu'il ne pouvait l'avoir vu. Peu importait donc qu'un vêtement si intime ait été exposé devant lui, mais cela n'empêcha guère Iris d'être terriblement gênée.

Si sa mère apprenait qu'elle avait permis qu'un de ses dessous soit publiquement exhibé, elle en serait scandalisée. Mais elle serait plus horrifiée encore de découvrir Iris habillée comme un gentilhomme s'asseoir devant une cheminée avec un individu qui ne lui avait pas été officiellement présenté.

Fort heureusement, sa mère n'était pas là et elle n'en

saurait jamais rien. Nul n'en saurait jamais rien. Iris sourit intérieurement. Elle était accoutrée comme un homme. Personne ne pouvait la voir et personne ne se souciait d'elle, surtout pas le comte. Franchement, il aurait été idiot de ne pas profiter de cette occasion pour savourer une telle nouveauté. Elle explora à nouveau le salon du regard, comme pour se prouver que tout ceci était vrai ; que personne ne saurait jamais qu'elle avait passé une soirée dans la peau d'un homme. Avec un large sourire, elle abandonna la seule posture assise accordée aux jeunes filles de bonne famille, à savoir droite comme un cierge au bord du siège, et s'avachit confortablement contre le dossier du fauteuil.

Ce genre de pose détendue était absolument impossible à réaliser lorsque l'on portait un corset, car le vêtement exigeait que votre corps reste bien raide. Enchantée de cette liberté inédite, elle ôta ses mains nettement et convenablement jointes de ses genoux et les plaqua sur chaque accoudoir avant de croiser une jambe par-dessus l'autre, cheville sur la cuisse, comme elle avait vu de nombreux hommes le faire.

Oh ! Quel délice ! C'était si confortable, si audacieux qu'elle en ressentait presque un certain pouvoir. Souriant jusqu'aux oreilles, elle bascula la tête en arrière et fit mine de pétuner avec un énorme cigare et de souffler des cercles de fumée vers le plafond.

Iris était sûre qu'elle n'aurait aucun mal à s'habituer à ce genre de tenue, mais elle n'oserait jamais en porter en public. La porte s'ouvrit et Iris se redressa brusquement, reprenant sa posture élégante de jeune femme, raide comme un piquet sur le bord de son fauteuil avec les mains jointes sur ses genoux.

Charles entra dans la pièce et déposa un plateau de thé

et de sandwichs sur la table basse. Le cœur battant de honte, Iris le remercia d'un signe de tête et ne fit aucun commentaire lorsqu'il ressortit.

Elle se conduisait comme une petite fille dissipée ! Une jouvencelle de bonne famille ne devait jamais se comporter ainsi, même si personne ne pouvait la voir. Et même s'il ne s'agissait que de menus plaisirs enfantins, Iris se dit que plus tôt elle récupérerait ses habits, plus vite elle pourrait repartir et cesser ses bêtises.

— J'espère que Charles parviendra à sécher rapidement ma toilette, dit-elle sur le ton de la conversation. Je vous suis profondément reconnaissante pour cette tenue de rechange, mais il me faudra revêtir ma robe avant de rentrer chez moi. Si ma mère me voyait ainsi apprêtée, elle en serait mortifiée.

— Vous ne rentrerez pas chez vous ce soir, répliqua le comte sans se détourner du feu.

Iris le dévisagea, les yeux écarquillés. Que diable avait-il dit ? Allait-il la forcer à demeurer ici cette nuit ? Était-il finalement sur le point de se changer en créature dépravée, comme elle l'avait craint ? Devrait-elle s'en inquiéter ? Courir jusqu'à la porte la plus proche ? Un homme dont elle ne savait rien avait menacé de la piéger chez lui, pourtant l'étrange sensation qui palpitait en elle ne ressemblait pas à de la peur. Elle ignorait de quoi il s'agissait, mais elle était presque certaine de ne pas être effrayée.

— La tempête ne se calmera pas avant l'aube, reprit le comte. Je ne risquerai pas la vie de mon cocher en l'envoyant conduire par ce temps.

— Oh ! je vois.

Elle rit pour masquer son embarras. Avait-elle réellement imaginé le pire ? Que cet homme allait la garder prisonnière dans son château afin d'user d'elle pour assouvir ses plaisirs licencieux ? Iris se tortilla légèrement sur son fauteuil et recroquevilla ses orteils sur le tapis de laine. Elle avait décidément lu beaucoup trop de romans gothiques. La garder prisonnière ! Ridicule.

— Et je ne voudrais pas risquer la vie de qui que ce soit, répondit-elle immédiatement, craignant que son ton trahisse son trouble.

Il grogna son approbation :

— Espérons seulement que votre famille soit aussi sensée et n'envoie pas imprudemment des gens à votre recherche par ce temps.

Iris secoua la tête :

— Ils ne le feront pas. Ils ignorent que j'ai disparu.

Elle porta aussitôt sa main à sa bouche, comme pour retirer ses paroles. Pourquoi lui avait-elle donné cette information ? Il venait de lui annoncer qu'elle ne repartirait pas avant le lendemain matin. Avait-il réellement besoin de savoir que personne ne se mettrait à sa recherche ?

— Enfin, je suppose qu'ils finiront par s'en rendre compte, ajouta-t-elle à la hâte.

Pourquoi ne cessait-elle d'imaginer le comte l'emprisonner dans son château ? L'enfermer dans une tour ? Depuis son arrivée, il lui avait surtout donné l'impression de tolérer sa présence par pure obligation. S'il n'y avait pas eu cette tempête, sans doute l'aurait-il jetée hors de chez lui à la première occasion.

— Je n'en doute pas, rétorqua-t-il d'une voix profondément ennuyée avant de s'étirer sur son fauteuil, attirant l'attention d'Iris sur ses longues jambes.

Dieu merci, personne ne se lancerait à sa recherche. Elle ne tenait pas à causer des problèmes à son entourage, pas plus qu'à affronter l'embarras d'être retrouvée dans sa situation actuelle. Iris leva à nouveau les yeux vers le visage du comte et sentit ses joues s'embraser. Mais sa mère la croyait certainement endormie dans son lit, comme toute jouvencelle de bonne famille à cette heure, et avec un peu de chance, elle ne serait pas tentée de rendre visite à sa fille avant le matin.

— J'ai demandé à Charles de vous préparer une chambre et au cocher de vous ramener chez vous demain à l'aube, si le temps le permet.

— Merci.

Le pesant silence retomba telle une pierre. Iris explora le salon du regard à la recherche d'un nouveau sujet de conversation. Mais rien ne lui vint. Elle avisa le thé et les sandwichs. Bien que ni particulièrement affamée ni particulièrement assoiffée, elle se servit une tasse et y ajouta un nuage de lait. Au moins, cela lui donnait quelque chose à faire, ce qui demeurait préférable à ses tentatives désespérées d'arracher quelques mots à ce comte taciturne. Et peut-être qu'un peu de thé et une bouchée de sandwich lui permettraient d'apaiser son imagination débordante de rêveries inappropriées impliquant un séduisant ravisseur et une jouvencelle captive.

— Votre majordome n'a apporté qu'une seule tasse. Souhaitez-vous que je l'appelle pour en servir une deuxième ?

— Je ne bois pas de thé, répondit-il.

Pas plus que vous ne faites la conversation pour mettre vos invités à leur aise, songea Iris.

Saisissant sa tasse, elle tourna les yeux vers lui. Le comte était avachi dans son fauteuil, ses longues jambes étendues devant lui. Il était décidément l'homme le plus inhospitalier et le plus bougon qu'elle ait jamais rencontré. Peut-être l'incident qui lui avait valu cette terrible cicatrice avait-il également fait de lui cet être irascible ? Après tout, devenir aveugle aurait engendré de la mauvaise humeur et de l'amertume chez n'importe qui.

Elle se mordit la lèvre inférieure en continuant de l'étudier. Ce n'était toutefois pas une réaction systématique. Son oncle Henry était aveugle, mais il n'en demeurait pas moins un homme charmant et amical. Cependant, tout comme Iris, oncle Henry vivait entouré d'une famille chaleureuse et guillerette, et non cloîtré dans son manoir avec ses domestiques et son chien pour seule compagnie.

Mais le comte avait forcément choisi cette vie ; si la solitude lui pesait, il lui suffisait de changer ses habitudes. Par ailleurs, il avait de nombreuses raisons d'apprécier son existence. Sa maison était magnifique et, malgré ses cicatrices, il était demeuré extrêmement séduisant. Iris était certaine que la plupart des femmes en conviendraient.

Elle continua d'examiner son visage et se demanda si le comte savait à quel point il était beau. Ses cheveux bruns étaient épais et sans doute un peu trop longs pour la mode actuelle, mais ils lui donnaient un aspect quelque peu sauvage, comme un boucanier ou un guerrier des temps anciens. Iris fut tentée de tendre la main vers sa tête pour lisser sa chevelure, ou peut-être pour l'ébouriffer davantage en plongeant ses doigts dans ses magnifiques mèches sombres. Elle sourit. Il serait si choqué si elle cédait à son impulsion !

Le regard de la jeune femme glissa sur sa puissante mâchoire ombrée par une barbe naissante. Peut-être ne s'était-il pas rasé aujourd'hui ? Mais après tout, s'il abhorrait tant les visites, Iris se demandait pourquoi cet homme prenait la peine de se rendre présentable. Il aurait pu se laisser pousser la barbe jusqu'aux genoux comme un ermite et nul ne s'en serait soucié.

Pourtant, il prenait visiblement soin de son apparence. Sa tenue était très à la mode, propre et bien ajustée, ses bottes avaient été efficacement cirées et sa cravate expertement nouée. L'ensemble lui allait à merveille. Iris autorisa ses yeux à parcourir le corps du comte, admirant son costume anthracite. Il jouissait également d'un physique avantageux. Iris poussa son examen jusqu'à ses jambes, appréciant la façon dont les muscles de ses cuisses tiraient sur le tissu de son pantalon, puis elle remonta lentement vers sa taille étroite, son ventre plat couvert d'une chemise blanche et termina par ses larges épaules. Non, ce corps n'avait décidément aucun défaut. Et avec ses six pieds de haut, la tête et les omoplates du comte domineraient sans mal les cinq pieds et demi d'Iris.

La jeune femme sourit à nouveau et laissa échapper un soupir d'aise. L'étudier de cette façon lui avait procuré un immense plaisir. Il était agréable de pouvoir dévisager un homme sans qu'il le sache et sans risquer de choquer son entourage. D'ordinaire, c'était elle que l'on scrutait de la sorte. La gent masculine évaluait sa beauté afin de décider si Iris méritait leur attention. Pourquoi n'aurait-elle pu en faire autant, pour une fois ? Et si elle choisissait un jour de se mettre en quête d'un époux grincheux, discourtois, irritable et reclus, l'apparence du comte le placerait en tête de sa liste.

— Alors, avez-vous fini de me dévisager ? demanda soudain son hôte.

Iris bondit sur sa chaise, sa tasse cliquetant dans sa soucoupe.

— Comment avez-vous… Je ne vous dévisageais pas.

Elle carra les épaules, prenant la posture typique d'une lady offensée, et reposa son thé sur la table d'un claquement de défi.

— Je suis peut-être aveugle, mais je ne suis pas un imbécile. Que pourriez-vous bien faire d'autre, assise en silence sans bouger ?

— Peut-être étais-je en train d'observer les flammes ? Ou… ou…

Iris balaya la pièce des yeux à la recherche d'une idée.

— Et était-ce le cas ?

La jeune femme se figea avant de se tourner à nouveau vers lui :

— Puisque vous êtes si intelligent, pouvez-vous deviner ce que je fais en cet instant ?

Elle lui tira la langue et lui lança un regard furieux.

— Non, mais j'imagine que vous m'adressez soit une expression grossière, soit un geste grossier.

— Jamais je ne ferais de geste grossier ! s'exclama Iris, complètement désarçonnée.

— Une expression grossière, donc. De quoi s'agissait-il ? Était-ce un pied de nez ou m'avez-vous tiré la langue ?

Iris croisa les bras, déterminée à ne pas lui répondre.

— Eh bien ?

— Je vous ai tiré la langue, si vous tenez tant à le savoir. Mais ce n'était rien de moins que ce que vous méritiez.

Il fit tournoyer son brandy dans son verre :

— Vous comportez-vous toujours ainsi avec les personnes qui vous offrent un refuge pour échapper à une tempête ? Où seulement en compagnie d'un aveugle ?

— Non, je n'ai guère l'habitude de me comporter ainsi, rétorqua-t-elle sans se démonter, sauf envers les gens qui se montrent affreusement grossiers.

Mais Iris n'était pas certaine d'avoir dit la vérité. En tant que jeune lady à qui l'on avait enseigné à faire preuve de bonnes manières en toutes circonstances, Iris n'avait jamais tiré la langue à quiconque avant ce soir. Mais elle devait bien admettre qu'elle n'avait jusqu'à présent jamais rencontré quelqu'un d'aussi malpoli. Tous les hommes de la haute société qu'elle avait connus s'étaient comportés de façon diamétralement opposée, redoublant d'efforts pour l'impressionner et paraître sous leur meilleur jour. Le comte, en revanche, semblait déterminé à s'attirer sa condamnation. Et il était sur le point d'y parvenir.

Iris attendit qu'il réplique, lui offre une explication quant à sa conduite et mette un terme à cette situation gênante, mais il n'en fit rien. Il se contenta de siroter son brandy, comme s'il n'y avait rien à ajouter à ce sujet, et ils replongèrent dans un silence encore plus morne et pesant qu'avant.

Iris retint un soupir agacé et déposa un nouveau morceau de sucre dans son thé. Le feu qui crépitait dans l'âtre et les occasionnels grognements du chien en train de dormir étaient les seuls sons à briser cette opaque quiétude. S'il continuait à se comporter de la sorte, à alterner entre un mutisme morose et des commentaires frustes, la soirée s'annonçait terriblement longue.

Chapitre 3

Theo serra les dents pour retenir un grommellement exaspéré. La soirée s'annonçait terriblement longue, s'il devait la passer en compagnie de cette écervelée volubile.

Bien sûr, toutes ses soirées étaient longues, mais au moins d'ordinaire, elles étaient tranquilles. Exactement comme il les aimait. Il gratta la tête de Max. Le chien grogna, content. Max était la seule compagnie dont il avait besoin. Ce dont il n'avait *absolument* pas besoin, en revanche, c'était de voir son salon envahi de jolies jeunes filles déterminées à l'irriter par leur sempiternelle bonne humeur et leurs stupides jacasseries.

Il tourna légèrement la tête en direction du cliquetis de la cuillère dans la tasse en porcelaine. Theo n'avait eu aucun mal à deviner qu'elle était jeune et jolie. Le bruissement de son jupon, quand elle était entrée la première fois, avait trahi la souple et gracieuse foulée d'une jouvencelle. Et le ton de sa voix était celui d'une femme habituée à se trouver au centre de l'admiration générale. De toute évidence, lorsqu'elle discutait avec un homme, elle s'attendait à ce qu'il prenne un air fasciné et la couve de flatteries. Eh bien, avec lui, elle allait être déçue. Il n'avait guère de temps à perdre avec une débutante escomptant qu'il l'abreuve de compliments et tombe sous son charme chaque fois qu'elle battait des paupières ou retroussait ses jolies lèvres. L'unique avantage qu'il tirait de ses blessures était qu'il ne se laisserait plus jamais piéger par ces jeux de coquette.

— Comment s'appelle votre chien ? demanda-t-elle soudain d'une voix toujours aussi insupportablement mélodieuse.

— Max.

Lorsqu'il ouït son maître prononcer son nom, Max leva le museau vers lui et s'assit.

— Oh ! quel beau toutou !

Max tourna la tête, s'écartant de la main de Theo, et le bruit feutré de ses pattes sur le tapis s'éloigna en direction de Lady Iris.

— Mais oui, c'est toi le beau toutou.

Non sans contrariété, Theo entendit la queue de ce traître de Max balayer le sol, encourageant la jeune femme à poursuivre ses flatteries et ses caresses. Contrairement à lui, Max n'était pas immunisé contre les attentions d'une belle jeune femme.

— J'ai un petit carlin à la maison. Elle s'appelle Sookie. Et elle aussi est adorable ? Hein, c'est vrai ? Oui, c'est vrai ! Oh ! mais oui, c'est vrai ! Je crois que Sookie et toi auriez fait d'excellents amis, tu es d'accord ?

Theo tressaillit en entendant la demoiselle s'adresser à l'animal sur ce ton idiot et infantilisant, mais le jappement d'encouragement de ce dernier et la façon vigoureuse dont il secouait sa queue laissaient suggérer que Max ne voyait aucun inconvénient à ce qu'on lui parle comme à un bambin de deux ans, tant que la jeune femme continuait de le complimenter.

— Sookie est un gentil, gentil chien… tout comme toi, Maxou-Max !

Theo claqua des doigts :

— Max, au pied, gronda-t-il.

Son compagnon était un lévrier irlandais de pure race, noble et fort, pas un petit carlin de salon. Il n'autoriserait personne à le traiter d'une manière susceptible d'atteindre à sa dignité.

Maxou-Max… sérieusement ?

Max s'empressa de rejoindre Theo, mais ce fut avec un grognement mécontent qu'il se rallongea à côté de lui. Theo gratta la tête du chien en guise d'excuse, regrettant de ne pouvoir lui expliquer que les belles jouvencelles propriétaires de carlins étaient un fléau à éviter à tout prix. Ces femmes étaient frivoles, volages et on ne pouvait leur confier le cœur de personne, humain ou animal.

Il priait également pour que cette maudite tempête prenne fin et qu'il puisse pousser cette Lady Iris Springfeld dans un carrosse et s'en débarrasser. Mais au mugissement du vent dans les arbres, au fracas des branches contre les fenêtres et au sifflement continu de la pluie sur le toit, Theo devinait que l'orage ne se calmerait pas cette nuit. Il ne pouvait qu'espérer que demain matin, les routes ne seraient pas inondées, la forçant à demeurer un jour de plus. Theo doutait de pouvoir le supporter.

Un bruit rythmique régulier attira de nouveau son attention vers Lady Iris. Apparemment, elle s'était mise à tapoter la table du bout des doigts.

— Ce salon est vraiment très élégant.

Il l'entendit se lever et s'éloigner. Ce n'était plus le frou-frou de son jupon qui accompagnait le son de ses pas dans la pièce, mais le froissement doux du tissu de son pantalon. Lorsqu'il s'était tenu à côté d'elle, il avait estimé à la provenance de sa voix que la jeune femme devait mesurer environ cinq pieds et demi. Elle devait donc nager dans ses vêtements d'emprunt. Pourtant sa démarche assurée à travers le salon le laissait deviner qu'elle n'était pas le moins du monde gênée d'être habillée de la sorte. Mais après tout, personne ne pouvait la voir ici, n'est-ce pas ? Aucun homme digne de ce nom devant lequel avoir honte de son accoutrement. Personne dont l'avis lui importait. Il n'y avait que lui, un infirme qui ne présentait pas le moindre intérêt pour une femme.

Il leva son verre pour le boire d'un trait, mais se rendit compte qu'il était vide. Cette exaspérante intruse le poussait à s'enivrer, du moins plus que de coutume.

— En vérité, cette maison tout entière est splendide. Quand a-t-elle été construite ?

Sa voix provenait de l'autre côté de la pièce.

Était-elle en train de faire l'inventaire de ses possessions ? D'évaluer si sa fortune parvenait à contrebalancer ses indéniables handicaps ? Si tel était le cas, elle perdait son temps.

Il inspira profondément avant de répondre :

— Le château d'origine a été bâti au milieu du XVe siècle, mais de nombreuses extensions ont été réalisées au fil des années.

Il pria pour que cette explication lui suffise.

— Oui, j'ai remarqué les remparts médiévaux à mon arrivée. Ils sont très intimidants, surtout par un temps orageux.

Elle gloussa de cette façon si agaçante. *Hélas, pas assez intimidants pour vous dissuader de venir me déranger*, faillit rétorquer Theo.

— Cette pièce est de style géorgien, n'est-ce pas ? Spacieuse, avec des moulures au plafond, de hautes fenêtres allant du sol jusqu'en haut des murs… et ce chandelier est absolument magnifique. Je me demande à quoi il ressemble lorsqu'il est allumé.

— Comment le saurais-je ? répondit-il d'un ton qu'il espéra suffisamment sec pour la décourager de poursuivre cette conversation.

— C'est vrai, pardonnez-moi, s'excusa-t-elle aussitôt d'une voix si douce et contrite que Theo sentit une petite boule de culpabilité lui nouer l'estomac.

Il savait parfaitement à quoi ressemblait la pièce et combien ce chandelier resplendissait lorsque toutes ses bougies étaient allumées. Leur lumière chatoyait et donnait l'impression que tout le salon scintillait. Combien de soirées avait-il organisées dans cette même pièce avant son accident ? Combien d'invités élégants s'étaient-ils extasiés devant la splendeur de sa demeure, pour son plus grand plaisir ? Et surtout, combien de fois avait-il admiré Estelle en train de se mouvoir gracieusement parmi eux, parée de ses plus ravissants atours ? Sa magnifique fiancée avait toujours été la femme la plus séduisante de l'assemblée. Oh ! comme il s'était délecté de voir les regards jaloux sur les visages des autres hommes !

Mais c'était avant de découvrir ce que la beauté d'une femme dissimulait. Avant que le monde entier lui tourne le dos. Il se resservit un peu de brandy et fit tourbillonner le liquide parfumé dans son verre avec hargne.

Son invitée regagna son fauteuil et ne dit plus un mot. Allait-elle enfin le laisser profiter du silence ? Mais non, au bout d'à peine quelques secondes, elle se remit à tapoter la table du bout des doigts, jusqu'à ce que Theo ait l'impression que le bruit martelait son crâne et couvrait le rugissement de la tempête. Il tendit le bras pour faire cesser cet horrible bruit. Theo saisit les doigts de l'intruse, sa peau douce et chaude contre sa paume.

Il se figea aussitôt, son corps et son esprit envahi de sensations indésirables, puis il ôta brusquement sa main, comme s'il s'était brûlé.

— Arrêtez cela, c'est agaçant, s'exclama-t-il avec bien plus de véhémence qu'il ne l'avait souhaité.

— Oh ! pardonnez-moi. Je ne me rendais pas compte… Mais, euh… que faisais-je exactement ?

Le son étranglé de sa voix semblait refléter sa propre confusion.

— Vous tapiez vos doigts sur la table.

— Oh ! vraiment ? Je suis navrée.

Comment parvenait-elle à lui donner l'impression qu'il se comportait comme un mufle ? Il était chez lui, après tout. Si l'infernal vacarme qu'elle lui imposait le dérangeait, il avait parfaitement le droit de lui demander de cesser. Et pourquoi toucher sa main lui avait-il valu de ressentir cette onde si étrange et intense le parcourir de la tête aux pieds ? Il serra puissamment le poing, comme pour écraser l'empreinte rémanente et brûlante que ses doigts soyeux avaient laissée sur sa peau.

— Je suis surprise que vous ayez pu l'entendre par-dessus le mugissement du vent.

Elle poussa un nouveau petit gloussement exaspérant, se leva et recommença à faire le tour de la pièce. Il s'efforça de ne pas écouter le bruissement du tissu qui s'éloignait. La dernière chose dont il avait besoin en cet instant, c'était de songer à une paire de jambes jeunes et féminines flottant dans l'un de ses pantalons.

Un crissement sonore retentit lorsqu'elle tira les rideaux.

— La pluie tombe encore plus dru que tout à l'heure et le vent est si puissant qu'il pousse pratiquement les gouttes à l'horizontale. Je remercie le Seigneur de m'avoir conduite jusqu'ici avant ce déluge. Je n'ose imaginer dans quel état je me trouverais si j'errais toujours dehors par ce temps.

Elle recommençait. Elle lui donnait l'impression d'être un monstre reclus et hostile. Mais après tout, n'était-ce pas exactement ce qu'il était ? Reclus et hostile, parce qu'il ne voulait pas d'invités dans sa demeure. Et son accident l'avait transformé en une hideuse bête, un infirme qu'Estelle ne supportait même plus de regarder.

Toutefois, l'intruse avait raison. La tempête l'avait poussée à chercher refuge ici, elle n'avait absolument pas choisi de s'immiscer dans son intimité. Theo ne doutait pas que, si elle avait pu désigner son sanctuaire, Greystone aurait été son ultime recours. Il n'avait pas le droit de la traiter comme une ennemie simplement parce que les circonstances l'avaient jetée sur son seuil. Et puis, demain, elle serait partie. Il pourrait l'oublier sans ciller. Tout ce que l'étiquette exigeait de lui était de tolérer sa présence pour une nuit et de se comporter comme un gentilhomme accueillant une invitée.

— Oui, vous avez eu de la chance de tomber sur cette demeure, répondit-il en s'efforçant de contenir son irritation. Il n'y en a pas d'autres sur plusieurs milles à la ronde.

Un nouveau crissement lui indiqua qu'elle avait remis le rideau en place, puis il l'écouta revenir jusqu'à son fauteuil. Elle poussa un petit soupir, le cuir grinçant lorsqu'elle s'installa, et recommença inconsciemment à tapoter la table du bout des doigts. Theo serra les dents et empoigna plus fermement son verre de brandy pour ne pas être tenté de toucher à nouveau sa main.

— Oh ! pardonnez-moi, s'exclama-t-elle. Je ne m'en rends pas compte. Le bruit vous dérange, n'est-ce pas ?

Eh bien, si vous tenez à ce que je cesse, je crains qu'il ne vous faille me faire la conversation.

— Oh ! vraiment ?

Theo ignorait laquelle de ces deux options l'irriterait le plus.

— Mais oui, vraiment. Et si vous refusez de causer, alors j'ai peur que vous ne soyez contraint de m'écouter *vous* parler. Vous avez sans doute remarqué que je ne suis guère habituée à demeurer silencieuse.

— Je ne l'ai que trop remarqué, en effet, répliqua-t-il, sa voix ressemblant étrangement à un grognement de Max.

Mais sa réponse n'eut absolument pas l'effet escompté. Au lieu de paraître intimidée, l'intruse se contenta de glousser à nouveau, ce qui le hérissa au plus haut point.

— Alors, souhaitez-vous que je vous parle de moi et de ma famille ?

Il serra les lèvres.

— Très bien, si vous insistez. Comme vous le savez, je suis Lady Iris Springfeld. J'ai une sœur aînée, Hazel, qui est mariée à Lucas Darkwood. Ils ont une magnifique petite fille prénommée Lucy. J'ai également une benjamine, Daisy, et un frère plus âgé, qui s'appelle Nathaniel.

Elle s'interrompit. Avec un peu de chance, elle arrivait à court de choses à dire. Mais non, loin s'en fallait.

— Alors, avez-vous des questions ?

Il demeura silencieux.

— Aucune ? Très bien, dans ce cas, je continue. Nous vivons à Londres, dans le quartier de Belgravia, mais nous possédons un domaine familial dans le Dorset. Ma mère et moi séjournons chez Lord et Lady Walberton. Ils organisent une grande fête. Lady Walberton est l'une des plus anciennes amies de ma mère… Enfin, je ne veux pas dire qu'elles sont vieilles, simplement qu'elles se fréquentent depuis des lustres. Les connaissez-vous ? Les Walberton.

Elle attendit sa réponse.

— Oui, finit-il par grommeler.

— Oh ! formidable. Ce sont des gens vraiment délicieux, vous ne trouvez pas ?

Theo s'agita dans son fauteuil, mal à l'aise. Il avait assisté à de nombreuses fêtes au domaine des Walberton. Ils étaient des hôtes réguliers sur le calendrier de la bonne société locale et aimaient offrir aux hommes en quête d'une épouse une occasion de faire la connaissance des jeunes femmes célibataires de la saison. C'était chez eux qu'il avait rencontré Estelle.

Il se tortilla sur son siège à la recherche d'une position plus confortable, comme si cela pouvait l'aider à chasser toute pensée de son ancienne vie.

— S'ils sont si délicieux que cela, pourquoi avez-vous décidé de fuir leur petite fête et de vous aventurer seule à travers la campagne ? rétorqua Theo, aussi furieux contre ses souvenirs que contre cette demoiselle bien trop curieuse.

— Oh ! cela n'avait absolument rien à voir avec Lord ou Lady Walberton.

— Vraiment ? Dans ce cas, dites-moi, milady, quelle terrible situation a bien pu vous émouvoir au point de vous pousser sur les sentiers sauvages des Cornouailles en pleine tempête ?

Il n'avait pu s'empêcher d'enduire de sarcasme chacun de ses mots. Avait-elle cherché à punir un pauvre damoiseau qui s'était entiché d'elle ? S'était-elle vexée de ne pas recevoir suffisamment d'attention ? Y avait-il eu tellement de jeunes filles plus jolies ou mieux habillées qu'elle à cette soirée qu'elle avait imaginé un moyen absurde de se rendre plus intéressante ?

— Pour ma défense, il n'y avait pas d'orage lorsque je suis sortie et je ne m'étais pas rendu compte que le temps pouvait se déchaîner aussi puissamment et aussi vite… et pour être tout à fait honnête, je crois que je suis partie parce que je commençais à m'ennuyer. Les bals et les soirées sont très divertissants pendant votre première saison, mais j'en suis à ma cinquième et, bien que j'aime me mêler à la société, parfois je trouve cela quelque peu… éreintant.

Elle poussa un petit soupir.

— Quand j'ai été présentée à la cour, j'avais une idée si romantique de ce à quoi ressemblerait ma saison. J'avais l'impression de vivre un rêve lorsque je me suis inclinée devant la princesse Alexandra. C'est la belle-fille de la reine Victoria, voyez-vous.

Theo resta muet. Il savait pertinemment qui était la princesse Alexandra, mais il ne tenait pas à l'encourager dans ses bavardages.

— Ensuite, je me suis rendue à mon premier bal et j'en ai savouré chaque instant. Tout était comme dans les contes de fées. Mais à présent… eh bien, pour parler franchement, ces événements ont quelque peu perdu de leur lustre.

— Pourquoi ne pas vous être mariée ? N'est-ce pas à cela que servent les saisons ? grogna Theo avant de se fustiger intérieurement.

Il se moquait bien de savoir pourquoi et il ne tenait pas du tout à l'écouter poursuivre son interminable verbiage. Ce fut au tour de la jeune femme de demeurer muette. Il n'entendit qu'un léger froissement de tissu, comme si elle haussait une épaule.

— Quelles que soient vos raisons, vous serez sans doute plus heureuse en restant célibataire, la consola-t-il.

— Comme vous ? répondit-elle avant de pousser une exclamation navrée. Oh ! je vous en prie, pardonnez-moi ! C'était un commentaire impoli pour un sujet si personnel. Vous aussi avez probablement de bonnes raisons de ne pas vous être marié dont vous ne tenez pas à discuter avec une étrangère.

Il se tourna vers elle pour lui faire face. Était-elle aussi aveugle que lui ? La raison pour laquelle il était toujours célibataire ne lui sautait-elle pas aux yeux ? Ne voyait-elle pas ses cicatrices ? Après le temps qu'elle avait passé à le dévisager tout à l'heure, elle n'avait tout de même pas pu manquer de remarquer à quel point il était défiguré. Elle devait bien se rendre compte que sa difformité était telle qu'aucune femme ne pourrait jamais accepter de l'épouser.

— Ma sœur cadette, Daisy, a fait le serment qu'elle ne se marierait jamais, poursuivit-elle, comme si son apparence n'avait rien d'anormal. Elle déclare à qui veut l'entendre que l'union conjugale est une forme d'esclavagisme de la femme. Mais père et mère sont heureux ensemble et personne ne décrirait ma mère comme étant l'esclave de mon père. J'ai même parfois l'impression que c'est plutôt elle qui ticnt lc fouet.

Elle rit de sa plaisanterie.

— Quant à ma sœur aînée, Hazel, je ne l'ai jamais vue plus épanouie que depuis son mariage avec Lucas.

Theo se détourna, replongeant dans sa contemplation du feu, peu désireux d'en apprendre plus sur les couples béats de sa famille.

— Mais ils se sont tous mariés par amour.

Un grognement méprisant lui échappa avant qu'il ne

s'en rende compte. L'amour ? Cette émotion fugace ? Était-ce cela qu'elle attendait ? Était-ce pour cela qu'elle ne s'était pas encore laissé conduire à l'autel ? Eh bien, la jouvencelle n'avait pas fini d'être déçue ! La vie se chargerait tôt ou tard de lui enseigner de dures leçons, si elle continuait à poursuivre pareille chimère.

— Allons, ne soyez pas si sceptique. J'ai vu Hazel s'épanouir comme une fleur lorsqu'elle est tombée amoureuse de son époux. Elle est profondément comblée. Le véritable amour est une chose merveilleuse.

— Et comment saurez-vous qu'il est réel ? rétorqua-t-il.

Quelle mouche l'avait piqué ? Était-il sérieusement en train de parler d'absurdes notions romantiques en compagnie de cette jeune écervelée ? Il devait mettre un terme à cette ineptie. Immédiatement.

— Je suis certaine que je le reconnaîtrai, quand je l'aurai trouvé.

Il secoua la tête, incrédule.

— Et dites-moi, comment comptez-vous le reconnaître, exactement ?

Cette jouvencelle frivole ne connaissait rien à rien. N'avait-il pas autrefois été convaincu d'être amoureux et aimé en retour ? Et il s'était tant fourvoyé…

— Eh bien…

Elle s'interrompit et il entendit un léger tapotement de son doigt, sans doute sur son menton ou sa joue, comme si elle réfléchissait à sa question. Question qu'il n'aurait jamais dû poser. Il ne s'intéressait absolument pas à l'opinion de cette jeune femme, quel que soit le sujet, et encore moins en matière d'amour. Mais son optimisme l'avait mis en colère et les mots avaient franchi ses lèvres avant qu'il ne puisse les retenir.

— Hazel m'a expliqué qu'elle avait réalisé être tombée

amoureuse de Lucas quand elle n'avait plus été capable de le chasser de ses pensées, qu'il était devenu le centre de son univers. Elle ne rêvait alors que d'une seule chose : être avec lui.

Theo grogna à nouveau :

— Voilà qui ressemble davantage à une forme de délire obsessionnel.

— Hmm, oui, peut-être. Hazel a dit quelque chose de cette teneur. Pour elle, tomber amoureuse ressemblait à une sorte de folie. Mais une folie merveilleuse qui vous fait tourner la tête de bonheur. Un sentiment d'ivresse.

— Et aucun des hommes présents à la fête des Walberton n'a éveillé chez vous d'ivresse ou de folie ?

Comme s'il s'en souciait !

Elle rit à nouveau.

— Oh ! si, certains ont bien failli me rendre folle, mais je suis certaine que ce n'était pas l'œuvre d'une inclination ! Quant à l'ivresse, le champagne s'est avéré bien plus efficace.

— Vous ont-ils rendue si folle que vous avez dû fuir au risque d'affronter une tempête ?

— Oui. C'était idiot, j'en ai conscience.

— Mais alors si vous êtes déjà folle et ivre, comment saurez-vous que vous êtes tombée amoureuse ?

Un autre bruissement d'étoffe lorsqu'elle haussa les épaules :

— Eh bien, j'espère que je le saurai en le vivant, comme Hazel me l'a assuré.

— Dans ce cas, je vous souhaite bien de la chance pour trouver un homme digne de votre folle ivresse, répliqua-t-il avec indifférence, persuadé que pareille fantaisie ne se produirait jamais.

— Merci, répondit-elle d'un ton tout aussi sarcastique

que le sien. Dois-je en déduire que vous n'avez jamais ressenti cela ?

Theo eut un mouvement de recul face à l'absurdité de cette idée. Cette jeune femme était réellement folle.

— Je plaisantais. Vous ne semblez pas être le genre de personnes à succomber à l'ivresse ou à la folie.

C'était sans doute l'euphémisme du siècle.

— Vous avez raison, milady, je ne suis guère enclin aux élans de folie.

— Non, bien évidemment. Je suppose que vous êtes toujours parfaitement rationnel. Et un homme qui ne croit pas en l'amour ne s'autoriserait jamais à ressentir de l'ivresse et encore moins une part de folie en présence d'une jeune femme.

Theo reposa son verre de brandy sur la table avec plus de force qu'il ne l'avait escompté. Pourquoi donc laissait-il cette femme l'abreuver d'inepties sur l'amour ? Ce n'était pas un sujet qu'il souhaitait aborder ni auquel il voulait songer. Si la plupart des jouvencelles nourrissaient encore des illusions romantiques, l'amour était une fable à laquelle Theo avait renoncé six ans plus tôt. Il connaissait même la date exacte à laquelle il avait cessé de croire à ces absurdités, le jour où la réalité l'avait littéralement écrasé. Il avait peut-être perdu la vue, mais cet incident lui avait ouvert les yeux. L'amour n'était qu'une émotion passagère et capricieuse. Mais Lady Iris devrait le découvrir par elle-même.

Comme si elle était incapable de demeurer assise plus d'une seconde, elle se leva à nouveau pour vagabonder dans le salon. Il tenta d'ignorer le bruit que faisaient les objets lorsqu'elle les soulevait avant de les reposer. De toute évidence, elle s'ennuyait, mais il n'avait aucune intention de poursuivre leur conversation. Surtout s'ils continuaient leur stupide discussion sur la nature de l'amour. Si elle désirait du divertissement, elle n'avait qu'à se débrouiller ; il n'allait certainement pas se mettre en quatre pour l'amuser. Contrairement à Max. Le chien quitta les pieds de Theo et se dirigea vers leur invitée.

— Toi aussi tu te sens piégé par la tempête, pas vrai, Maxou-Max ? lança la jouvencelle, sa question tirant un joyeux jappement à l'animal.

Percevant le plaisir évident de son compagnon, Théo comprit que, contrairement à lui, le lévrier était parfaitement heureux de se retrouver enfermé chez lui avec Lady Iris.

— La pièce est assez grande. Que dirais-tu de faire une promenade avec moi ?

Max couina son approbation et Theo entendit le son de leur pas faiblir tandis qu'ils rejoignaient la partie opposée du salon. Il s'efforça de ne pas les écouter. Tant qu'elle ne lui rebattait pas les oreilles de ses boniments incessants, elle pouvait bien parcourir les lieux à sa guise.

Finalement, après avoir prononcé une litanie de sornettes infantiles, répétant que Max était un chien intelligent, un beau chien et un gentil chien, ils regagnèrent les fauteuils près du feu et Max choisit de s'allonger aux pieds de la jeune femme, sa queue battant contre la base du siège à un rythme effréné. Theo serra les dents, s'apprêtant à une nouvelle salve de jacasseries sans intérêt. Mais elle ne dit rien. Parfait.

— C'est vous qui le faites, à présent, intervint-elle avec amusement en effleurant sa main de sa paume soyeuse.

— Quoi ? aboya-t-il, surpris.

— Vous tapotez la table avec vos doigts. Je croyais que ce bruit vous dérangeait.

Theo ne s'en était pas rendu compte. En revanche, il lui était impossible d'ignorer la main chaleureuse qui enserrait la sienne. Pas plus qu'il ne put ignorer sa propre réaction, cette décharge d'énergie qui se répercuta dans tout son corps, cette flamme dévorante qui s'éveilla au plus profond de lui, ce brusque désir d'aller plus loin, qui manqua de le consumer sur place.

Il retira son bras. Une jeune femme n'était pas censée toucher un gentilhomme de cette façon. Elle le savait forcément. Son comportement n'était qu'une preuve supplémentaire qu'elle le traitait différemment des autres hommes. Si Theo avait eu besoin qu'on lui rappelle que cette Lady Iris ne le considérait pas réellement comme un homme, c'était chose faite à présent.

— Je commence à fatiguer, voilà tout, mentit-il.

À son grand désarroi, il trouva sa propre voix rauque et étranglée.

— Je pense qu'il est l'heure de nous retirer.

Du moins était-il temps pour lui de s'extraire de la perturbante compagnie de Lady Iris. Il tendit le bras vers une clochette de service posée sur la table à côté de lui.

— Je vais ordonner à Charles de vous conduire à votre chambre.

Et sur ce, il agita vigoureusement la sonnette.

— Si les conditions climatiques le permettent, ma voiture vous attendra demain matin dès votre lever pour vous ramener chez vous.

Seigneur, pria-t-il en silence, *pitié, faites que le temps le permette.*

— Vous avez sonné, monsieur ? demanda Charles en entrant dans le salon.

— Oui. Conduisez Lady Iris jusqu'à sa chambre, s'il vous plaît.

Il entendit la jeune femme se lever de son fauteuil et l'imita aussitôt.

— Bonne nuit, milord, et merci encore pour votre hospitalité, lança la voix gaie de la demoiselle, sans la moindre note de sarcasme.

Pourtant, elle ne pouvait décemment pas considérer son comportement comme hospitalier.

— Bonne nuit, Lady Iris, répondit-il en s'inclinant.

Tandis qu'elle se dirigeait vers la porte, Max se leva et Theo entendit le doux battement de ses pattes suivre la jeune femme.

— Max, au pied, appela-t-il, choqué par la soudaine infidélité de l'animal.

— Bonne nuit, Maxou-Max ! gazouilla la jouvencelle. Au moins, je sais que je manquerai à quelqu'un quand je repartirai demain, ajouta-t-elle en refermant l'huis derrière elle.

Max poussa un petit gémissement puis revint s'allonger devant le feu, son endroit préféré pour passer la nuit.

Theo demeura debout un moment, toujours dos aux flammes, contemplant une porte qu'il ne pouvait voir. Il venait de vivre une soirée curieusement troublante. Dès qu'il aurait retrouvé son équanimité habituelle, lui aussi se retirerait pour la nuit et chasserait de son esprit toute pensée de Lady Iris et de sa peau chaude et soyeuse.

Chapitre 4

Iris suivit Charles à l'étage, puis le long du couloir jusqu'à sa chambre, ravie de découvrir que des chandelles avaient été allumées tout le long du chemin. Elle était émerveillée de constater combien une mince lueur chaleureuse pouvait transformer l'atmosphère d'un lieu. La demeure ne lui paraissait désormais plus aussi intimidante que lorsqu'elle s'était tenue dehors sur le seuil, à lever le nez vers ses menaçantes tourelles. Le corridor lui rappelait ceux que l'on trouvait dans n'importe quel manoir de l'aristocratie, avec ses épais tapis, ses murs ornés de tableaux et une pléthore de meubles antiques sur lesquels était exposé ce qui ressemblait à une interminable collection de vases et de statuettes en argent, en porcelaine et en céramique, probablement amassée au fil des décennies par l'illustre famille qui avait habité cette noble maison.

Plusieurs chandeliers avaient été placés dans sa chambre, qui lui parut tout aussi chaleureuse et accueillante, avec ses murs tapissés de soie bleu pâle, son lit à baldaquin, ses meubles élégants et son âtre où crépitaient de belles braises. En dépit de l'isolement dans lequel le comte s'était cloîtré, ses domestiques semblaient continuer à prendre grand soin de sa demeure, car tout était propre et l'air n'empestait pas le renfermé.

— Merci, Charles. Pour tout, dit Iris avec la plus profonde sincérité.

Contrairement au maître des lieux, le majordome avait fait en sorte qu'elle se sente la bienvenue à Greystone.

— Avec plaisir, milady, répondit Charles en dépliant les draps pour préparer le lit. Il est agréable d'avoir une invitée dans la maison. Cela faisait trop longtemps.

Iris inclina la tête avec curiosité, mais Charles, en serviteur fidèle, se contenta d'une révérence avant de s'éclipser. Elle n'obtiendrait pas d'autre information de sa part.

Sur la courtepointe, elle trouva une chemise de nuit soigneusement déposée à son intention. Iris la souleva et grimaça : une chemise de nuit *d'homme.*

Elle la secoua et haussa les épaules, consciente qu'elle n'aurait guère pu s'attendre à mieux. Charles n'allait tout de même pas réveiller les chambrières endormies afin de leur réclamer une chemise pour une invitée imprévue.

Iris tint le vêtement contre son corps. Tout comme ses habits actuels, il était beaucoup trop grand et la belle qualité du lin finement tissé suggérait qu'il appartenait à un gentilhomme. Elle allait donc se coucher dans la chemise de nuit de Theo Crighton. C'était une chose étrangement intime et, elle devait bien l'admettre, plutôt affriolante.

À nouveau, un grisant frisson la parcourut de la tête aux pieds.

Pourquoi ne cessait-elle de réagir aussi singulièrement à la présence du comte ? Aucun homme ne l'avait jamais affectée de cette manière. Depuis sa présentation en société, cinq ans plus tôt, les prétendants s'étaient succédé, l'abreuvant de leurs flatteries… la noyant même parfois.

Mais aucun ne lui avait donné cette impression d'être si douloureusement consciente de son propre corps. Aucun n'avait fait fourmiller sa peau ou papillonner son cœur. Mais peut-être réagissait-elle ainsi seulement parce que cet homme qui ne lui accordait pas la moindre attention constituait une sorte de défi ? À moins que ce ne soit parce qu'il ne ressemblait en rien aux hommes qu'elle avait rencontrés jusque-là… Theo Crighton était réservé, mystérieux et terriblement intrigant.

Elle renifla timidement la chemise de nuit, cherchant une nouvelle fois à détecter une petite bouffée de son odeur. Et elle la trouva, juste là, à peine discernable sous le parfum du savon utilisé pour laver le linge. Iris frémit à nouveau, de cette sensation presque familière à présent, et en eut la chair de poule. Cette senteur lui donnait envie de fermer les yeux et de pousser un long soupir de contentement pour apaiser l'effervescence de ses sentiments. Iris parcourut la chambre du regard. Elle était seule. Il n'en saurait jamais rien. Personne n'en saurait jamais rien. Quel mal pouvait-il donc y avoir à céder à son impulsion ? Aucun ! Elle plongea le visage dans la chemise, inspira profondément et poussa un interminable soupir de satisfaction. C'était absolument exquis. Elle resongea à leur discussion dans le salon : si quoi que ce soit dans ce monde devait un jour la faire succomber à l'ivresse et à la folie, ce serait son arôme si masculin.

Gloussant de sa propre conduite si peu convenable, Iris ôta ses vêtements et enfila la chemise de nuit, se demandant si, la prochaine fois qu'il porterait ses habits, il serait capable de percevoir son parfum à elle. Mais elle ne parvenait pas à imaginer ce comte si sérieux faire quelque chose d'aussi bête que d'enfouir son visage dans sa chemise de nuit pour en capter les effluves. Il était bien trop réservé et maître de lui pour se laisser aller à un comportement si frivole. Iris éteignit toutes les bougies sauf une, puis grimpa sur le matelas et poussa un nouveau soupir de délice. Charles, toujours si prévenant, avait songé à passer une bassinoire pour réchauffer le lit. Quel bonheur !

Soufflant la dernière chandelle, Iris se pelotonna à l'intérieur des draps chauds et contempla les braises qui crépitaient dans l'âtre.

Cela faisait bien longtemps qu'elle ne s'était plus couchée si tôt, plus depuis sa présentation en société. D'ordinaire, elle dansait dans des bals jusqu'au petit matin, ou bien elle se rendait au théâtre et prenait un souper tardif, ou participait à l'un des innombrables et éblouissants événements que *la haute* organisait tout au long de la saison. Mais après cette journée riche en émotions, Iris devait bien admettre qu'elle était épuisée. Et puis, comme aimait le dire sa nourrice : se coucher tôt n'avait jamais fait de mal à personne.

Pourtant, malgré sa fatigue physique, son esprit demeurait alerte et Morphée lui refusait son étreinte. Des images de tout ce qui lui était arrivé au cours de cette aventureuse soirée continuaient de tourbillonner devant ses yeux.

Lorsqu'elle était sortie s'aérer les idées, jamais elle n'aurait imaginé atterrir quelques heures plus tard dans un manoir inconnu, encore moins y passer la nuit vêtue de la chemise d'un comte énigmatique. Et pour être énigmatique, il l'était ! De plus d'une façon, d'ailleurs, pas seulement parce qu'ils n'avaient jamais été officiellement présentés ou que sa famille ignorait jusqu'à son existence. C'était un homme hors du commun, nimbé de mystère.

Iris savait qu'elle aurait dû s'inquiéter de sa situation. Si quelqu'un l'apprenait, cela pourrait détruire sa réputation et annihiler toutes ses chances de faire une bonne alliance. Mais, étrangement, cela ne l'angoissait pas autant qu'elle aurait pu s'y attendre. Sa mère serait profondément bouleversée, et c'était ce qui navrait le plus la jeune femme, mais puisqu'elle n'avait toujours pas rencontré d'homme capable de faire chavirer son cœur, le mariage demeurait à ses yeux un concept lointain et une issue improbable.

L'amour.

Iris tira le drap jusqu'à ses joues, comme si elle craignait que quelqu'un la voie sourire dans la pénombre de sa chambre. De tous les sujets de conversation, pourquoi Iris avait-elle parlé d'amour, en particulier avec un homme comme lui ? Un homme qui de toute évidence n'éprouvait que du mépris pour ce genre de choses ? Sans doute la considérait-il comme une écervelée fantaisiste, à présent ! Pourtant, Iris croyait fermement en l'amour, même si elle ne l'avait jamais vécu elle-même.

Elle se demanda soudain si le comte avait connu une expérience romantique douloureuse. Cela aurait expliqué sa réaction cynique et la façon dont il avait ensuite balayé le sujet. Un tel homme serait probablement inapte à éprouver la moindre affection pour une femme et, franchement, aucune jouvencelle ne pourrait tomber amoureuse de quelqu'un d'aussi sinistre. Iris savait qu'elle en serait incapable. Elle se retourna obstinément dans son lit, comme pour illustrer ses convictions.

Si intrigant fût-il, avec sa faculté à lui tirer d'étranges et grisants frissons, Theo Crighton n'était pas le genre de gentilhommes qu'Iris s'imaginait épouser un jour. Elle aimait s'amuser, rire, danser et profiter de ce que la vie avait à offrir, quand le comte semblait ignorer le sens de ces mots, ou tout du moins ne pas en saisir l'intérêt.

Le vent mugissait toujours autour du manoir et

s'engouffrait parfois dans la cheminée, ravivant brusquement les braises dans l'âtre, ce qui nimbait la pièce d'une douce lueur safran. Iris se lova plus confortablement sous la courtepointe bien chaude. Oui, le comte était un homme énigmatique et il ne ressemblait en rien aux hommes qu'elle avait rencontrés jusqu'à aujourd'hui. Son beau visage austère apparut dans son esprit et Iris ne put s'empêcher de se demander comment il avait obtenu ses cicatrices. De toute évidence, l'incident qui l'avait ainsi marqué lui avait également ôté la vue.

Un terrible accident était-il à l'origine de son rejet du monde et de son désir de demeurer cloîtré dans son château à broyer du noir ? Ou avait-il toujours été aussi malheureux ? Quelle que soit son histoire, rien ne l'obligeait à rester prisonnier de sa peine. Dans la famille d'Iris, personne n'était jamais triste, du moins jamais longtemps. Sa mère ne le tolérait pas. Elle était prête à accepter bien des choses, mais pas que l'on s'apitoie sur son propre sort. Chez les Springfeld, on se soutenait les uns les autres et on apprenait à voir le verre à moitié plein.

Le comte avait besoin d'une bonne leçon d'optimisme et la mère d'Iris aurait été la personne idéale. Mais il était hors de question que ces deux-là se rencontrent. Malheureusement, cette aventure nocturne devrait rester secrète si Iris tenait à protéger sa réputation.

Elle soupira. Cela signifiait que l'homme devrait demeurer dans ce triste état, reclus dans son château, coupé du monde tout en continuant à nourrir de vieux démons.

Quel dommage… Et quel gâchis !

Iris bâilla plus bruyamment qu'il n'était convenable pour une jouvencelle de bonne famille. Il devait bien exister quelqu'un capable de tirer un sourire au comte, de lui montrer ce que ce monde recélait de joie. Peut-être même de lui enseigner que l'amour n'était pas une chimère. Mais ce ne serait pas elle.

S'accrochant à cette pensée, elle se laissa enfin gagner par le sommeil… pour s'en faire brusquement déposséder lorsqu'un hurlement déchira l'air. Iris s'assit dans son lit et parcourut la pièce du regard. Les braises mourantes scintillaient encore légèrement dans l'âtre et prodiguaient juste assez de lumière pour qu'elle puisse distinguer qu'il n'y avait personne avec elle dans la chambre.

Était-ce le vent ? Il rugissait toujours à l'extérieur, mais guère plus que lorsqu'elle s'était endormie. Avait-elle rêvé ? Ou ce château était-il bel et bien hanté ? Elle se mordit la langue et tâcha de se convaincre que les fantômes n'existaient pas et que les châteaux n'étaient hantés que dans les romans gothiques.

Ce fut alors qu'elle l'entendit à nouveau. Un homme hurlait comme si tous les molosses des Enfers étaient en train de le déchiqueter vivant. Ce n'était pas un rêve. Et ce n'était clairement pas un fantôme ; le cri était bien trop réel et suintait une terrible agonie.

Son cœur battant frénétiquement contre les parois de sa cage thoracique, Iris descendit de son lit et, les mains tremblantes, alluma une chandelle. Levant le bougeoir devant ses yeux, elle ouvrit lentement la porte de sa chambre et se figea. Elle ignorait d'où provenait le hurlement, ne connaissait pas les lieux et ne savait ce qu'elle ferait quand elle trouverait la personne en détresse… mais elle devait agir. Comment aurait-elle pu se recoucher et prétendre que rien ne s'était produit ?

Prudemment, elle avança dans le corridor désormais plongé dans le noir. La lueur de sa chandelle vacillait sur les murs et donnait une apparence grossière et effrayante à son ombre.

Le cri déchirant et douloureux retentit à nouveau dans son dos. Iris fit volte-face et tenta de se diriger vers l'origine du bruit. Il y avait tant de pièces dans cette vaste demeure et la pénombre ne l'aidait guère à conserver ses repères.

Le hurlement résonna encore, plus fort, plus dolent, et Iris comprit qu'il provenait de la dernière chambre au bout du couloir. Plaçant une paume devant la flamme de la chandelle pour empêcher qu'elle s'éteigne, elle pressa le pas et posa une main sur la poignée de la porte. Elle s'immobilisa et inspira profondément. Qu'allait-elle devoir affronter ? Elle l'ignorait, mais il était hors de question de faire marche arrière. Un homme était en train de subir un genre de torture. Elle jeta néanmoins un œil derrière elle, espérant que quelqu'un, n'importe qui, sorte de la pénombre pour venir l'aider, mais elle était seule. Les quartiers des domestiques devaient se situer tout en haut de la maison, bien trop loin pour qu'ils l'entendent. Elle aurait tant aimé pouvoir une nouvelle fois compter sur Charles, mais dans l'obscurité, elle ne parviendrait jamais à trouver sa chambre. Et même si elle réussissait, cela lui ferait perdre un temps précieux. Non, elle était la seule chance de cet inconnu. Poussant la porte, elle serra les dents, redoutant les horreurs auxquelles elle s'apprêtait à assister.

Chapitre 5

Iris ignorait à quoi s'attendre, mais son imagination avait maintenant pris le pas sur la raison. Si elle se trouvait dans un roman gothique, alors le comte serait inévitablement en train de résister vaillamment aux assauts d'un démon et elle, l'héroïne romantique, devrait le sauver. Aussi effrayante que cette idée puisse paraître, Iris la préférait largement à une situation plus réelle, où un agresseur humain s'attaquerait au maître des lieux… un adversaire face auquel, hélas, Iris n'aurait que peu de chances de triompher.

Lentement, elle ouvrit la porte et jeta un œil à l'intérieur. Elle ne vit personne de menaçant, ni démon ni criminel. L'unique occupant était le comte lui-même, qui s'agitait violemment dans son lit, ses draps en bataille, son visage grimaçant, mais les paupières étrangement closes.

Un cauchemar.

La première réaction d'Iris fut de pousser un soupir de soulagement. Ce n'était qu'un cauchemar. Puis elle se houspilla intérieurement d'avoir si peu de cœur. Son hôte était bel et bien assailli par des démons, même s'ils étaient immatériels. Comment pouvait-elle éprouver du soulagement, simplement parce qu'elle-même n'était pas en danger ? Et bien que le comte ne risquât rien à proprement parler, dans son esprit, les monstres contre lesquels il se débattait étaient tout à fait réels. Tout autant que son agonie. Quelqu'un devait le sauver de ses tourments et il n'y avait personne d'autre dans les parages.

Après un dernier coup d'œil dans le couloir, Iris contourna la porte.

Ce qu'elle s'apprêtait à faire était bien pire que de se présenter sans prévenir chez quelqu'un que sa famille n'avait pas officiellement rencontré. Pire que de séjourner seule dans la maison d'un homme célibataire. Pire encore que d'y passer la nuit. Ce qu'elle s'apprêtait à faire frôlait le scandale.

Elle n'était pas mariée. Cette chambre appartenait à un homme célibataire. Ils étaient seuls. Non, cela faisait plus que frôler le scandale. C'était la définition même d'un scandale. Mais quel autre choix avait-elle ? Après tout, comme elle l'avait souligné, ils étaient seuls. Personne ne saurait jamais ce qu'elle avait fait. Les entorses à l'étiquette ne le devenaient qu'une fois qu'elles étaient révélées au grand jour. Et un comportement indécent ne constituait un scandale que si les gens en parlaient.

Iris hocha la tête, satisfaite de ce raisonnement logique, et elle avança silencieusement dans la pièce. Elle approcha du lit haut et large au centre duquel le comte continuait de s'agiter en tous sens. Elle ne pourrait rien faire de là. Elle allait devoir le rejoindre si elle voulait tenter d'apaiser son angoisse.

Se répétant que tout ceci ne constituerait un scandale que si la bonne société en entendait parler, Iris posa le bougeoir sur la table de chevet, rassembla les pans de sa chemise trop ample autour de ses cuisses et se hissa sur le matelas.

Que dirait sa mère si elle pouvait la voir en cet instant ?

Iris préférait ne pas y songer. Sans doute l'aurait-elle félicitée pour sa générosité face à la souffrance d'autrui, mais rien n'aurait pu excuser à ses yeux le fait qu'elle venait de rejoindre un homme dans son lit.

Mais mère n'en saura jamais rien, elle non plus.

Le comte continuait de bouger et de se tordre, sa tête roulant de droite et de gauche sur son oreiller. Iris se pencha en avant et enveloppa ses épaules collantes de sueur de ses deux bras. Il se tourna brusquement vers Iris et s'agrippa à elle comme un naufragé à un rocher. Il avait besoin d'aide, besoin d'elle… alors au diable les convenances ! Peu importait ce que l'on pourrait dire ou non, Iris savait qu'elle avait pris la bonne décision.

Elle l'attira contre lui, plaça sa tête sur sa propre épaule et caressa doucement ses cheveux. Combien de fois sa mère l'avait-elle apaisée de cette façon lorsqu'elle était enfant, chassant ses cauchemars de son étreinte réconfortante ?

— Du calme, tout va bien, vous êtes en sécurité, murmura-t-elle de la même voix rassurante que sa mère. Je suis là. Tout ira bien, ajouta-t-elle.

Les violents mouvements de l'homme s'atténuèrent et Iris sourit. Oui, elle avait pris la bonne décision et quiconque avec assez de cœur n'aurait sans doute rien eu à redire sur son comportement, même si le comte ne portait pas de chemise et qu'il était peut-être entièrement nu. Elle ignorait à quoi il ressemblait sous cette pelote de draps froissés, mais elle était une jeune demoiselle trop bien élevée pour chercher à spéculer.

Elle caressa avec tendresse son front moite de sueur, repoussant ses cheveux trempés.

Son geste sembla l'apaiser davantage, mais il continuait de marmonner *non, non, non.*

Iris inclina la tête et la posa gentiment au sommet de la sienne.

— Il n'y a plus rien à craindre, murmura-t-elle. Je suis là. Plus personne ne vous fera de mal.

Ses lèvres étaient si près de son front qu'elle les couvrit d'un léger baiser, se persuadant qu'elle se contentait de reproduire ce qu'aurait fait sa mère pour la soulager. L'homme se détendit dans son étreinte, bien que son souffle demeure saccadé. Il marmonnait toujours et Iris pouvait sentir son cœur battre dans son large torse.

Il avait besoin d'elle, besoin qu'elle le réconforte.

Iris embrassa sa tempe, puis sa joue. Juste pour l'apaiser, évidemment, et non pour un quelconque autre motif. Puis, du bout des lèvres, elle effleura sa bouche. C'était simplement dans l'espoir de dissiper ses murmures fiévreux. Bien entendu.

Et cela fonctionna. Preuve qu'elle n'avait aucune raison de s'inquiéter de son comportement. La respiration du comte ralentit et il se détendit entièrement dans ses bras, la tête toujours posée sur son épaule, son torse pressé contre le sien.

Elle aurait dû s'en aller ; le rallonger délicatement sur le matelas et s'éclipser en silence. Les démons l'avaient libéré et plus rien ne justifiait sa présence ici.

Pourtant, elle s'attarda, se délectant de la sensation de tenir ce parangon de masculinité au creux de son étreinte. Elle aimait le serrer contre elle. Lentement, elle plaça une paume sur son torse. Son cœur battait toujours la chamade. Cela la convainquit.

Elle devait rester. Il aurait été cruel de l'abandonner avant qu'il ne soit complètement calmé. Une fois qu'elle aurait eu la confirmation que ses démons étaient bel et bien partis, elle regagnerait sa chambre. En attendant, il n'y avait aucune raison pour qu'ils ne demeurent pas ainsi. C'était la décision la plus logique.

Elle opina du chef, comme si, puisqu'elle était seule ici et qu'il n'y avait personne pour lui en donner la permission, elle se l'accordait à elle-même. La paume toujours plaquée sur son pectoral, Iris savourait le battement puissant de son cœur sous ses doigts. Puis elle fit lentement glisser sa main sur les aplats moites de son torse et sentit son propre cœur bondir dans sa poitrine. À la lueur vacillante de la chandelle, la peau du comte semblait nimbée d'un halo doré qui dessinait les courbes de ses muscles sculpturaux à la perfection. Il était absolument magnifique. Du bout du doigt, elle traça une ligne le long de ses épaules, en appréciant la force et la fermeté. C'était comme s'il avait été façonné dans le marbre, sauf qu'il était chaud et plein de vie. Elle suivit de l'index une veine proéminente qui saillait sur toute la longueur de son bras, puis remonta par le même chemin jusqu'à son cou, où elle posa timidement la paume sur sa joue, caressant la barbe naissante qui couvrait le bas de son visage. Depuis leur rencontre, elle rêvait de toucher la fossette qui creusait le centre de son menton. Cette fois, elle céda à la tentation. Après tout, songea-t-elle avec un sourire, elle n'en aurait probablement plus jamais l'occasion.

Le comte semblait à présent parfaitement serein. Elle plaqua à nouveau sa paume sur son torse, juste pour vérifier que son cœur avait retrouvé un rythme normal. C'était le cas. Elle avait sa confirmation. Elle n'avait plus aucune excuse pour s'attarder.

La respiration de l'homme était lente et régulière, il dormait paisiblement. Tout était terminé. Il était temps de partir.

Avec autant de douceur qu'elle le put, elle se défit de

son étreinte et plaça sa tête sur l'oreiller. Puis, se mouvant aussi discrètement que possible, elle regagna le bord du lit, déterminée à ne pas le réveiller maintenant qu'il se reposait tranquillement.

Mais elle échoua. En mettant un pied à terre, elle bouscula bruyamment la table de chevet.

Le comte se redressa d'un coup. Il bondit du matelas et se tourna vers elle, tout son corps tendu comme un ressort.

— Quoi ? Où ? s'exclama-t-il d'une voix paniquée.

Il battit l'air de ses bras un moment, pantelant, puis soudain, il les laissa retomber. Son dos se raidit et il carra les épaules.

— Que faites-vous ici ? gronda-t-il d'un ton glacial.

Iris se demanda s'il était réveillé à présent et s'il s'adressait bien à elle et non pas à quelque démon de ses cauchemars, mais puisqu'elle était seule avec lui dans la pièce, elle jugea préférable de répondre :

— Ce n'est que moi. Iris Springfeld.

— Je sais qui vous êtes. Que faites-vous dans ma chambre ?

— Comment saviez-vous que c'était moi ?

Après tout, il était aveugle et, quelques instants plus tôt, il s'était cru attaqué par des ennemis invisibles.

— Votre odeur. Vous sentez la fleur d'oranger, ainsi que l'eau de rose que vous appliquez probablement sur votre visage.

Et vous sentez le musc et le citron, voulut rétorquer Iris, tentée de l'en informer, mais elle préféra se mordre la lèvre pour éviter de trop en révéler.

— Répondez-moi, reprit-il d'un ton acéré. Que faites-vous dans ma chambre et dans mon *lit* ?

Bonne question. Que faisait-elle encore ici ? Iris se tourna vers lui et sa main bondit jusqu'à sa bouche, mais pas assez vite pour retenir le petit couinement de surprise qui lui échappa. Il lui faisait face, le visage orageux, mais il ne paraissait pas se rendre compte qu'il était complètement nu.

Iris se trouvait seule dans la chambre d'un homme nu. Ce scandale empirait de minute en minute. Et voilà qu'elle le lorgnait aussi ouvertement que si elle en avait eu tous les droits.

Reprenant ses esprits, Iris se cacha derrière ses paumes pour se protéger d'une vision si peu chaste et qu'elle n'aurait jamais dû contempler avant sa nuit de noces. Mais, incapable de s'en empêcher, elle écarta légèrement les doigts pour jeter un second coup d'œil à ce bel Adam.

Ses mains étant devenues inutiles, elle les ramena devant sa bouche pour se retenir de pousser plus d'exclamations ou de soupirs indécents. Elle n'aurait pas dû faire cela. C'était tellement inconvenant. Mais comment aurait-elle pu faire autrement ? Il se tenait debout en face d'elle. *Complètement nu.*

— Eh bien, allez-vous me répondre ? exigea-t-il.

Iris essaya. Elle essaya vraiment, mais ne put que déglutir bruyamment et continuer de l'admirer.

Et que n'aurait-elle donné pour faire plus que cela ! La tentation de laisser ses paumes courir sur tout son corps était si pressante qu'elle avait les doigts qui en fourmillaient. Elle déglutit encore, baissa les mains et les ramena dans son dos, comme pour les empêcher de céder à cette pulsion primaire.

C'était une situation terriblement choquante pour une jeune femme. Elle avait pourtant eu d'honorables intentions en pénétrant dans cette pièce, mais ne pouvait nier que certaines de ses actions, par la suite, avaient été aussi inconvenantes que répréhensibles. S'il était horrifié de la trouver dans sa chambre, il serait sûrement outré et furieux d'apprendre qu'elle avait caressé sa joue, son torse, ses lèvres… sans son consentement. Sans doute l'aurait-elle été plus encore que lui, si les rôles avaient été inversés. Elle commençait seulement à prendre conscience de l'immoralité de ce qu'elle venait de faire.

— Je… euh… J'étais juste…

Le comte plaqua ses poings sur ses hanches, attendant l'explication qu'elle semblait incapable de formuler.

Son esprit était trop accaparé par ce qu'elle voyait et par la réalisation de ce qu'elle avait fait. Hélas, elle avait beau s'exhorter à plus de discipline, se dire qu'elle devait absolument lui répondre et quitter cette pièce le plus vite possible, la partie de son cerveau qui contrôlait ses yeux ne paraissait pas l'écouter. Ces derniers continuaient leur implacable descente le long de son corps, admirant le tapis de poils sombre sur son torse, qui se réduisait en une fine ligne jusqu'aux aplats de ses abdominaux. Iris se couvrit à nouveau la bouche pour s'empêcher de pousser de nouvelles exclamations à mesure que son regard glissait de plus en plus bas.

Elle aurait dû tourner la tête. Elle aurait *vraiment* dû tourner la tête. C'était impardonnable pour des dizaines de raisons et pas simplement parce que c'était un comportement inconvenant pour une jeune lady. Elle profitait de sa vulnérabilité et même de son infirmité ! Elle aurait dû avoir honte de se conduire de façon si impudique, si égoïste, si grossière. Oui, elle aurait dû avoir honte, songea-t-elle alors que son regard s'attardait. Puis brusquement, ses yeux remontèrent jusqu'au visage du comte, déformé par la colère tandis qu'il attendait sa réponse.

Dis-lui.

— Euh… vous ne le savez sans doute pas, tenta-t-elle

timidement, mais j'ai apporté une chandelle avec moi et vous êtes… eh bien, vous vous tenez au milieu de la pièce… et vous êtes complètement…

Elle toussota, puis recula d'un pas lorsque le comte arracha un drap du lit avec violence pour en envelopper le bas de son corps. Il enroula le tissu blanc autour de ses hanches étroites, mais son torse demeurait parfaitement visible. Iris, que sa propre audace surprenait, n'eut aucun scrupule à se repaître de cette vision de son anatomie. Après tout, s'il avait souhaité qu'elle cesse de le regarder, il se serait entièrement couvert, raisonna-t-elle. N'est-ce pas ?

— Vous n'avez toujours pas répondu à ma question, aboya-t-il avec hargne. Que faites-vous ici ? À moins que ce genre de comportements ne soit chez vous une habitude ? Entrez-vous souvent dans la chambre d'un homme au beau milieu de la nuit ? Sans y avoir été conviée ? Et jusque dans son lit, qui plus est ?

Maintenant que la partie la plus critique de son corps était couverte, Iris sembla retrouver un meilleur contrôle de son esprit et elle se concentra sur ses accusations :

— Non, certainement pas.

Elle lui fit face et se redressa fièrement, plaçant ses propres poings sur ses hanches, même si le comte ne pouvait voir sa posture de défi.

— Si vous tenez tant à le savoir, vous hurliez dans votre sommeil.

La colère sur son visage s'atténua un moment, aussitôt remplacée par un regard dur et chargé de reproche, même si Iris était incapable de dire si cette expression lui était destinée ou s'il se l'adressait à lui-même.

— Et en quoi cela requérait-il votre intervention ? Qu'espériez-vous en venant ici ? Me sauver ?

Iris haussa les épaules :

— Je ne savais pas vraiment quoi penser. J'ignorais pour quelle raison vous gémissiez de la sorte.

Elle le contempla un instant et se rappela combien la douleur et la détresse avaient déformé son beau visage lorsqu'elle s'était invitée dans la pièce.

— Vous faisiez un cauchemar, expliqua-t-elle avec douceur.

— Un cauchemar ! s'exclama-t-il, visiblement à deux doigts de hurler. Vous êtes entrée dans ma chambre à cause d'un cauchemar ?

— Ma foi, oui. Mais ce devait être un cauchemar terrible.

Elle lui désigna d'un geste les draps en bataille avant de se souvenir qu'il ne pouvait pas les voir.

— Ce n'était rien d'autre qu'un rêve ! cracha-t-il.

Iris haussa les épaules :

— Parfois les cauchemars sont aussi effrayants que la réalité, ou même plus.

Il secoua la tête, incrédule.

— Et comme je vous l'ai dit, ce cauchemar semblait terrible. Vous ne faisiez pas que hurler. Vous vous débattiez en tous sens… votre cœur s'était emballé.

Il haussa un sourcil et Iris espéra qu'il ne se demandait pas comment elle avait obtenu cette dernière information. Elle ne tenait pas à ce qu'il sache où ses doigts imprudents s'étaient promenés.

— Je ne pouvais pas vous laisser ainsi, ajouta-t-elle rapidement.

Il inspira longuement avant de souffler lentement.

— Les rêves ne peuvent pas me blesser et je ne suis pas un enfant qui a besoin d'être rassuré.

Il avait tort. Les rêves pouvaient blesser quelqu'un et, de toute évidence, ce cauchemar l'avait profondément torturé. Quelque chose de terrible avait donné naissance à ce mauvais rêve. Quelque chose ou quelqu'un lui avait fait du mal. Cette même chose qui l'avait rendu si agressif et qui était probablement aussi à l'origine de son isolement. Iris aurait tant aimé savoir ce qui lui était arrivé. Mais ce n'était guère le moment de lui poser ce genre de questions.

— Tout le monde a besoin d'un peu de réconfort de temps en temps, préféra-t-elle répliquer, se retenant d'ajouter : *et vous sans doute plus que les autres.*

Au lieu de débattre de ce point avec elle, il se contenta de pousser un grognement désapprobateur.

— Savez-vous de quoi vous rêviez ? demanda-t-elle en conservant une voix douce et apaisante.

— Non, aboya-t-il à nouveau, et je n'ai aucune intention d'en discuter avec vous.

Iris haussa une épaule, guère impressionnée par son accès de fureur :

— C'est juste que lorsque nous faisions des cauchemars, enfants, mère faisait toujours en sorte que nous lui racontions nos rêves. Elle disait qu'en parler était le meilleur moyen d'affaiblir le croque-mitaine.

Il resta muet, se contentant de demeurer figé au milieu de la pièce, les poings de nouveau vissés sur ses hanches.

— C'est pour cela que je vous propose d'en discuter, pour que vos cauchemars perdent de leur emprise sur vous.

— Je-ne-suis-pas-un-enfant, finit-il par prononcer, chaque syllabe brûlant de rage contenue. Je ne crains pas le croque-mitaine et je n'ai certainement pas besoin d'être materné.

— Je le sais. Je pensais simplement…

— Penser n'est clairement pas une activité dans laquelle vous excellez, Lady Iris, la coupa-t-il avec hargne. De toute évidence, l'intelligence n'est guère l'un de vos points forts.

Iris le foudroya du regard. C'était ce que tout le monde présumait. Parce qu'elle était jolie, d'aucuns partaient du principe qu'elle ne pouvait pas aussi être dotée d'un esprit bien fait. Peu de personnes en dehors de sa famille se souciaient d'entendre son avis. Tout ce que les hommes attendaient d'elle était qu'elle soit belle, qu'elle glousse aux bons moments et qu'elle apprécie ouvertement leurs attentions et leurs flatteries. Et visiblement, le comte n'était finalement pas différent des autres. Bien qu'il ne pût savoir si elle était jolie ou non, il avait néanmoins embrassé les mêmes préjugés que tous ces paons condescendants.

— Comment *osez*-vous ? murmura-t-elle d'une voix bouillonnante d'indignation. Le fait que je m'efforce de vous aider ne vous octroie nullement le droit de m'insulter.

— Et le fait que vous vous efforciez de me materner ne vous octroie nullement le droit de faire irruption dans ma chambre au beau milieu de la nuit.

— Je n'ai pas fait irruption. Et je n'ai aucune intention de vous materner.

Elle le jaugea de la tête aux pieds dans une attitude de défi. Puis elle le jaugea de la tête aux pieds une nouvelle fois, avec un peu moins de défi et un peu plus d'admiration.

— Si vous n'êtes pas venue ici pour me sauver, alors que faites-vous dans ma chambre ? Pourquoi étiez-vous dans mon lit ? Et pourquoi êtes-vous encore là ?

Iris déglutit. C'était une bonne question. Elle s'était effectivement attardée plus que de raison après avoir réussi à l'apaiser, mais cela n'avait rien à voir avec un besoin de le materner… bien au contraire. Hélas, elle ne pouvait lui avouer la vérité.

Elle avait ressenti un désir irrépressible de l'admirer,

de l'enlacer, de le toucher… et elle l'avait fait. Sans son accord. Comment aurait-elle pu admettre une chose pareille ? L'informer qu'elle savait exactement à quel point les muscles de son torse étaient fermes ? À quel point la peau de ses joues était douce sous sa barbe naissante ? À quel point ses lèvres étaient chaudes sous les siennes ?

Iris serra ses paumes l'une contre l'autre, comme si elles contenaient toujours le souvenir de son corps sculpté, de sa bouche sensuelle et de son visage endormi.

Puis elle s'efforça de se rappeler que l'homme en question venait de la traiter de la façon la plus grossière qui soit, quand tout ce qu'elle avait cherché à faire, c'était l'aider. Il ignorait ce qu'elle avait fait et n'avait aucun droit de lui parler ainsi. Il aurait dû la remercier de l'avoir libéré des démons qui tourmentaient son sommeil.

— Vous êtes vraiment l'homme le plus agaçant et le plus ingrat que j'aie jamais rencontré, rétorqua-t-elle, préférant se mettre en colère contre lui plutôt que de penser à son propre comportement amoral. Ne pouvez-vous exprimer quelque peu de reconnaissance envers les gens qui cherchent à vous aider ?

— Je n'ai pas besoin d'aide, ni de vous ni de personne.

— Bien, contra-t-elle en plaquant à nouveau ses mains sur ses hanches pour imiter sa posture furieuse, puisque vous le prenez ainsi… ne comptez pas sur moi pour me précipiter la prochaine fois que vous hurlerez au beau milieu de la nuit.

Il écarquilla les yeux et retroussa légèrement le coin de ses lèvres, visiblement incrédule. Iris avait parlé trop vite et en eut brutalement conscience : il n'y aurait pas de *prochaine fois*. Au terme de cette nuit mouvementée, elle ne reverrait sans doute jamais Theo Crighton.

— Et puisque vous vous montrez si grossier, je m'en vais.

Elle lui adressa un dernier regard noir, avant de se rappeler que c'était un geste inutile. Ses yeux tombèrent sur le matelas du comte et ses draps en bataille où, quelques minutes plus tôt, il s'était débattu de toutes ses forces.

— Laissez-moi juste arranger vos draps et couvertures pour que vous puissiez vous rendormir tranquillement.

Iris se dirigea vers le lit, mais se trouva stoppée par la poigne de fer de l'homme qui se referma sur son bras.

— Laissez ça ! aboya-t-il.

Il était vraiment affreusement grossier.

— Mais je voulais seulement…

— Vous vouliez me materner une dernière fois avant de partir. Je ne veux pas de votre aide et, comme je vous l'ai déjà dit, je n'ai pas besoin que vous me materniez.

— Oh ! très bien, descendez de vos grands chevaux, souffla-t-elle en contemplant le lit avec consternation.

Elle ignorait comment il espérait se rendormir dans cet enchevêtrement de tissu, car les draps, les couvertures et la courtepointe s'étaient emmêlés jusqu'à faire des nœuds, mais tant pis pour lui.

Le comte lâcha son bras :

— Fichez le camp, gronda-t-il.

Iris renifla avec mépris, navrée qu'il ait une fois de plus refusé son aide, mais il n'y avait plus rien à dire ou à faire et elle ne comptait pas demeurer dans cette chambre une minute de plus.

— Je constate que vous allez beaucoup mieux, maugréa-t-elle en récupérant son bougeoir. Vous êtes redevenu aussi grincheux qu'avant. Je vous laisse donc vous rendormir au milieu de votre… champ de bataille.

Et bien qu'il ne pût la voir, Iris leva haut le nez et quitta la pièce, déterminée à sortir telle l'incarnation de l'indignation vertueuse. Au moment de franchir la porte, elle s'interrompit et se retourna. Même l'incarnation de l'indignation vertueuse pouvait s'autoriser à un dernier coup d'œil à ce torse nu. Après tout, ils le savaient tous deux : il n'y aurait pas de prochaine fois et elle n'aurait plus jamais l'occasion de contempler ainsi le comte de Greystone.

Chapitre 6

Impossible. Il n'y avait pas d'autre mot. Toute cette situation n'avait pas pu se produire. C'était impossible. Cette femme *était impossible !*

Dès qu'il entendit le cliquetis de la porte se refermant derrière elle, Theo se recoucha et lutta avec les draps et la courtepointe, s'efforçant de remettre un semblant d'ordre dans sa literie. Il ignorait où était passée sa chemise de nuit, dont il avait dû se débarrasser pendant son sommeil agité, mais il était inutile de la chercher à cette heure.

Il tira sur le fouillis de tissu pour tenter de se couvrir sans cesser de maudire entre ses dents cette odieuse et exaspérante Lady Iris. Pour qui se prenait-elle pour s'inviter ainsi dans sa chambre ? La dernière chose dont il avait besoin était qu'une femme envahissante décide qu'il était son devoir de sauver ce pauvre et malheureux aveugle.

Existait-il personne plus agaçante ? Il en doutait fort. Et alors qu'il lui exprimait, d'une façon qu'il jugeait fort mesurée, ses objections à la trouver dans sa chambre, voilà qu'elle lui répondait d'un ton offensé et hautain !

À quoi diable s'était-elle attendue ? À ce qu'il l'abreuve d'une gratitude éternelle ? Il n'était pas un enfant et ne laisserait jamais une soi-disant âme charitable l'infantiliser de la sorte. Il tira à nouveau sur le nœud de draps. Cette femme était complètement folle ! Il avait simplement fait un cauchemar, par Dieu ! Ce n'était guère le premier et ce ne serait certainement pas le dernier. Comme si cela méritait qu'elle se mette dans tous ses états !

Il vira sur le côté et de vagues souvenirs de son cauchemar lui revinrent en mémoire, des flammes dansant à la périphérie de sa conscience. C'était un rêve familier, qui avait souvent refait surface au cours des six années passées, mais ce soir, il semblait s'accompagner d'autre chose. D'une sensation différente. Plus douce et plus tendre. Comme les caresses d'une femme, ses baisers délicats, son corps souple.

L'avait-elle touché ? Caressé son visage et son torse ? Ou son esprit enfiévré avait-il imaginé tout cela ? Ça ne pouvait être qu'un songe, car il avait également l'impression que quelqu'un avait déposé un baiser sur son front. C'était impossible. Personne n'oserait jamais l'embrasser là, sur ces hideuses cicatrices qui le défiguraient.

Maudite soit cette femme ! Elle n'allait tout de même pas se mettre à envahir ses rêves aussi ? Il se rassit brusquement et frappa son oreiller avec hargne, autant pour lui redonner sa forme que pour soulager une partie de sa colère. Il ne voulait pas de son aide, il n'avait pas *besoin* de son aide, pas plus que de ses caresses et de ses baisers, même imaginaires. Il ne savait que trop bien à quel point il serait dangereux de laisser une jolie jeune femme comme Iris Springfeld entrer dans sa vie. Il savait à quel point il serait aisé de succomber à ses charmes. Et s'il devait bien admettre qu'il était tentant de reproduire cette erreur, le prix à payer par la suite serait bien trop élevé. Non, il refusait de revivre cela.

Il s'en sortait très bien tout seul. Certes, il faisait des cauchemars de temps en temps. Et alors ? Il était parfaitement capable de surmonter cela sans qu'elle vienne le materner. Il avait perdu le compte du nombre de nuits où il s'était réveillé en sursaut, tremblant et agité, ses draps en bataille, tout son corps trempé de sueur. C'était habituel. De simples rêves avec lesquels il avait appris à vivre, à sa façon et sans l'aide de personne.

Theo se retourna et ses narines se trouvèrent soudain submergées par le parfum de Lady Iris, encore présent sur son oreiller et ses couvertures. Maudite, *maudite* soit cette femme ! Même lorsqu'elle n'était plus là, il ne parvenait pas à lui échapper. Il huma profondément le tissu. Fleur d'oranger et eau de rose. Malgré lui, Theo dut bien admettre que son odeur avait quelque chose de réconfortant.

Au lieu de tourner le dos à cette fragrance, il continua à l'inhaler lentement. À chaque inspiration, son souffle s'apaisait, sa colère se dissipait. Petit à petit, il se laissa tomber dans les bras de Morphée, cette fois baigné d'une sensation chaleureuse, celle d'une douce étreinte, teintée de guérison et d'amour. La caresse du soleil inondant la pièce par la fenêtre sans rideau tira Theo d'un repos réparateur. Il s'étira dans son lit, plus détendu qu'il ne l'avait été depuis des années. C'était un agréable changement, de profiter enfin d'une bonne nuit de sommeil, et Theo se demanda ce qui l'avait induit.

Il demeura allongé un moment, repassant dans son esprit tout ce qui s'était produit la veille et cette nuit, chaque nouveau souvenir élaguant davantage son calme jusqu'à ce que sa sérénité se soit totalement évaporée et que cette rage si coutumière l'ait à nouveau englouti.

Théo était souvent en proie à la colère, mais ce matin-là, elle trouva une coupable toute désignée : Iris Springfeld.

Cette commère envahissante et bavarde avec ses incessants gloussements.

Et qui séjournait encore sous son toit ! Il allait devoir l'affronter une fois de plus. Si seulement cette femme n'avait été qu'agaçante, mais elle avait aussi été témoin de ses instants les plus vulnérables.

Il détestait songer qu'elle avait assisté à ses terreurs nocturnes. Imaginer que quelqu'un puisse le considérer comme faible, en particulier une jouvencelle, et en particulier Lady Iris Springfeld, le rendait malade. Il était furieux qu'elle ait cru qu'il eût besoin d'aide, simplement parce qu'il faisait des cauchemars. Il n'avait besoin de personne et surtout pas d'un petit rayon de soleil envahissant qui pensait pouvoir tout arranger avec quelques caresses et paroles de réconfort.

Theo repoussa ses draps, dont les nœuds lui jetèrent davantage de souvenirs insultants au visage, comme le piteux état dans lequel elle l'avait découvert cette nuit. Sa colère frémissant toujours en lui, Theo se dirigea vers la fenêtre et l'ouvrit d'un coup sec dans l'espoir que l'air frais et matinal lui permettrait de garder la tête froide. Le vent était enfin tombé, la tempête disparue. Les oiseaux chantaient gaiement dans les arbres et la brise portait la délicieuse odeur de l'herbe et des feuilles mouillées.

Plus rien désormais ne pourrait l'empêcher de sortir cette intruse de sa vie et de la renvoyer chez elle pour de bon.

Parfait.

Se détournant de la fenêtre, Theo s'enveloppa dans sa robe de chambre et tira la cloche de service de son valet. Il attendit son arrivée en faisant les cent pas dans la pièce.

Elle allait enfin s'en aller, mais malheureusement, il n'aurait d'autre choix que de la croiser une dernière fois avant son départ. La politesse exigeait qu'il lui présente ses adieux, mais ensuite, il s'en laverait les mains. Miss Springfeld disparaîtrait de son existence, de même que ses manières envahissantes et ses viles intentions de le réconforter.

Il se figea soudain. Quelle mouche le piquait ? Pourquoi était-il aussi furieux contre elle ? Les actions de la jeune femme justifiaient-elles une condamnation si sévère ?

Il inspira profondément avant de souffler lentement. Se montrait-il injuste ? Ou pire, se comportait-il comme un véritable mufle ? Après tout, que lui avait-elle réellement fait ? Elle avait entendu ses cris au milieu de la nuit et s'était précipitée à son secours.

Ses intentions, bien que peu judicieuses, avaient été honorables. Et, même si toute cette situation l'avait terriblement fâché, il lui fallait reconnaître qu'elle avait fait preuve de courage. Elle qui s'était retrouvée par la force des choses à dormir dans l'étrange demeure d'un parfait inconnu n'avait pas hésité à intervenir lorsqu'elle l'avait cru en danger. Et il avait récompensé sa bravoure par des remarques acerbes et furieuses.

Serrant les mâchoires, il se remit à arpenter la pièce. Maudite soit cette femme ! Voilà qu'il allait devoir se rabaisser une fois de plus devant elle et lui présenter des excuses pour son comportement.

Soit. Le plus vite il se serait débarrassé de cette corvée, mieux il se porterait. Elle pourrait ensuite repartir et le laisser vivre en paix.

Son valet arriva avec une aiguière pleine d'eau et son matériel de rasage. Theo s'assit et James fit courir le blaireau chargé de savon sur ses joues et son menton. Il fulminait toujours tandis que son domestique aiguisait le rasoir sur une longue lanière en cuir.

Pourquoi avait-il fallu qu'elle pénètre dans sa chambre et lui complique autant la vie ? Ne lui avait-on donc jamais appris qu'une jeune femme célibataire n'était pas censée s'inviter dans les quartiers d'un homme, et ce en aucune circonstance ? Ne réalisait-elle pas à quel point une telle action aurait pu la compromettre ? Si quelqu'un découvrait ce qui s'était passé cette nuit, sa famille serait en droit d'exiger leur mariage. Sa colère enfla à nouveau.

Ces importantes considérations avaient-elles seulement effleuré son esprit étroit ? À moins qu'elle ne se soit crue en sécurité parce qu'elle était entrée dans *sa* chambre ?

Oui, c'était sûrement ce qu'elle s'était dit. Même si Theo avait été suffisamment cruel pour la compromettre, aucun parent n'aurait insisté pour qu'un homme comme lui épouse leur fille. Il inclina la tête en arrière tandis que son valet glissait la lame acérée sur ses joues et son cou et se contraignit au calme.

Il était grand temps de chasser Lady Iris Springfeld de ses pensées. Il ne gaspillerait pas une minute de plus à songer à une femme qui lui faisait bouillir le sang. Surtout pas quand un rasoir aiguisé courait si près de sa jugulaire.

Sa respiration toujours lente et profonde, il s'efforça de ne plus laisser cette petite diablesse s'imposer à son esprit avec ses rires, ses bavardages insouciants et son comportement inconvenant.

Quand son valet plaça finalement une serviette chaude sur son visage, Theo poussa un soupir de soulagement. Il avait survécu à cette séance de rasage sans une seule estafilade, en dépit de son agitation intérieure. Même s'il devait admettre que cette victoire reposait davantage sur le talent de James que sur sa propre capacité à écarter Lady Iris de ses pensées. Et maintenant, il allait devoir supporter sa compagnie quelques heures de plus et faire de son mieux pour masquer son agacement, un exploit qui requerrait un degré de retenue que Theo n'était pas certain de posséder.

— Lady Iris est-elle levée ? demanda-t-il à son valet lorsque ce dernier eut retiré la serviette chaude.

— Oui, milord. Je crois que la jeune lady s'est réveillée très tôt.

— Bien.

— Et elle porte désormais sa propre toilette, nettoyée et séchée.

Theo perçut l'amusement dans la voix du domestique. Sans doute Charles l'avait-il informé que Lady Iris avait été contrainte de finir la soirée avec les vêtements du comte.

— Et où se trouve-t-elle à présent ? s'enquit-il tandis que James choisissait un costume dans son armoire.

— La dernière fois que je l'ai vue, elle était dans la salle du petit déjeuner, répondit le valet en tendant le pantalon et la chemise à Theo.

— Et le cocher a-t-il bien reçu l'instruction de la ramener chez elle dès qu'elle sera prête à partir ?

— Oui, milord.

Theo hocha la tête. Il ne lui restait plus qu'à lui présenter rapidement ses excuses, la laisser prendre congé, la pousser dans sa voiture et c'en serait terminé. Sa vie reviendrait enfin à la normale.

James l'aida à enfiler sa veste et, quand ce dernier l'eut brossé jusqu'à atteindre un degré de perfection qu'il estimait satisfaisant, Theo quitta ses quartiers et emprunta le chemin qu'il connaissait par cœur.

Il avait fait en sorte que les trajets qu'il effectuait le plus souvent soient libres de tout obstacle. Là où le reste de la maison comportait toute une panoplie de décorations et de babioles que ses ancêtres avaient amassée au fil du temps, le couloir menant à sa chambre était aussi spartiate qu'une cellule de moine.

Il avait également ordonné à son personnel de n'huiler aucun gond ni aucune serrure. Cela permettait à Theo de savoir quand la porte s'ouvrait pour laisser entrer quelqu'un. Ces petits agencements offraient à Theo l'assurance nécessaire pour qu'il puisse se déplacer librement dans sa propre demeure. Il ne jouissait guère de cet avantage dehors, où n'importe quel obstacle pouvait le faire trébucher et attirer l'attention sur son infirmité.

Il agrippa fermement la rambarde. Pourtant, même dans ce sanctuaire, la jouvencelle l'avait vu dans ses pires états. C'était pour cela qu'il évitait la société. Pour cela qu'il se coupait du monde. Parce qu'il ne supportait pas qu'elle, ou quiconque d'ailleurs, le considère avec pitié.

La main toujours sur la rambarde, il descendit l'escalier en comptant les marches jusqu'au rez-de-chaussée. Puis il compta à nouveau les pas qui le séparaient de la salle du petit déjeuner.

Il atteignit la porte, serra les dents et se figea, le poing étroitement refermé sur la poignée. Puis, avec un soupir résigné, il poussa le vantail, déterminé à en finir le plus rapidement et le moins douloureusement possible.

Chapitre 7

— Bonjour ! claironna sa voix rayonnante depuis l'autre côté de la table. C'est une merveilleuse journée, n'est-ce pas ?

Il grommela une réponse, s'assit sur sa chaise habituelle et tendit le bras vers la cafetière… mais ses doigts se refermèrent dans le vide. La bougresse l'avait bougée. Charles s'empressa de s'avancer pour faire glisser le récipient à portée de sa main. Theo murmura un remerciement, versa la boisson chaude dans une tasse et résista à la tentation d'informer Lady Iris que chaque objet dans cette maison avait une place et qu'il n'appréciait guère que cela change, au risque de l'obliger à dépendre des autres pour des actions basiques, comme se servir un café. Mais il se mordit sa langue, se rappelant qu'il avait des excuses à lui présenter et qu'un reproche constituerait une piètre entrée en matière.

— Vous pouvez vous retirer, merci, Charles, déclara Theo.

Il était inutile que qui que ce soit entende ce qu'il avait à dire. Ses domestiques étaient probablement déjà au courant pour ses cauchemars ; peu de choses leur échappaient entre ces murs. Mais ils n'avaient guère besoin de savoir de quelle façon Lady Iris occupait ses nuits et Theo ne tenait pas à ce que Charles le voie s'abaisser à demander pardon à cette petite écervelée.

— Sans les branches cassées et l'allée détrempée, on peinerait à croire qu'une tempête a sévi toute la nuit, reprit Lady Iris sur le même ton guilleret. Et encore, vos jardiniers sont déjà à pied d'œuvre ! Je suis sortie m'aérer un moment avant de venir m'attabler pour le petit déjeuner et ils avaient presque terminé de tout nettoyer.

Visiblement, la bonne humeur de Lady Iris ne se cantonnait pas aux soirées, elle était tout aussi pétulante le matin. Certaines personnes étaient plus énergiques au réveil, d'autres à la brune… Au grand désarroi de Theo, Lady Iris était énergique jour et nuit.

— Maintenant que la tempête est passée, vous devez être impatiente de rentrer chez vous, dit-il en prenant une gorgée de ce revigorant café.

Je suis certainement impatient de vous voir repartir.

— Oui, je ferais mieux de regagner le domaine des Walberton le plus tôt possible. Avec un peu de chance, je serai de retour avant que les autres se lèvent et personne ne saura que j'avais disparu. Ils se couchent généralement très tard et descendent peu avant midi, je ne crains donc pas grand-chose.

Theo hocha la tête pour marquer son approbation. Parfait, elle serait bientôt partie. Mais il lui restait une chose à faire avant qu'ils se séparent pour de bon. Quelque chose de douloureux. Il devait lui présenter ses excuses.

Theo but une nouvelle gorgée de café, reposa sa tasse dans sa soucoupe, se redressa, inhala profondément et se lança :

— À propos d'hier soir.

Il prit une autre inspiration, lente et mesurée. Qui aurait pu croire que quelque chose d'aussi simple que de présenter des excuses puisse s'avérer aussi difficile ? Mais après tout, Theo n'avait guère l'habitude de se justifier devant qui que ce soit, encore moins de s'excuser.

— Ah oui, à ce sujet, intervint-elle, sa tasse cliquetant dans sa soucoupe. Je faisais très régulièrement des cauchemars lorsque j'étais enfant ; à chaque fois, ma mère m'étreignait et me caressait le front jusqu'à ce que je cesse de trembler.

Elle s'interrompit, puis gloussa d'un ton qui semblait gêné.

— C'est pour cela que je me trouvais dans votre chambre à votre réveil. Je suppose que je voulais simplement vous aider, comme ma mère l'avait fait pour moi. Rien de plus. Rien de moins.

Theo serra les dents pour s'empêcher de lui rappeler une nouvelle fois, avec la véhémence appropriée, qu'il n'avait nullement besoin d'être materné, mais il se retint, convaincu que la fustiger de la sorte n'était guère compatible avec le fait de présenter des excuses.

Mais il manqua de s'étrangler lorsqu'il comprit soudain ce qu'elle venait d'insinuer. *L'étreindre... lui caresser le front ?* Était-ce ce qu'elle avait fait ? Ces sensations d'avoir été enlacé étaient-elles finalement réelles et non le produit de ses rêves fiévreux ? Mais même si elle l'avait vraiment tenu dans ses bras, elle ne l'avait pas caressé et embrassé comme une femme l'aurait fait avec un homme, mais comme une mère pour rassurer un bambin effrayé. Ce n'était guère une marque d'affection ou d'attirance... c'était une insulte ! Theo était un homme, nom d'un chien, pas un enfant !

Elle était entrée dans sa chambre. Elle n'aurait jamais dû faire une chose pareille, même si ses intentions étaient bonnes. Mais ses actions nocturnes et la raison qui les avait motivées n'avaient guère d'importance. Theo n'avait plus qu'à lui présenter ses maudites excuses et en finir avec elle.

— Je suis navré de m'être montré grossier avec vous cette nuit, dit-il entre ses dents, sa mâchoire si tendue qu'elle lui donnait un ton sévère.

Il s'efforça de se détendre.

— Vous avez fait preuve de beaucoup de courage lorsque vous avez entendu…

Il termina sa phrase d'un geste de la main, peu désireux de rappeler à haute voix qu'il hurlait dans son sommeil.

— De courage ? s'étonna-t-elle avant de glousser légèrement. Je ne suis pas courageuse. Imprudente, ça oui. Je n'ai guère réfléchi à ce que je faisais. J'ai simplement… agi, je suppose. J'ignore ce que j'aurais fait si vous aviez réellement subi une attaque ou s'il y avait eu un véritable fantôme dans votre chambre.

Et voilà ! Elle recommençait à jacasser. Ne s'arrêtait-elle donc jamais ? Mais Theo tint sa langue. Il n'était pas venu la critiquer, se répétait-il intérieurement, mais s'excuser.

— Eh bien, je vous remercie.

Là. Il l'avait dit. Avec un peu de chance, cela mettrait un terme à tout ceci et il pourrait boire son café en paix.

— Ç'a été ma première idée, vous savez, quand j'ai été si brusquement réveillée, poursuivit-elle, anéantissant ses espoirs d'un petit déjeuner silencieux. Que le château était hanté… après tout, il est très vieux. Puis j'ai pensé à un implacable assassin qui rôdait dans les couloirs et semait la mort… ou peut-être une bande de brigands.

Theo continua de boire son café, car il ignorait comment répondre à de telles absurdités, ni s'il avait réellement envie de prendre cette peine.

— Vous ai-je informé que je suis une grande lectrice

de romans gothiques ? Hélas, ils ont tendance à nourrir mon imagination déjà débordante, au point que mon esprit prend parfois de surprenantes tangentes.

— Non, vous ne m'en aviez pas informé. Mais maintenant que je le sais, je suis étonné que vous ayez osé sortir de votre lit, plus encore que vous ayez pénétré dans mes quartiers.

— Je suppose que vous avez raison, car je me fais bien souvent disputer pour ce genre de choses.

Il reposa sa tasse :

— Quel genre de choses ? Entrer dans la chambre d'un homme au beau milieu de la nuit ?

— Non ! Bien sûr que non. Ne dites pas de sottises. Je me fais souvent disputer parce que j'agis sans réfléchir.

— Oh ! je vois. Comme quand vous sortez vous promener alors qu'une tempête rôde à l'horizon.

— Hmm, oui, je suppose. Et merci encore de m'avoir hébergée. J'ignore ce que j'aurais fait si je n'étais pas tombée par hasard sur votre demeure.

Theo prit une nouvelle gorgée de café, ravi d'en avoir fini avec son excuse et satisfait d'avoir réussi à se retenir de mentionner qu'il aurait préféré qu'elle tombe par hasard sur n'importe quelle autre maison que la sienne. Elle aurait alors pu infliger son implacable bonne humeur à quelqu'un susceptible de l'apprécier. Mais non, il se montrait injuste. Lady Iris n'avait pas choisi sa demeure ; les circonstances l'avaient contrainte à chercher refuge chez lui. Et, dans n'importe quelle autre maison, elle n'aurait pas été réveillée au beau milieu de la nuit par les hurlements de son hôte.

Theo déglutit bruyamment lorsqu'un autre souvenir de cet épisode, un qu'il aurait désespérément voulu oublier, refit surface dans son esprit. Il lui restait une excuse à présenter, et elle serait sans doute plus délicate :

— Je suis également navré que vous m'ayez vu…

Il s'interrompit, cherchant la meilleure tournure de phrase pour éviter à la jeune femme de piquer un fard.

— Je suis navré que vous m'ayez vu… dépourvu d'une mise plus formelle.

Elle rit franchement :

— Eh bien ! Quelle élégante façon de le formuler !

Theo ne voyait pas ce que la situation avait de comique. Elle était entrée dans la chambre d'un célibataire, seule, et l'avait trouvé en tenue d'Adam. La plupart des jeunes femmes seraient ressorties en courant. Mais pas Lady Iris. Et ses excuses, loin de l'empourprer, avaient provoqué son hilarité.

Était-ce parce qu'elle ne le considérait toujours pas comme un homme digne de ce nom ? Même après l'avoir vu entièrement nu ? Existait-il situation plus humiliante ? La colère qu'il s'était tant efforcé de réprimer pendant qu'il cherchait à faire amende honorable se mit à bouillonner dans ses veines.

— Mais cette situation n'était guère votre faute, reprit-elle.

La voix de la jeune femme était légèrement étouffée, comme si elle avait placé sa main devant sa bouche. Au moins avait-elle la décence de faire montre d'une pointe d'embarras après avoir contemplé le corps d'un homme sans le moindre bout de tissu pour le dissimuler à sa vue.

— Et vous avez raison, je n'aurais jamais dû me précipiter dans votre chambre sans réfléchir. Je ne l'aurais certainement pas fait si j'avais su que vous étiez…

Elle rit à nouveau, d'un ton toujours légèrement gêné, avant de conclure :

—… dépourvu d'une mise plus formelle.

— Bien, nous avons tous deux fait amende honorable, je suggère donc que nous changions de sujet. Moins nous en dirons, mieux cela vaudra.

— Certes, approuva-t-elle d'un murmure. Il ne faudrait pas que l'on apprenne que je vous ai vu… dépourvu d'une mise plus formelle.

Theo grommela dans sa barbe, souhaitant de tout son être qu'ils terminent cette conversation et qu'elle cesse de répéter cette phrase. Au moins, il allait enfin pouvoir boire son café en paix. Theo mangeait rarement au petit déjeuner et ce matin, il avait encore plus de raisons d'écourter son repas au plus vite. Il n'avait aucunement l'intention de retarder le départ de Lady Iris plus que nécessaire. Mais de toute évidence, la jeune femme aimait prendre un copieux petit déjeuner. Le crissement de ses couverts contre le fond de l'assiette, ainsi que de bonnes odeurs de bacon, d'omelette, de saucisses et de pain fraîchement cuit lui parvenaient depuis l'autre côté de la table. Visiblement, sa cuisinière avait décidé de proposer à leur invitée un véritable festin avant son départ.

Theo pria pour qu'elle mange rapidement et se retienne de jacasser.

— Vos domestiques ont réussi à sécher ma tenue et à la débarrasser de toute la boue, lança-t-elle soudain de son ton guilleret, tuant ses prières dans l'œuf. Vous serez heureux d'apprendre que je suis désormais vêtue comme une lady à nouveau et non plus comme un gentilhomme, ajouta-t-elle d'une voix qui avait retrouvé sa sempiternelle jovialité. Ils n'ont rien pu faire pour mon chapeau, hélas. Il ressemble toujours à une pauvre petite créature noyée. J'ignore ce que je vais raconter à ma mère. Il faudra que je trouve un moyen de justifier qu'il ait passé la nuit dehors en pleine tempête pendant que j'étais bien au chaud dans mon lit, chez les Walberton. Hélas, pour l'instant, je n'ai pas la moindre excuse un tant soit peu crédible à lui proposer.

— Êtes-vous toujours aussi enjouée le matin ? demanda Theo dans une tentative désespérée de couper court à son interminable verbiage.

— Je le suis, en effet. Merci.

— Cela n'avait rien d'un compliment.

— Ah non ?

Elle s'interrompit et Theo faillit se féliciter d'être parvenu à la faire taire, avant de se rappeler que Lady Iris ne se décourageait pas si aisément.

— Pourtant, cela ne peut guère être une insulte. Après tout, il n'y a aucun mal à être enjoué, n'est-ce pas ? En particulier par une si belle matinée ! Le soleil brille, les oiseaux chantent et il flotte dans l'air ce merveilleux parfum frais que la pluie laisse dans son sillage. C'est tout bonnement exquis ! Comment ne pas éprouver de gratitude d'être en vie par un jour pareil ?

— D'aucuns aiment leurs matinées silencieuses, même lorsqu'elles sont « tout bonnement exquises », rétorqua-t-il d'un ton signifiant que ces matinées-là étaient les pires de toutes.

— Je crains de ne connaître personne qui aime les matinées silencieuses. Du moins, personne parmi mes proches. Mon père n'est guère loquace, mais il ne nous a jamais rabrouées, ma mère, mes sœurs et moi, quand nous parlions pendant son petit déjeuner. Quant à mon frère, Nathaniel, c'est probablement le plus bavard d'entre nous. Si vous me trouvez bruyante, je me demande ce que vous penseriez du reste de ma famille ! Vous vous rendriez alors compte que je suis l'une des plus discrètes.

Dieu le préserve de rencontrer des gens ressemblant à Lady Iris ! Fort heureusement, il n'aurait sans doute jamais le malheur de croiser d'autres membres des Springfeld, encore moins la famille au complet.

— Sachez qu'un homme aime pouvoir boire son café dans le calme avant de devoir subir un tel assaut d'entrain, dit-il, fâché de devoir expliquer un principe aussi basique dans sa propre maison.

— Oh ! je vois. Souhaitez-vous que j'attende que vous ayez fini votre café avant de vous frapper avec toute la puissance de ma nature enjouée ?

Theo serra les lèvres, se contentant de remplir à nouveau sa tasse pour lui montrer qu'il escomptait encore le silence.

— Et je pourrais vous poser une question équivalente, reprit-elle, ignorant sa subtile requête. Êtes-vous toujours aussi grincheux le matin ?

Elle patienta une seconde avant d'ajouter :

— Non, ne répondez pas.

Comme s'il en avait eu l'intention !

— Je crois que je sais déjà ce que vous direz à propos de votre humeur matinale.

Le trille dans sa voix semblait suggérer, à défaut d'autre chose, que Lady Iris trouvait le sujet de son humeur terriblement cocasse.

Theo tendit la main vers la cloche qui était toujours posée au milieu de la table et l'agita avec force dans l'espoir de noyer dans son tintement claironnant les infernales provocations de son invitée.

— Charles, le cocher a-t-il avancé la voiture ? s'enquit Theo dès que le majordome pénétra dans la pièce. Lady Iris souhaite rentrer chez elle au plus tôt.

— Je l'ai informé qu'il devait se hâter, milord. Il nous préviendra dès qu'il sera prêt, répondit Charles.

— Bien.

Theo se demanda soudain si ses domestiques cherchaient à retarder volontairement le départ de Lady Iris, car les préparatifs semblaient prendre bien plus de temps qu'il lui paraissait nécessaire. Ils n'auraient pas osé se montrer aussi déloyaux, n'est-ce pas ? Son personnel lui avait toujours été très fidèle, mais après les changements survenus des suites de l'accident, leurs vies, tout comme la sienne, avaient irrévocablement basculé cette nuit-là. Cette terrible nuit. Autrefois, il avait organisé des fêtes très régulièrement. Bien que cela s'accompagnât d'un surplus de travail pour ses domestiques, cela leur permettait également de rencontrer ou de revoir les serviteurs d'autres maisons, qui séjournaient sur place afin d'assister leurs maîtres et maîtresses. Sans doute cet aspect-là de leur métier leur manquait-il ? Il savait que sa cuisinière regrettait de ne plus avoir l'occasion d'organiser de grands et fastes dîners. Son majordome et son intendante, quant à eux, déploraient quelque peu la monotonie de leurs tâches actuelles. Pourtant, malgré les changements imposés à sa façon de vivre, Theo n'avait congédié aucun de ses domestiques et conservé un personnel complet. Simplement, ils avaient désormais moins de travail qu'auparavant. Cela constituait forcément une amélioration par rapport aux longues heures que leurs homologues des autres grandes maisons étaient contraints de réaliser… Ils ne pouvaient qu'être satisfaits de cette situation. Il en était certain. Du moins, il n'avait jusqu'à présent jamais eu de raison de douter de leur loyauté.

Non, il était sûr qu'ils n'auraient jamais l'outrecuidance de retarder le départ de Lady Iris, d'autant moins lorsqu'il était si évident que leur maître tenait à se débarrasser d'elle le plus rapidement possible. C'était elle qui lui faisait imaginer des choses.

— Charles, pourriez-vous s'il vous plaît aller voir ce qui retient le cocher ? Nous lui avons donné tout le temps nécessaire pour préparer les chevaux et la voiture. Rappelez-lui qu'il est impératif que Lady Iris rentre chez elle sans attendre.

— Très bien, milord, répondit Charles avant de s'éclipser.

— Je constate que vous êtes terriblement impatient de vous débarrasser de moi, déclara Iris. C'est à croire que vous aimez réellement passer vos journées en solitaire.

Theo eut l'impression qu'une main en acier se refermait sur son estomac, comme s'il venait de boire une substance toxique et non du café.

— Ma propre compagnie me suffit, répliqua-t-il, horrifié d'avoir parlé d'une voix étranglée.

— Hmm.

Sa réponse semblait suggérer qu'elle n'en croyait pas un mot.

Mais il se moquait bien qu'elle le croie ou non ! Il n'allait certainement pas se justifier de vivre sa vie comme il l'entendait. Ni devant elle ni devant personne.

— Nous ne sommes pas tous semblables, Lady Iris. Certains d'entre nous apprécient le calme et la solitude, se justifia-t-il malgré sa conviction que ce n'était pas nécessaire.

— Oui, j'ai pu constater combien le calme et la solitude ont fait de vous une personne heureuse et enjouée, répondit-elle dans un murmure.

Comment *osait*-elle ? C'était parfaitement scandaleux. S'attendait-elle à ce qu'il défende son existence ? Face à elle qui plus est ?

— Vous n'êtes pas obligé de rester seul, vous en êtes conscient ? continua-t-elle d'un ton toujours très doux.

Theo était trop choqué pour parler. Ce bout de femme impertinent croyait-il réellement être en mesure de lui donner des conseils sur la façon de vivre sa vie ? Elle ne savait rien de lui. Elle ne savait rien *du tout*.

— Vos voisins, les Walberton, sont très gentils et très chaleureux. Et j'ai rencontré d'autres familles des environs, chez eux. Ils sont tous très aimables. Peut-être devriez-vous faire un effort pour les fréquenter un peu plus souvent ?

— Et peut-être devriez-vous garder vos opinions pour vous.

Elle avait dépassé les bornes. Il savait exactement quel genre de personnes étaient les Walberton. Par le passé, il avait longuement et régulièrement séjourné chez eux, et la réciproque était tout aussi vraie. Il avait invité ses voisins chez lui fréquemment, pour toutes sortes d'événements. Mais cette époque était révolue. Il n'était plus le même homme, désormais, et il n'avait aucune intention de changer sa façon de vivre, simplement parce qu'elle déplaisait à *Miss Springfeld*.

Theo attendit qu'elle poursuive ses bavardages. Qu'elle lui donne un autre conseil importun. Mais elle ne dit rien. Enfin, il avait obtenu le silence tant désiré, mais par l'enfer, il s'était encore montré grossier avec elle. Cependant, cette fois, elle l'avait amplement cherché.

— Merci de m'avoir expliqué comment je devrais vivre ma vie, finit-il par rétorquer en s'efforçant d'atténuer le niveau de sarcasme de sa voix. Je ne manquerai pas d'accorder à votre avis la considération qu'il mérite.

— Je n'en doute pas, répliqua-t-elle sur le même ton.

Et je suis certaine que nous n'aurons pas le plaisir de nous recroiser chez les Walberton ou ailleurs.

En guise de réponse, Théo but une autre gorgée de café.

La porte s'ouvrit.

— La voiture est prête à reconduire Lady Iris chez elle, milord.

Merci, Seigneur, faillit s'exclamer Theo. Enfin, cette ridicule conversation touchait à sa fin. Dans quelques minutes, il n'aurait plus jamais à supporter son attitude maternelle, ses gloussements idiots et ses interminables jacasseries.

— Très bien, Charles. Je suis certain que Lady Iris est impatiente de se mettre en route… si elle a suffisamment mangé.

— C'est le cas. Merci, Charles.

Un froissement de tissu lui indiqua qu'elle s'était levée.

— Je vais donc vous laisser savourer votre café en paix, milord.

— Non, je vais vous accompagner jusqu'à la voiture.

Quelle mouche le piquait ? Après son accueil plus que glacial la veille au soir et son ton grossier ce matin, pourquoi prenait-il soudain la peine de se montrer courtois ? Se sentait-il coupable d'avoir été si malpoli ou tenait-il simplement à s'assurer qu'elle montait bien dans ce maudit carrosse pour ne jamais revenir ?

Theo suivit le bruissement de son jupon jusqu'au hall d'entrée, puis dehors. Elle n'avait pas eu tort en parlant du changement de temps. Le soleil lui réchauffait le visage ; l'herbe et les arbres exhalaient cette fraîche odeur de pluie et du sol s'élevait une senteur boisée et argileuse. Theo avait la sensation d'assister à la renaissance du monde après le déluge.

Comptant ses pas, il descendit les marches du perron principal jusqu'à l'avenue où l'équipage attendait Lady Iris.

— Eh bien, adieu, lança-t-elle d'une voix à la douceur sincère, cette fois. Et merci infiniment pour votre hospitalité.

Son hospitalité ? Elle devait plaisanter. Il lui avait fourni un refuge, guère plus. Il avait tout fait pour se montrer aussi inhospitalier que possible envers cette jeune créature enjouée, sans paraître ouvertement hostile.

— Adieu, Lady Iris, répondit-il d'un ton ferme.

Dans un grand froissement de tissu, elle pénétra dans la voiture. Puis le cocher fit claquer les rênes, les chevaux renâclèrent devant l'effort nécessaire pour mettre en branle le véhicule, puis les roues crissèrent sur le gravier et l'attelage s'éloigna.

Theo demeura debout au bas des marches, simplement pour s'assurer qu'elle était bel et bien partie, puis il regagna sa maison.

— Bon débarras, marmonna-t-il dans sa barbe en pénétrant dans le manoir, brusquement redevenu silencieux.

Chapitre 8

Iris se retourna sur son siège et contempla par la fenêtre du carrosse la silhouette solitaire qui remontait les marches de pierre.

Elle ne reverrait sans doute jamais le comte de Greystone, mais Iris savait qu'elle ne l'oublierait jamais, pas plus que la nuit qu'elle venait de vivre. C'était décidément un homme très intrigant et Iris ne se rappelait pas avoir jamais éprouvé une telle curiosité pour quelqu'un.

Elle se laissa aller contre le dossier de la banquette en cuir. Il était temps pour elle de reprendre sa vie et l'interminable suite de bals, pique-niques, et autres fêtes qui meublait ses jours et ses nuits. Quel dommage qu'aucun des hommes qu'elle avait rencontrés à ces rassemblements de la haute société ne soit aussi intéressant que le comte de Greystone ! Même si elle se refusait à le considérer comme un potentiel époux. Cette simple idée suffit à lui tirer un éclat de rire. L'homme l'avait traitée avec mépris et s'était comporté comme si prendre du plaisir à vivre était un crime contre nature. Ce n'étaient certainement pas là des qualités qu'elle recherchait chez un prétendant.

Elle jeta un nouveau coup d'œil en arrière, admirant la maison qui rétrécissait rapidement. Il était grincheux, malpoli et avait choisi de se couper du reste du monde.

Non, le comte de Greystone ne ferait guère un mari convenable et, même si elle lui avait témoigné de l'intérêt, ce qui n'était pas le cas, lui avait clairement exprimé son opinion à son sujet. Il n'y avait qu'à voir son empressement à se débarrasser d'elle ce matin.

Mais son caractère colérique avait eu un avantage : il ne l'avait pas noyée de flatteries obséquieuses et ne l'avait pas traitée comme une belle babiole en vente, contrairement à la majorité des hommes. Et oui, il était grossier, mais au moins disait-il le fond de sa pensée au lieu de ne prononcer que des demi-vérités, comme si elle était une petite chose sensible et délicate que la moindre remarque pouvait blesser. Cette aventure s'était révélée étonnamment rafraîchissante.

Et d'une façon tout aussi surprenante, elle avait la conviction qu'elle n'oublierait pas de sitôt Theo Crighton, comte de Greystone.

Tout comme elle savait qu'elle ne cesserait de songer ou de s'inquiéter au sujet de ces démons qui tourmentaient son sommeil. Le carrosse tourna, quittant l'allée du domaine pour s'engager sur la route de campagne, et la maison disparut derrière une rangée de grands ormes. Hélas, Iris n'apprendrait jamais quels étaient ces démons. Elle supposait qu'ils avaient un rapport avec ce qui lui avait valu ces cicatrices, et probablement sa cécité également. Serait-il à nouveau la proie de ces terribles cauchemars cette nuit, sans personne dans cette immense demeure pour l'épauler ? Le soutenir ? C'était un homme si puissant physiquement, pourtant cette menace invisible qui envahissait et possédait son esprit endormi le réduisait à un état d'agonie bien réel. Il avait besoin d'un coup de pouce, mais il avait bien fait comprendre à Iris qu'il n'était pas prêt à l'accepter, encore moins de sa part.

Elle poussa un long et triste soupir. Pourquoi se croyait-il si différent du reste du monde ? Personne ne pouvait vivre sans avoir un jour besoin du soutien de quelqu'un d'autre, de l'assurance de ne pas être seul face à l'adversité, d'une main tendue au moment opportun.

Mais Iris ne pouvait rien faire pour changer la situation. Elle ne reverrait probablement jamais Theo Crighton, alors autant le chasser de son esprit, lui et toutes ces questions sans réponse… d'autant plus qu'elle avait suffisamment de sujets d'inquiétude dans l'immédiat. Elle devait se concentrer sur son retour au domaine des Walberton et faire en sorte d'être la plus discrète possible. Il était inutile de repenser au comte, à son comportement, à ses démons et surtout à cette image de lui « dépourvu d'une mise plus formelle », comme il l'avait si savamment édulcoré. Iris sourit et se mordit la lèvre inférieure.

« *Dépourvu d'une mise plus formelle,* » c'était l'euphémisme du siècle !

Elle n'aurait pas dû laisser ses pensées s'engager sur cette pente, mais elle savait qu'elle ne pourrait jamais oublier l'apparence du comte *dépourvu d'une mise plus formelle*, et vraiment, pourquoi aurait-elle souhaité omettre pareille vision ? Elle l'avait trouvé tout à fait grandiose, un véritable festin pour les yeux. Elle aurait dû éprouver de la honte à céder à des instincts aussi primaires, mais elle s'était délectée de son magnifique corps sculpté la nuit dernière. Et ce petit frisson qui venait de la parcourir des oreilles aux orteils n'avait décidément rien à voir avec de la contrition. Iris se raidit sur sa banquette, luttant pour réprimer cette étrange sensation avant de s'admonester silencieusement de faire si peu d'efforts pour chasser le comte de son esprit. Elle devait absolument garder la tête froide pour se faufiler dans la maison sans que quiconque la découvre ou lui pose des questions gênantes.

Ils ne roulaient que depuis quelques minutes et déjà la campagne environnante lui parut plus familière. Iris se tortilla sur son siège lorsqu'elle vit défiler de l'autre côté de sa fenêtre un groupe de jolis petits cottages aux toits de chaume perché au bord d'une falaise surplombant l'océan. Elle avait admiré ces habitations la veille, quand elle avait commencé sa promenade… une marche qui avait duré plusieurs heures. Et pourtant les cottages n'étaient qu'à quelques minutes en voiture de l'entrée du domaine de Theo Crighton. Elle avait dû tourner en rond plusieurs fois ! Pas étonnant que le comte l'ait prise pour une parfaite nigaude… comment avait-elle pu s'égarer sur une si courte distance ? Si seulement elle était restée sur la route. Si seulement elle avait marché dans la bonne direction, elle serait rentrée chez les Walberton en quelques minutes au lieu d'errer interminablement jusqu'à se retrouver complètement et irrémédiablement perdue.

Très vite, le manoir des Walberton apparut, son imposante silhouette se dressant majestueusement au sommet d'une colline. Les rideaux étaient tous fermés aux fenêtres des chambres réparties sur trois étages. Bien, cela signifiait que personne n'était encore levé. Le conducteur s'engagea le long de l'allée en gravier qui menait à la porte principale.

— Excusez-moi, cocher ? appela-t-elle. Pourriez-vous me déposer ici, je vous prie ? Je vais faire le reste à pied.

— Entendu, milady, répondit l'homme en tirant sur les rênes.

Il bondit à terre pour aider Iris à descendre de voiture et, après l'avoir remercié, la jeune femme se tourna vers la maison pour s'assurer que le calme régnait toujours.

Le plus rapidement possible, elle parcourut l'allée en esquivant les flaques laissées par la tempête de la nuit dernière. Les domestiques seraient probablement déjà tous levés et à pied d'œuvre, malgré le fait que les invités dormaient sans doute encore pour se remettre des festivités de la veille. Mais avec un peu de chance, même si l'un d'eux l'apercevait, l'on croirait qu'elle était sortie pour une promenade matinale et rien de compromettant ne remonterait aux oreilles de leurs maîtres ou maîtresses.

Iris pénétra dans la maison aussi silencieusement que possible et, sur la pointe des pieds, grimpa l'escalier quatre à quatre jusqu'à sa chambre. Les couloirs étaient déserts. C'était presque trop facile. Avec un large sourire, elle s'engouffra à l'intérieur et se figea, la main sur la poignée.

Sa mère, la dernière personne qu'elle aurait souhaité voir ce matin, se tenait au milieu de la pièce et contemplait le lit d'Iris. Hélas, les draps bien bordés et la courtepointe en soie sans la moindre froissure révélaient que personne n'avait dormi là.

— Bonjour, mère, lança Iris en s'efforçant de chasser la panique de sa voix.

Avant même qu'elle puisse songer à une excuse, sa mère traversa la chambre au pas de charge, se jeta dans les bras de sa fille et la serra puissamment contre elle en la berçant de droite et de gauche.

— Oh ! Iris, j'ai cru que vous… j'ai cru… Oh ! j'ignore ce que j'ai cru. Qu'on vous avait kidnappée peut-être, ou que quelque chose de terrible vous était arrivé.

Puis elle recula d'un pas et posa une main sur son cœur :

— Je suis tellement soulagée de vous voir.

Alors seulement, elle fronça les sourcils :

— Où diable étiez-vous passée ?

La nuit dernière, Iris avait fait le serment devant les

dieux que, s'ils faisaient preuve de miséricorde envers elle et la menaient jusqu'à un refuge, elle ne mentirait plus jamais à sa mère. Les dieux avaient rempli leur part du contrat, il était temps qu'elle en fasse autant.

Elle adressa un sourire forcé à sa mère tout en s'efforçant de trouver une explication convaincante, suffisamment proche de la vérité pour ne pas constituer un mensonge, mais qui parviendrait également à apaiser l'inquiétude de Lady Springfeld. La matrone patienta, une grimace angoissée plissant son visage tandis qu'Iris cherchait le meilleur moyen de lui annoncer qu'elle avait passé la nuit seule chez un inconnu, dont une partie dans sa chambre, et qu'elle l'avait vu totalement nu. Aucune version de cette histoire ne lui éviterait de plonger immédiatement sa mère dans un état de profonde détresse. Les dieux ne pourraient lui tenir rigueur de dire un dernier tout petit mensonge… après tout, c'était pour épargner les nerfs d'une vieille femme.

— Oh ! je… je me suis réveillée à l'aube et je suis sortie marcher.

La matrone haussa un sourcil chargé de soupçons et dévisagea lentement Iris de la tête aux pieds.

— Dans la même tenue qu'hier soir ?

— Je ne voulais pas déranger ma chambrière si tôt, alors je me suis habillée seule, balbutia Iris.

Le sourcil chargé de soupçons s'éleva davantage encore.

— Et qu'est-il arrivé à vos cheveux ?

Iris jeta un coup d'œil à la masse de mèches informe qui tombait sur son épaule et tenta d'imaginer une explication logique.

— On dirait que vous avez été traînée à travers une haie en marche arrière !

La matrone tendit la main et retira une brindille qui s'était logée dans sa tresse.

— Et votre chapeau !

Elles contemplèrent ensemble le chiffon mou qui pendait de la main d'Iris. Seigneur ! Comment allait-elle expliquer cela ? Si elle ne mettait pas immédiatement un terme à son petit mensonge, celui-ci risquait de se transformer en interminable fabulation. Elle n'avait plus le choix. Elle devait dire toute la vérité. Ou du moins une grande partie.

— Oh ! très bien, mère. Je vais tout vous raconter, mais vous devez me promettre de ne pas vous fâcher.

— Je ne ferai aucune promesse de la sorte. La seule chose que je puis vous jurer, c'est que je serai furieuse si vous ne me dites pas très exactement ce qui vous est arrivé. Et plus de mensonges, mademoiselle.

— Je suis sortie me promener hier, tôt dans la soirée, et je me suis perdue.

Sa mère fronça les sourcils et pivota vers la fenêtre avant de la désigner d'un vif geste de la main :

— Comment ? Par cette tempête ?

Dehors, le ciel était d'un bleu immaculé. Tout était calme et tranquille, comme si le concept même d'averse ou de vent n'avait jamais existé. La matrone se tourna de nouveau vers Iris, son visage aussi orageux que le temps qui avait poussé sa fille à s'abriter chez un inconnu, la veille au soir.

— Oui. Il ne pleuvait pas lorsque je me suis mise en route, puis tout à coup, le déluge a commencé et je me suis retrouvée trempée. Je ne parvenais plus à distinguer les alentours et j'ai fini par me perdre. J'ai toutefois pu trouver refuge dans la demeure du comte de Greystone. Il m'a très aimablement autorisée à rester pour la nuit, le temps que la tempête se calme, s'empressa d'ajouter Iris d'un ton haletant.

Sa mère cessa de hausser les sourcils pour mieux écarquiller les yeux :

— Vous avez dormi dans la maison d'un homme ? Y avait-il une Lady Greystone ?

— Tout va bien, mère, il s'est conduit comme un parfait gentilhomme.

Voilà qui était peut-être un peu exagéré. Il s'était comporté de façon grossière et inhospitalière. Et il s'était effectivement produit un incident, dans sa chambre qui plus est, lorsqu'elle l'avait trouvé *dépourvu d'une mise plus formelle*, mais sans doute valait-il mieux ne pas mentionner ce détail.

— Quelqu'un d'autre est-il au courant ? demanda sa mère dans un murmure, comme si les murs avaient soudain eu des oreilles. Avez-vous dit à quelqu'un hier soir que vous sortiez vous promener ? Quelqu'un vous a-t-il vue rentrer ce matin, dans la même tenue que la veille, et dans cet état ?

— Non, non et non.

Lady Springfeld poussa un long soupir :

— Tant mieux. Espérons que ce comte de Greystone soit discret. Croyez-vous qu'il le sera ?

Iris acquiesça vivement :

— Oui, j'en suis certaine.

— Hmm. Je pense que je ferais mieux d'aller m'en assurer moi-même.

La matrone, songeuse, leva une main pour se pincer le menton avant d'ajouter :

— Après tout, votre réputation dépend désormais de lui. Il pourrait aisément la réduire en miettes, si l'envie l'en prenait.

— Je suis convaincue qu'il n'en fera rien, mère. Pour répandre des rumeurs, il aurait fallu qu'il se mêle au monde extérieur, ce qu'il ne ferait jamais.

— Je pense que je devrais lui rendre visite.

— Non, mère, ce ne sera pas nécessaire ! s'exclama Iris en se retenant à grand-peine de crier. Je suis certaine que le comte de Greystone sera d'une discrétion absolue, ajouta-t-elle en s'efforçant de retrouver un ton mesuré.

Et je suis plus certaine encore qu'il serait terriblement furieux de me voir revenir, en particulier en compagnie de ma mère, voulut-elle renchérir.

— J'espère que vous avez raison. Mais je vais lui rendre visite malgré tout, déclara sa mère en hochant la tête, sa décision prise. Après tout, il est normal que je le remercie de s'être montré si généreux avec vous. Dieu sait ce qui aurait pu vous arriver s'il ne vous avait pas offert un abri contre l'orage. Lui exprimer ma reconnaissance en personne n'est que simple politesse.

— Vous pourriez lui envoyer une lettre, fit remarquer Iris, qui commençait à perdre espoir d'échapper à une visite des plus embarrassantes.

— Non, je tiens à rencontrer cet homme afin de m'assurer que votre réputation est sauve. Si tout se passe bien, je me contenterai de le remercier pour sa générosité. Dans le cas contraire, je lui ferai comprendre qu'il a tout intérêt à garder le silence sur cet incident.

Iris sentit son cœur tomber dans sa poitrine. La situation empirait de minute en minute. Elle ne tenait absolument pas à voir sa mère proférer des menaces devant le comte.

— Bien. Dès que vous serez changée, nous nous mettrons en route. Est-ce loin ? Vous rappelez-vous le chemin ?

— Non et oui. Pour être honnête, c'est une distance que l'on peut parcourir à pied.

Lady Springfeld haussa une fois de plus les sourcils, d'un air de dire : « *Dans ce cas, comment avez-vous pu vous perdre ?* » Par chance, elle ne fit aucun commentaire.

La matrone quitta la pièce et Iris, vaincue, jeta son lambeau de chapeau sur le lit. Le comte de Greystone n'allait guère apprécier ce qui se profilait. Loin de là ! Lui qui se félicitait sans doute d'être enfin débarrassé d'elle allait soudainement la voir débarquer à nouveau chez lui, cette fois accompagnée de sa mère…

Il ne lui restait plus qu'à prier pour que le comte se montre aussi discret qu'elle l'avait assuré. La dernière chose qu'elle souhaitait était que Lady Springfeld apprenne ce qui s'était réellement passé cette nuit-là.

Chapitre 9

La mère d'Iris l'attendait dans le salon, vêtue spécialement pour une promenade à travers la campagne. Iris frottait son cuir chevelu encore endolori suite aux mille tortures que lui avait infligées sa femme de chambre en lui assénant de furieux coups de brosse jusqu'à ce que les longues mèches blondes retrouvent leur splendeur d'origine. Bougonne, Annette avait également emporté sa toilette en claquant la langue de désapprobation face à l'état désastreux de ses bas, qui arborait toujours des stigmates de ses aventures de la veille.

Au moins, cette fois, elle portait une tenue adéquate pour sa nouvelle entrevue non désirée avec le comte. Elle avait choisi sa robe de marche sépia brodée de fil ébène, un bonnet assorti qui lui donnait un air distingué et une robuste paire de bottines à boutons en cuir noir. C'était ainsi qu'elle aurait dû s'habiller pour sa promenade de la veille, au lieu de sortir avec son jupon de coton, sa veste et ses chaussons en soie si inconfortables. Bien qu'après réflexion, cela n'aurait probablement pas changé grand-chose au résultat final. Elle doutait qu'il puisse exister des vêtements capables de la protéger d'une pareille tempête, et même si cela avait été le cas, elle n'en aurait certainement pas mis dans sa malle pour un séjour consacré aux soirées en société.

Mais au moins avait-elle davantage la sensation d'être une jeune fille sensée aujourd'hui, loin de l'écervelée dépeignée et trempée qui s'était échouée sur le seuil du comte la nuit dernière.

— Vous voilà ! lança sa mère légèrement plus fort qu'il n'était nécessaire tout en ramassant son ombrelle. Ah ! Une agréable balade à travers la campagne ensoleillée, que peut-on rêver de mieux ?

Iris se contenta de sourire. Son commentaire ne lui était pas vraiment adressé, mais plutôt destiné à convaincre quiconque les écoutait qu'elles sortaient se promener sans avoir d'objectif précis, comme sauver la réputation d'Iris. Toutefois, personne dans le salon ne semblait leur prêter réellement attention. Les deux gentilshommes âgés assis près de la cheminée étaient concentrés sur leurs journaux et les deux jeunes mariés dans le coin opposé paraissaient trop absorbés l'un par l'autre pour se soucier du reste du monde.

Iris et sa mère se mirent en marche et suivirent la route de campagne qu'elle avait empruntée un peu plus tôt en sens inverse. La matrone bavassa pendant tout le trajet, racontant à Iris tout ce qui s'était produit la veille en son absence, s'émerveillant devant les paysages qu'elles croisaient, les petits chemins champêtres, les charmantes haies et les magnifiques prés verdoyants mouchetés de moutons blancs.

Iris se contentait de hocher la tête et d'acquiescer à tout ce qu'elle disait tout en s'inquiétant intérieurement de l'accueil que leur ferait le comte à leur arrivée.

Le manoir apparut devant elles. Mais aujourd'hui, sur un fond de ciel azur, au milieu des grands ormes qui oscillaient doucement sous la brise, avec sa façade de pierre encore mouillée qui scintillait au soleil comme si elle était incrustée de perles, la maison lui parut absolument splendide et plus du tout intimidante.

Iris tint son chapeau d'une main sur la tête et leva les yeux. Seuls les créneaux et ces fières tourelles du château d'origine suggéraient toujours que le propriétaire des lieux cherchait à chasser les intrus. Et c'était exactement ainsi que le comte considérerait Iris et sa mère : comme des intruses, des indésirables.

— C'est tout à fait charmant, déclara Lady Springfeld. C'est une demeure médiévale, n'est-ce pas ? Oui, tout à fait charmant. Eh bien, dans le pire des cas, pouvoir contempler cette antique résidence valait bien le trajet ! Le comte doit descendre d'une lignée longue et distinguée pour vivre dans un manoir comme celui-ci.

Iris ne nourrissait aucune passion pour les demeures anciennes, aussi ne partageait-elle pas l'enthousiasme de sa mère. Elle s'inquiétait surtout du moment où elle déciderait de prendre d'assaut le château, avec pour seule arme sa bonne humeur envahissante.

Les jardiniers étaient encore en train de retirer les branches tombées au sol. Tandis qu'elles remontaient l'allée de gravier, sa mère salua chaleureusement chaque ouvrier qu'elles croisèrent. Lorsqu'elles atteignirent la porte, la matrone abattit vigoureusement le heurtoir contre l'huis, puis recula d'un pas, toujours souriante.

Ce fut le même domestique que la veille qui les accueillit, cette fois sans bougie à la flamme vacillante.

— Bonjour, Charles, dit Iris en s'efforçant de masquer la panique dans sa voix. Ma mère, Lady Springfeld, et moi-même sommes venues rendre visite au comte.

Charles opina du chef et la salua d'un large sourire :

— Un plaisir de vous revoir si tôt, Lady Iris.

Puis il s'inclina devant la matrone :

— Lady Springfeld. Veuillez entrer, je vous prie. Je vais prévenir monsieur le comte.

— Oh ! c'est réellement splendide ! s'exclama sa mère tandis qu'elles patientaient dans le hall.

Iris ne pouvait le nier. L'endroit *était* splendide. Le soleil dardait ses rayons à travers le spacieux dôme en verre qui surplombait le vestibule et le baignait d'une chaleureuse lumière. C'était pourtant bien la pièce qui lui avait paru si lugubre la nuit dernière. Aujourd'hui, elle ne ressemblait plus du tout à un tunnel sombre conduisant aux Enfers. Iris la trouvait même plus qu'accueillante.

— Admirez ce carrelage, Iris, intervint à nouveau sa mère en caressant du bout du pied les carrés d'argile sous ses bottes. Je parie qu'il est d'origine et date du Moyen Âge. C'est fantastique. Tout bonnement fantastique.

Iris suivit son regard et examina le tapis oriental qui recouvrait partiellement des carreaux blanc et brun arborant des torsades et motifs complexes. Iris reconnut les dalles sur lesquelles elle avait répandu de la boue la veille, mais elle éprouvait toujours aussi peu d'intérêt pour cet aspect de la demeure. Son esprit était sur le point d'être saturé de conjectures quant à la réaction du comte à leur présence ici.

Sa mère examinait maintenant les portraits alignés au mur qui représentaient sans doute les ancêtres de Theo Crighton.

— Oh ! et je constate que j'avais raison. Le comte descend bel et bien d'une famille ancienne et distinguée, déclara-t-elle d'un ton approbateur.

— Mère, avant que nous rencontrions monsieur le

comte, il y a quelque chose que vous devriez savoir, murmura Iris en plaçant sa main sur le bras de la matrone.

Lady Springfeld releva la tête et sourit :

— Oui, ma chérie, de quoi s'agit-il ?

— Le comte est aveugle.

Le sourire sur le visage de sa mère se dissipa, remplacé par une expression chagrinée.

— Oh ! Seigneur. Quel malheur !

Iris opina.

— En effet, mais il surmonte admirablement son handicap. On finit par oublier qu'il ne peut pas voir.

— Ah, mais quel dommage ! Il ne pourra guère apprécier votre beauté.

Lady Springfeld toucha la coiffure complexe d'Iris avec tendresse. Annette, après avoir achevé de lisser les derniers nœuds et frisottis, avait insisté pour que sa maîtresse soit élégante.

— Et vous êtes particulièrement radieuse, aujourd'hui.

Sa mère se détourna et reprit son examen du hall d'entrée, un sourire satisfait étirant ses lèvres. Iris pouvait presque voir les rouages tourner dans sa tête. Un comte. Une famille ancienne et distinguée. Un vaste domaine. Et l'homme était célibataire. Elle sentit son cœur tomber dans sa poitrine.

Pitié, pitié, mère, ne jouez pas aux entremetteuses, supplia-t-elle en silence. *Le comte ne veut pas de moi. Il ne veut personne.*

Charles apparut :

— Je vous en prie, suivez-moi, dit-il en s'inclinant.

Elles lui emboîtèrent le pas jusqu'au salon dans lequel Iris avait rencontré le comte la veille au soir. Il n'y avait plus de feu dans l'âtre, mais l'homme était installé dans le même fauteuil. Passait-il donc toute sa vie là ? Max était une fois encore allongé aux pieds de son maître, mais il bondit brusquement en avant et se précipita vers elle.

— Maxou-Max ! s'exclama Iris en se penchant pour gratter le grand lévrier derrière les oreilles.

Son geste fut aussitôt récompensé, car l'animal se mit à remuer la queue. Puis Iris tourna les yeux en direction du comte qui venait de se lever :

— Lady Springfeld. Lady Iris, dit-il en s'inclinant.

Les deux ladies lui rendirent sa révérence. Même s'il ne pouvait les voir, Iris savait à présent qu'il pouvait entendre le bruissement de leurs vêtements et en déduire ce qu'elles faisaient avec aisance.

— Je vous en prie, asseyez-vous.

D'un geste, il désigna un joli divan que Charles avait probablement approché de son fauteuil au profit de leurs invitées.

— Alors, que me vaut le plaisir de cette visite ?

Et surtout, quand allez-vous repartir ? le soupçonna-t-elle de vouloir ajouter. Au moins, il se montrait bien plus courtois aujourd'hui avec sa mère qu'il ne l'avait été la veille avec elle. Les deux femmes traversèrent la pièce, Max sur leurs talons, et s'assirent sur le divan, le chien s'installant aux pieds d'Iris. Cette dernière lui sourit et lui caressa à nouveau la tête.

— Je suis venue vous remercier d'avoir porté secours à ma fille, hier soir, et de lui avoir offert un abri contre l'orage, déclara Lady Springfeld avec une expression radieuse, même si le comte ne pouvait sans doute pas le percevoir.

L'homme agita négligemment la main, comme pour écarter cette idée.

— Ce n'était rien. N'importe qui en aurait fait autant. Il est simplement malheureux que la tempête ait été trop violente pour que nous puissions renvoyer votre fille chez elle immédiatement sans risquer sa vie ou celle de mon cocher.

— Oui, certes… Et comme vous, ma fille et moi-même sommes les seuls au courant, il serait probablement plus sage que tout ceci demeure notre petit secret.

Il acquiesça vigoureusement :

— Je n'ai aucune intention de divulguer cette information à qui que ce soit, milady.

Ce n'était rien de moins que ce à quoi Iris s'était attendue. Elle avait autant de mal à imaginer Theo Crighton répandre des commérages que sourire.

— C'est fort généreux de votre part, monsieur le comte, répondit la matrone en inclinant légèrement la tête. Comme vous le savez sûrement, Iris n'est pas mariée et de tels ragots risqueraient de priver une charmante jeune femme de belles opportunités.

Le cœur d'Iris tomba de sa poitrine jusque dans son estomac avec le poids d'une pierre. *Oh ! non !* Elle allait vraiment le faire. Le discours matrimonial. Sa mère perdait son temps, aussi bien avec le comte qu'avec Iris. Tous deux ne s'appréciaient guère et Iris ne pouvait imaginer un couple plus improbable. Elle aurait encore préféré convoler avec Lord Pratley ! Non, c'était exagéré. Même Theo Crighton valait mieux que ce flagorneur de vicomte. Au moins, il ne l'ennuyait pas à périr.

— Heureusement, elle est si populaire auprès de ces messieurs que je doute que les dégâts auraient été irréparables, poursuivit Lady Springfeld. Ce week-end encore, plusieurs gentilshommes m'ont sollicitée pour obtenir l'autorisation de la courtiser. C'est ainsi depuis sa toute première saison ! Malheureusement, ma splendide fille est quelque peu… sélective.

Elle sourit à Iris, qui serrait les dents tout en foudroyant sa mère du regard. Au moins, le comte ne pouvait voir son expression de détresse la plus totale. Ni les paroles qu'elle prononçait en silence pour faire comprendre à sa mère qu'il était temps de mettre un terme à cette conversation. Immédiatement. La matrone fronça les sourcils, mais se détourna d'Iris pour se concentrer sur le comte, un large sourire toujours plaqué sur son visage.

— Je ne doute pas que vous n'aurez aucun mal à lui trouver un époux convenable, répondit leur hôte avec indifférence, comme si lui aussi priait intérieurement pour qu'ils changent de sujet.

— Vous avez absolument raison, milord. Il lui faut simplement rencontrer la bonne personne.

Iris enfonça son coude dans les côtes de sa mère pour attirer son attention tout en secouant la tête avec véhémence. Mais à sa plus grande frustration, Lady Springfeld ne lui accorda même pas un regard, son sourire toujours tourné vers le comte. Quelle mouche la piquait ? Contrairement à la plupart des matrones, la mère d'Iris n'avait jamais essayé de la marier à un homme dont elle ne voulait pas, peu importait la taille de son domaine, de sa fortune ou de son titre. Lady Springfeld souhaitait que ses trois filles soient aussi heureuses de leurs alliances qu'elle l'avait été dans la sienne. Elle tenait à ce qu'elles convolent par amour. Alors pourquoi ce brusque revirement ? Pourquoi ce soudain intérêt pour le comte ? Commençait-elle à désespérer parce qu'Iris n'était toujours pas mariée au bout de cinq saisons ?

— Oui, je suis convaincue que ma fille ferait une épouse merveilleuse pour tout homme capable d'apprécier sa nature douce et sa vive intelligence. Elle est également réputée dans la haute société pour sa beauté. La plupart des hommes qui ont demandé sa main ne se sont même pas inquiétés de sa dot, qui est pourtant considérable. Non, ils étaient bien trop fascinés par son charme pour songer à l'argent.

— Peut-être pourrions-nous prendre le thé ? la coupa brusquement Iris.

Elle n'avait pas soif et il était malpoli de proposer ce genre de choses à la place de son hôte, mais elle devait absolument mettre un terme aux manigances de sa mère qui avait tenté de façon si peu raffinée d'encourager le comte à l'interroger sur la dot de sa fille. Le comportement de la matrone était pour le moins inhabituel, d'autant plus qu'elle ne faisait pas le moindre effort de subtilité.

Lady Springfeld jeta un coup d'œil à sa fille, visiblement surprise, elle aussi, par l'indélicatesse d'Iris, puis elle sourit de nouveau à leur hôte :

— C'est une excellente idée. Prendre le thé nous permettra d'apprendre à mieux nous connaître.

Iris vit le comte réprimer un soupir, mais il fit néanmoins retentir la clochette en argent posée sur la table basse et, quand Charles apparut, il lui demanda de servir le thé.

— Mais je suis certaine que ma fille et vous avez eu l'occasion d'apprendre à vous connaître hier soir, recommença la matrone d'un ton léger, mais lourd de sens. Pas trop, toutefois, sans quoi nous serions contraints de publier les bans !

— Non, nous avons à peine discuté et je suis allée me coucher presque immédiatement après mon arrivée, balbutia Iris.

Sa mère se tourna vers elle en haussant un sourcil. Horrifiée, Iris sentit ses joues chauffer douloureusement.

— Après tout, j'avais vécu une expérience traumatisante

et je tenais à me lever tôt le lendemain matin, poursuivit Iris rapidement dans l'espoir de masquer son embarras.

Il était bien assez scandaleux qu'elle se soit retrouvée seule avec un homme toute la nuit. C'était un motif suffisant pour pousser une famille à exiger un mariage. Mais ce qui s'était produit cette nuit-là était bien pire encore. Seigneur ! Elle était entrée dans sa chambre, elle l'avait vu… dépourvu d'une mise plus formelle.

Sa mère continuait de la dévisager, la tête inclinée sur le côté tout en haussant deux sourcils incrédules.

— Nous n'avons donc guère passé de temps ensemble, renchérit Iris d'un ton aussi défait que son humeur.

— Juste assez longtemps pour apprendre à connaître « Maxou-Max », rétorqua sa mère non sans une note de scepticisme.

Le chien leva le nez vers Lady Springfeld en entendant son sobriquet et remua la queue de plus belle. Le regard de la matrone bondit de l'animal enthousiaste au comte renfrogné.

— Eh bien, cela ne saurait convenir, n'est-ce pas ? reprit-elle, un soupçon de triomphe dans la voix. D'autant que je suis persuadée que ma fille et vous avez beaucoup en commun.

Le fauteuil du comte grinça lorsque ce dernier se tortilla d'un air gêné en toussotant. *Nous n'avons rien en commun*, voulut crier Iris. *Ne le voyez-vous pas ? Nous ne nous apprécions même pas.*

Sa mère souriait toujours lorsque Charles pénétra dans le salon et servit le thé. L'expression de Lord Greystone était le miroir de celle d'Iris et la jeune femme était certaine que lui aussi espérait que cet embarrassant événement prendrait fin dès que la politesse l'autoriserait.

— Nous séjournons au domaine de ma très chère

amie, Lady Walberton, reprit Lady Springfeld d'un ton gai en remuant son thé. Les Walberton sont vos voisins les plus proches. J'imagine que vous êtes tous en très bons termes ?

Charles sourit à Iris en lui tendant sa tasse, puis en déposa une à côté du comte en la faisant cliqueter délibérément afin que son maître sache où la trouver.

— Je n'ai pas rendu visite à mes voisins depuis quelque temps, répondit l'homme en ignorant son thé.

N'importe quel autre invité aurait compris au ton de sa voix que c'était ainsi qu'il aimait les choses et qu'il ne tenait pas à en discuter davantage, et aurait changé de sujet. Mais Iris connaissait bien la détermination de fer de sa mère lorsque celle-ci prenait une décision, même si elle dissimulait cette effrayante ténacité derrière un masque de politesse à toute épreuve et de féroce sympathie.

— Oh ! cela ne saurait convenir, répéta Lady Springfeld. Nous devrons tâcher d'arranger cela, n'est-ce pas ?

— Il n'y a absolument rien à arranger, rétorqua-t-il, ôtant les mots de la bouche d'Iris.

L'attitude dédaigneuse de Lord Greystone, sa morosité et son évidente absence d'encouragements auraient dissuadé n'importe qui d'autre, mais Iris doutait que cela suffise à rebuter sa mère. Et ce n'était pas uniquement parce qu'elle le considérait comme un époux potentiel pour sa fille cadette. Lady Springfeld possédait naturellement un caractère joyeux et elle s'attendait à ce que tous autour d'elle en fassent autant. Elle ne supportait tout simplement pas que quelqu'un se complaise dans le chagrin. Le comte ferait mieux de capituler dès à présent, de plaquer un sourire factice sur son visage et de céder aux exigences de sa mère.

— Lady Walberton est l'une de mes plus proches

amies, et je suis certaine qu'elle sera positivement ravie lorsqu'elle apprendra que je vous ai convié au dîner de ce soir. La plupart des invités s'en vont aujourd'hui, ce ne sera donc qu'un petit rassemblement en toute intimité et une parfaite occasion de renforcer notre nouveau lien.

Le comte serra la mâchoire et raidit le dos :

— Cela ne me convient pas, contra-t-il en énonçant lentement chaque mot pour être sûr de se faire comprendre.

— Oh ! quel dommage, intervint aussitôt Iris en lançant un regard de supplique à sa mère, même si elle savait que c'était parfaitement inutile. Si le comte est occupé, il ne pourra guère venir.

— Sottises ! s'exclama la matrone. Je doute que vous ne puissiez repousser vos affaires à plus tard et, comme nous ne séjournons chez les Walberton que jusqu'à la fin de la semaine, je suis certaine que vous trouverez le temps de nous rendre visite ce soir.

— Lady Springfeld, je ne viendrai pas dîner ce soir ni aucun autre soir. Je ne fréquente pas mes voisins, conclut-il fermement, la sombre puissance de sa voix offrant un net contraste avec l'enthousiasme guilleret de sa mère.

— Eh bien, c'est une habitude que nous devrons changer, n'est-ce pas ? répondit la matrone d'un ton parfaitement cordial. Et ce soir me semble l'occasion idéale de commencer. Disons… 8 heures ? Ainsi, nous pourrons trinquer ensemble avant de dîner.

Il demeura silencieux.

— Autant vous avertir, monsieur le comte, renchérit Lady Springfeld d'une voix toujours aussi gaie que s'ils étaient en train d'avoir la conversation la plus plaisante du monde : je n'abandonne jamais. Il est bien plus aisé d'accéder à mes demandes.

— Je commence à m'en rendre compte, madame,

rétorqua-t-il sans prendre la peine de masquer un soupir exaspéré.

— Mais si vous ne pouvez vous libérer ce soir pour le dîner, je suis certaine que nous pourrons arranger d'autres visites, ma fille et moi... Chaque jour jusqu'à notre départ. Et je ne doute pas que de nombreux invités des Walberton seront également enchantés de venir admirer cette splendide demeure. Peut-être pourrez-vous leur faire un tour guidé ? Vous préférerez sans doute éviter d'avoir trop de monde en même temps, aussi pourrions-nous diluer ces visites, un peu chaque jour ? Un groupe le matin, un groupe l'après-midi et un dernier le soir ?

Iris n'avait que rarement vu sa mère faire preuve de si peu de pitié. Elle en était ébahie ! Lady Springfeld tendit la main vers le menton d'Iris et referma sa mâchoire.

— Cela ne me conviendrait absolument pas, grogna le comte d'une voix lente, les dents serrées.

Il inspira profondément, puis poussa un long soupir résigné :

— Très bien. Si cela peut mettre un terme à toute cette histoire, je dînerai chez Lady Walberton ce soir.

— Oh ! fantastique ! s'exclama la matrone en remuant son thé avec satisfaction, ignorant la grimace désapprobatrice d'Iris. Je suis certaine que vous passerez un excellent moment et que cette fête marquera le début d'une relation belle et durable.

Elle se tourna vers Iris avec un sourire triomphant.

— Avec vos voisins, bien sûr.

Chapitre 10

Theo n'aurait jamais cru cela possible, mais la mère était encore pire que la fille. Elle faisait preuve d'un enthousiasme encore plus acharné, semblait totalement incapable de saisir que sa progéniture et elle n'étaient pas les bienvenues dans sa demeure et voilà que cette petite matrone ridiculement joyeuse le considérait comme un prétendant potentiel pour sa fille.

Au moins, cette dernière n'avait pas nourri de telles aspirations, à en juger par la façon dont elle s'était agitée sur son siège, son silence gêné ponctué de soupirs et de gémissement désapprobateurs. C'était un point en faveur de Lady Iris. Il était heureux de constater qu'elle n'était pas une de ces chasseuses d'époux fortunés.

Si accepter de participer à un dîner chez les Walberton lui permettait de se débarrasser définitivement d'elles, la meilleure chose à faire était, hélas, de tolérer cette épreuve avec le sourire. Il doutait d'être capable de sourire, mais il devrait au moins tolérer. Theo était prêt à tout endurer pour retrouver la paix. Maintenant que la matrone avait obtenu ce qu'elle souhaitait, il déploya toute la patience qu'il lui restait pour attendre fébrilement leur départ.

Mais celui-ci ne vint pas.

— Oh ! vous n'avez pas bu votre thé et il doit être

froid, à présent, gazouilla Lady Springfeld. Nous devrions demander qu'on vous en apporte un autre.

— C'est inutile. Je n'avais de toute façon pas très envie d'un thé, la coupa-t-il en s'empêchant d'ajouter : *Je ne voulais pas non plus de votre visite. Plus vite vous partirez, mieux cela vaudra.*

Le bruissement d'un jupon lui apprit qu'il allait enfin être exaucé. *Merci Seigneur.* Il se leva et tendit la main vers sa cloche pour demander à Charles de les escorter vers la sortie, mais il trouva l'emplacement vide. L'instant d'après, un tintement résonna. Sa clochette.

Cette femme infernale avait traversé la pièce et dérobé sa cloche sur la table. Elle n'avait pas décidé de partir, mais de prendre le contrôle de son personnel.

Charles apparut aussitôt :

— Vous m'avez appelé, milord ?

— Non, Charles, c'est moi, répondit la matrone avant qu'il n'ait le temps d'ouvrir la bouche. Le thé du comte est froid. Pourriez-vous lui apporter une autre tasse, je vous prie ?

— Bien, milady. Apparemment, Charles avait décidé qu'il était désormais aux ordres de cette intruse.

— Lord Greystone a dit qu'il ne voulait pas de thé, lui rappela Lady Iris d'une voix douce, mais impatiente.

Une remarque pertinente. Que sa mère ignora totalement. Au lieu de cela, cette dernière se contenta de retraverser la pièce dans un froissement de soie et de revenir s'asseoir. De toute évidence, Lady Iris et lui-même avaient désormais une chose en commun : leur agacement face aux manières grossières de la matrone. Non, en vérité, ils en avaient deux. Ils tenaient tous deux à ce que cette visite prenne fin le plus tôt possible. À moins que ce ne soit trois ? Ni l'un ni l'autre ne souhaitait d'un mariage.

Theo n'avait que peu d'influence sur les deux premiers points, mais il ne comptait pas renoncer au troisième. Lady Springfeld ne le convaincrait pas de se passer la corde au cou ! Theo ne comprenait même pas sa motivation. Si Lady Iris était aussi populaire que la matrone le proclamait, pourquoi tenait-elle tant à lier sa fille à un homme comme lui ? Certes, il jouissait d'une fortune et d'un titre, mais dans les qualités qu'une mère escomptait lorsqu'elle cherchait un mari pour sa progéniture, la cécité et une hideuse balafre constituaient d'ordinaire des arguments rédhibitoires. Mais peu importait ce qui se tramait dans l'esprit dérangé de Lady Springfeld. Il n'épouserait jamais sa fille.

Theo se laissa aller contre son dossier. Il se résigna à tolérer un peu plus longtemps la compagnie de ces deux ladies et s'efforça d'ignorer les jacasseries guillerettes de la matrone.

Charles arriva avec une nouvelle théière dont il ne voulait pas, débarrassa sa tasse froide et la remplaça par une nouvelle, bien chaude, que Theo ne toucherait pas davantage. Des remerciements murmurés et le cliquetis des tasses et des cuillères lui apprirent que ces dames s'étaient également resservies. Theo ravala un soupir irrité.

— Votre famille est-elle installée depuis longtemps dans ce comté ? l'interrogea Lady Springfeld.

Une question polie, mais que n'importe quel membre de l'aristocratie aurait perçue comme intéressée, provenant de la mère d'une jeune femme célibataire. En réalité, elle lui demandait : *Votre lignée est-elle ancienne ? Votre rang est-il bien établi parmi la noblesse ? Et qu'est-ce que notre famille gagnera en s'unissant à la vôtre ?*

— Depuis assez longtemps, répondit vaguement Theo, bien décidé à ne pas l'encourager en lui expliquant que son arbre généalogique remontait encore plus loin que l'époque des Tudor.

Un arbre qui prendrait fin avec lui. Il n'avait aucune intention d'imposer un monde comme celui-ci à des enfants innocents. Non, ses cousins hériteraient du domaine et Theo s'en moquait royalement.

— Et vous semblez posséder des terres vastes et d'une beauté remarquable, je dois dire, poursuivit la matrone.

Theo se contenta d'acquiescer. Allait-elle lui demander de consulter ses comptes afin d'estimer sa valeur financière ?

— Nous avons profité d'une si délicieuse promenade en venant ici, n'est-ce pas, Iris ?

— Oh ! absolument, répondit Lady Iris. Et peut-être devrions-nous prendre congé et rentrer retrouver les Walberton, à présent ? Je suis certaine que le comte a beaucoup à faire et que nous avons déjà suffisamment abusé de son temps.

Quelle jeune demoiselle infiniment sensée ! Elle aussi avait remarqué la futilité des efforts de Lady Springfeld pour encourager une alliance entre eux. D'ailleurs, sans doute était-elle horrifiée à l'idée que sa mère s'évertue à la marier à un homme comme lui. Les souvenirs de la nuit dernière submergèrent aussitôt l'esprit de Theo, qui s'agita dans son fauteuil, mal à l'aise. C'était évident. Comment aurait-elle pu vouloir l'épouser ? Quelle femme rationnelle s'enticherait d'un homme qui hurlait dans son sommeil, un homme qu'elle pensait devoir rassurer comme un enfant ? Mais Lady Iris n'avait probablement pas transmis cette information à sa mère. Dans le cas contraire, la matrone n'aurait sans doute pas été si impatiente de faire de lui son gendre.

— Je ne voudrais pas vous retenir plus longtemps,

opina-t-il dans l'espoir que Lady Springfeld saisirait ce sous-entendu si peu subtil et le laisserait enfin en paix.

Mais non, cette dernière continua de lui poser une interminable liste de questions sur l'histoire de la demeure et des environs et parvint à chaque occasion possible à glisser un commentaire élogieux sur la beauté et les talents de sa fille.

Theo répondait à chaque fois de façon très succincte. Quant aux remarques sur le charme de Lady Iris, il préférait ne rien dire du tout. Il se moquait bien de son apparence. Pourquoi y aurait-il songé ? Il était aveugle, par Dieu ! Sa mère n'avait tout de même pas pu passer à côté d'une telle évidence ! Lady Iris pouvait bien ressembler à une gargouille, il ne le saurait et ne s'en soucierait jamais. En vérité, cela aurait peut-être augmenté son estime pour la demoiselle bien plus que sa prétendue beauté.

Il savait d'expérience combien les belles femmes étaient volages et égoïstes, à user de leurs attraits pour promouvoir leur place dans la société. Même s'il devait bien admettre que Lady Iris ne correspondait guère à cette description. Comme sa mère l'avait répété, elle était douce, aimable, bien élevée et, il le reconnaissait à contrecœur, possédait un caractère que beaucoup trouveraient charmant. Si elle jouissait également d'un physique harmonieux et d'une généreuse dot, comme l'avait sous-entendu la matrone, il n'y avait aucune raison pour qu'elle ne soit pas déjà mariée à son avantage. Peut-être y avait-il quelque chose de rebutant chez Lady Iris qu'il ne pouvait voir, littéralement ou figurativement ?

Finalement, après une interminable discussion à sens unique, Lady Springfeld commença à parler de rentrer au domaine des Walberton. Theo bondit sur ses pieds avant qu'elle n'ait le temps de changer d'avis :

— J'espère que la promenade du retour sera agréable, déclara-t-il.

Et j'espère que vous allez partir maintenant pour ne jamais revenir.

— Oh ! sans le moindre doute ! s'exclama la joviale Lady Springfeld. Et nous serons impatientes de vous voir ce soir, n'est-ce pas, Iris ?

— Certainement. Je suis aussi impatiente de participer à cette soirée que le comte, lança Lady Iris, ce qui faillit arracher un sourire à Theo.

— Je doute que cela soit possible, préféra-t-il répondre en s'inclinant. À ce soir, dans ce cas. Lady Springfeld. Lady Iris.

Avec une immense satisfaction, il fit retentir la cloche et Charles vint escorter ces dames hors de la pièce.

Ses visiteuses se dirigèrent vers la sortie dans une fanfare de frous-frous, suivies par ce traître de Max, qui revint tristement vers son maître quand Theo claqua des doigts. Lorsque la porte se referma, Theo s'écroula dans son fauteuil, soulagé de se retrouver enfin seul. Il ne lui restait plus qu'à subir une fastidieuse soirée en société et sa vie reprendrait son cours, aussi calme et paisible qu'elle l'avait été avant que l'éternellement rayonnante Lady Iris et son infernale de mère envahissent son existence.

Cela faisait très longtemps que Theo n'avait plus endossé l'un de ses costumes d'apparat. Par le passé, il avait pris plaisir à s'adonner au rituel des préparatifs, impatient de profiter des joies de ces événements.

Mais plus maintenant. Devoir se raser une seconde fois aujourd'hui et revêtir une tenue de soirée était une farce qu'il s'était épargnée depuis six ans et à présent, il ne pouvait s'empêcher de songer que tout ceci était bien plus d'efforts qu'il n'en valait la peine. Maudite femme. Et sa maudite fille. Plus vite cette détestable soirée prendrait fin, mieux il se porterait. Il aurait tant préféré passer ce temps devant le feu avec son fidèle compagnon, Max. Du moins, son fidèle compagnon la plupart du temps. Lorsque le chien était en compagnie de Lady Iris, il en oubliait immédiatement qui et ce qu'il était : un noble et fier lévrier irlandais et non un petit bichon de salon appelé Maxou-Max.

— Maxou-Max… *sérieusement.*

— Je vous demande pardon, milord ? demanda son valet.

Theo fut choqué d'avoir exprimé sa frustration à haute voix. Ces femmes n'avaient décidément pas leur pareil pour lui mettre les nerfs en pelote.

— J'aimerais que quelqu'un sorte promener Max ce soir, pendant que je serai… occupé ailleurs, dit-il pour masquer son embarras.

— Entendu, milord, répondit James en continuant de brosser la veste de Theo. Je suis heureux de vous dire, monsieur, que ce costume vous va toujours à la perfection, ajouta-t-il.

Theo devina au son de sa voix que James s'était reculé d'un pas pour admirer son travail. Il était également certain que son valet avait souri en prononçant ces mots. Pourquoi diable souriait-il ? Pourquoi devrait-il se soucier de la façon dont son maître s'habillait ? Il n'était tout de même pas tombé lui aussi sous le charme de Lady Iris, comme Max ? Ou était-il simplement satisfait de savoir que Theo sortait après toutes ces années ?

Quoi qu'il en soit, James devrait se contenter de cette unique soirée, car passé cette nuit, Theo ne remettrait plus jamais les pieds en société et, avec un peu de chance, il ne reverrait jamais Lady Iris ni son horrible mère.

Six ans plus tôt, il avait tourné le dos à une vie de faste, d'élégants dîners, de bals, de pièces de théâtre et autres frivolités. Une vie qui, en fin de compte, ne lui avait apporté que douleur et déception. Il serra les dents et s'efforça de repousser les souvenirs de son existence avant l'accident. Il vivait alors dans une bulle d'illusions, avec des gens qu'il avait seulement cru connaître, avant de découvrir toute la froideur que pouvaient dissimuler un joli visage et un sourire enchanteur.

Non, il ne retournerait pas à ce monde de faux-semblants. Ses voisins avaient accepté son isolement… il ne lui restait qu'à faire passer le message à ces deux intruses si frustrantes. Elles devaient comprendre que cette soirée était une aberration, et une exception à ne jamais reproduire.

Son valet attacha soigneusement le nœud papillon de Theo.

— Je retrouve l'ancien comte de Greystone, monsieur, déclara James, si je puis me permettre cette remarque.

Theo était tenté de lui répondre que non, il ne pouvait se le permettre, mais il savait que l'homme s'était exprimé avec bienveillance. Ce n'était guère la faute de James si Theo se trouvait si mal disposé, mais de celle de Lady Iris, de sa mère et de ce maudit dîner.

— Merci, James, ce sera tout, préféra-t-il conclure, pressé de donner congé au valet et à son indésirable bonne humeur.

James lui tendit sa canne, son haut-de-forme et ses gants, puis il s'éclipsa. Theo compta les pas jusqu'à la porte, puis le long du couloir, puis les marches de l'escalier jusqu'à l'entrée. Il se servit du bruit que faisaient les chevaux en s'ébrouant pour localiser sa voiture, refusa l'aide de son cocher d'un geste de la main et grimpa dans le véhicule. Puis, avec un soupir profondément exaspéré que personne n'entendrait, il s'assit et frappa le toit du carrosse de sa canne pour signaler au domestique qu'il était prêt à partir.

Theo utilisait rarement sa canne. Il connaissait sa demeure comme le fond de sa poche, de même que le domaine et les environs, ce qui lui permettait de s'orienter aisément. Mais il ne s'était pas rendu chez les Walberton depuis son accident et aurait besoin de cet outil ce soir. Theo avait été un visiteur régulier quand il jouissait encore de la vue, la disposition des pièces lui était donc familière, mais il avait appris dans la douleur que, lorsqu'il sortait de son propre cadre de vie, des dizaines d'obstacles pouvaient le faire trébucher. Et il n'avait aucune intention de se donner en spectacle ce soir, du moins pas plus que nécessaire. Il savait qu'il ne pourrait manquer d'attirer l'attention sur lui et sur son infirmité en se déplaçant dans la maison à l'aide de sa canne.

Maudit dîner.

Il refusait que ses voisins le traitent avec pitié ou s'adressent à lui avec condescendance et il ne tenait surtout pas à subir l'indignité de les entendre se précipiter au secours du pauvre invalide. Il ne leur permettrait pas d'être navrés pour lui, de le juger ou de se considérer comme ses supérieurs.

Les dents toujours serrées, les muscles tendus, il maudit une dernière fois Lady Springfeld de lui infliger pareille torture.

Chapitre 11

Lady Iris faisait les cent pas devant le hall d'entrée en balayant des yeux l'allée de gravier dans l'attente de la voiture de Lord Greystone. Elle n'était pas anxieuse à l'idée de le revoir, évidemment. Elle ne craignait pas non plus que le comte se retrouve en difficulté dans cette maison méconnue. Elle était certaine qu'il s'en sortirait prodigieusement. Après tout, il semblait capable de tout surmonter… tout, sauf peut-être la détermination de sa mère.

Mais au moins la matrone était-elle parvenue à le faire quitter son manoir, un véritable exploit que personne n'avait pu accomplir jusque-là, d'après Lady Walberton. Cette dernière avait exprimé sans ambages son admiration envers Lady Springfeld pour avoir réussi là où tant avaient échoué avant elle. Le comte avait été le réceptacle d'innombrables invitations provenant des Walberton et de ses autres voisins, mais il les avait toutes refusées.

Lady Springfeld, d'ordinaire si douce, joviale et amicale, pouvait se transformer en formidable adversaire lorsqu'elle prenait une décision. Et pour une raison qu'Iris ne comprenait pas, elle s'était mis en tête que Lord Greystone ferait un excellent époux pour sa fille. La matrone ne s'était pourtant jamais montrée si déterminée à la marier. Jusqu'à présent, elle avait été heureuse de laisser la nature suivre son cours en espérant qu'Iris rencontrerait un homme décent avant qu'il ne soit trop tard. Alors pourquoi lui ? Iris n'avait pas l'ombre d'une explication, mais sa mère n'avait guère fait preuve de subtilité devant lui. Cette visite était devenue si gênante !

Et c'était pour cette raison, et seulement celle-là, qu'Iris attendait anxieusement l'arrivée du comte. Elle tenait à l'informer au plus tôt que toute cette histoire de mariage était entièrement l'idée de sa mère. Avec autant de tact que possible, elle lui assurerait qu'il n'avait rien à craindre d'elle. Tout comme lui, elle n'éprouvait aucun intérêt à une alliance entre eux.

Il avait très clairement laissé entendre qu'il ne voulait pas d'elle, même si Lady Springfeld avait manqué ou ignoré toutes ses allusions. Et Iris n'avait pas l'intention d'épouser un homme reclus et grincheux qui estimait que rire et s'amuser étaient des activités trop vulgaires pour lui.

Elle s'immobilisa un instant et observa à nouveau l'allée. Serait-il en retard ? Allait-il seulement se présenter au dîner ? La main d'Iris s'envola jusqu'à sa poitrine, où son cœur venait de bondir de façon si particulière. C'était une possibilité qu'elle n'avait même pas envisagée jusqu'à présent. Et s'il n'avait accepté que pour mettre un terme aux instances de sa mère ? Peut-être n'avait-il jamais eu l'intention de réellement se plier à ses exigences ? Pouvait-il vraiment se montrer aussi insidieux ? Hélas, Iris le soupçonnait d'en être parfaitement capable ; après tout, l'impolitesse était sa spécialité.

Il était inutile de l'attendre, s'il ne prenait même pas la peine de venir. Iris tourna la tête vers le perron qui menait au hall d'entrée. Tout ceci n'était qu'une perte de temps. Elle s'était angoissée pour rien. Évidemment qu'il ne viendrait pas !

Avec un soupir résigné, elle remonta les marches, mais ne put s'empêcher de jeter un dernier coup d'œil en direction de l'allée avant de pénétrer dans le manoir. Ce fut alors qu'elle le vit. Sa voiture s'engageait tout juste sur la petite route.

Comme une enfant surexcitée, Iris dévala l'escalier dans l'autre sens et agita sa main au-dessus de sa tête avant de se rappeler qu'il ne pouvait pas la voir. Dieu merci, songea-t-elle, puis elle se morigéna intérieurement de faire preuve de si peu de charité. Il était aveugle et le fait qu'il ne puisse pas la voir se rendre ridiculiser n'aurait pas dû la soulager.

L'équipage à deux chevaux s'arrêta au pied du perron. Iris lissa sa robe de soie bois de rose, celle qu'elle avait spécialement choisie parce que tout le monde aimait déclarer qu'elle mettait son joli teint en valeur, et tapota sa coiffure pour s'assurer qu'aucune mèche folle ne s'était échappée. Quelle mouche la piquait ? Lord Greystone était peut-être le seul homme ici qui se moquait bien de son apparence. Elle tapota à nouveau ses cheveux.

— Bonsoir, monsieur le comte, lança-t-elle lorsque le valet en livrée ouvrit la porte du carrosse et abaissa le marchepied. Je suis ravie que vous ayez décidé de venir malgré tout. Si vous vous étiez défilé, ma mère m'aurait probablement traînée jusque chez vous pour une autre visite des plus embarrassantes. Et ni vous ni moi n'aurions souhaité cela, je le crains. N'êtes-vous pas d'accord ? Je suis sûre que si.

Elle gloussa d'un ton léger, mortifiée d'ânonner ainsi devant lui. Le comte lui avait pourtant très clairement fait comprendre, lorsqu'elle avait séjourné chez lui, qu'il détestait quand elle jacassait de la sorte, mais Iris peinait à rester silencieuse en temps normal et ses jaspinages empiraient dès qu'elle était en proie à la fébrilité. Or Lord Greystone la rendait terriblement nerveuse, malgré tous ses efforts pour se convaincre du contraire.

— Mais je devais absolument vous parler avant que vous n'entriez dans la maison, s'empressa-t-elle d'ajouter. Je tenais à ce que vous sachiez que rien de tout ceci n'était mon idée, mais entièrement celle de ma mère. Alors… je vous en prie, ne croyez pas que j'aie pu manquer de tact au point de vous infliger cette épreuve.

Elle le dévisagea dans l'attente de sa réaction, mais il resta muet. Il se contenta de descendre les marches de la voiture en les tapotant du bout de sa canne à la poignée argentée pour se repérer.

Iris tournait autour de lui, incapable de décider que faire ou que dire, à présent.

— Vous pouvez prendre mon bras, si vous le souhaitez, proposa-t-elle soudain en tendant sa main dans sa direction.

— Ce ne sera pas nécessaire.

— Je n'en doute pas. Toutefois, ce serait courtois, répondit Iris, quelque peu offensée.

Elle n'avait jamais vu aucune femme offrir son bras ; la moindre des politesses, pour un gentilhomme, aurait été de l'accepter gracieusement.

Le comte se figea, puis tendit roidement le bras vers elle. Iris glissa sa main gantée dessous avant de la poser sur la sienne. Depuis son entrée dans la société, elle avait marché au bras d'une pléthore d'hommes, mais pour une raison qui lui échappait, ce geste si commun prenait une tout autre dimension, beaucoup plus intime, avec Lord Greystone. Une fois de plus, tout son corps se mit à réagir, comme si sa peau fourmillait de papillons.

Et ce frisson familier qui la bouleversait tant surgit de nouveau des tréfonds de son être et se répandit dans tous ses membres. Iris frémit de la tête aux pieds. Son cœur tressauta également dans sa poitrine, comme il l'avait fait de si nombreuses fois lorsqu'elle avait passé la soirée avec lui. Tout ceci n'aurait pas dû se produire. Le comte n'était qu'un homme comme un autre, après tout, qui plus est un homme qu'elle n'appréciait pas particulièrement. Il n'y avait aucune raison qu'elle se mette à trembler et à s'agiter simplement parce qu'elle avait pris son bras.

Peut-être était-ce à cause de ce qu'ils avaient partagé lors de cette soirée à Greystone, ou parce qu'elle savait que sa mère espérait les fiancer. Dans tous les cas, Iris s'en trouvait tout étourdie… et terriblement consciente de la proximité de son puissant corps masculin.

Ils grimpèrent lentement le perron, sa canne tapotant le chemin devant lui. Lorsqu'ils atteignirent le sommet, un valet de pied s'inclina et ouvrit les larges portes qui conduisaient à un vestibule brillamment éclairé.

— Tous les invités sont déjà dans le salon. Ils prennent quelques verres avant le dîner, expliqua-t-elle lorsqu'ils pénétrèrent dans le hall.

— *Tous les invités* ? répéta-t-il.

Il s'immobilisa et pencha légèrement la tête :

— L'on m'avait pourtant donné l'impression que cette soirée n'impliquerait que vous, Lady Springfeld et Lord et Lady Walberton. Votre mère n'avait-elle pas affirmé que les autres convives partiraient dans la journée ?

— Elle a dit que *la plupart* des convives partiraient. Il n'en reste qu'une poignée et Lady Walberton a décidé d'inviter également quelques-unes de ses connaissances de la région. Je crois que nous serons une vingtaine présents à ce dîner.

Il serra plus étroitement sa canne et inspira profondément.

— Ils sont tous très aimables, ajouta aussitôt Iris dans l'espoir de le rassurer. Et je serai là, de même que ma mère. Il n'y a pas de quoi vous inquiéter.

— Je ne suis pas inquiet, rétorqua-t-il avec humeur. Je n'apprécie simplement pas être dupé. Votre mère avait laissé entendre que nous dînerions en petit groupe et en toute intimité.

— Oh. Je crains que ma mère considère vingt convives comme un petit groupe.

Le comte expira bruyamment.

— Qu'il en soit ainsi, conclut-il d'un ton maussade et solennel en avançant d'un pas.

Iris plaça sa deuxième main par-dessus la sienne pour lui intimer de s'arrêter.

— Je… je voulais également vous avertir.

— M'avertir ?

— Euh… oui. Pour je ne sais quelle raison, ma mère s'est mis en tête que vous feriez un bon époux pour moi, elle risque donc d'être un peu… Oh ! je suis navrée… je n'ai réellement rien fait pour l'encourager en ce sens.

Le comte ôta la paume d'Iris de la sienne :

— Oui, j'ai parfaitement conscience des attentes de votre mère.

— Mais pour être tout à fait franche, il n'y a qu'elle qui désire une telle issue. Je ne souhaite pas vous épouser.

La main d'Iris bondit jusqu'à sa bouche lorsqu'elle réalisa comment sa phrase pouvait être interprétée :

— Non pas que je trouve quoi que ce soit à redire sur votre personne. C'est juste que nous ne sommes pas… enfin… vous voyez… hem…

Iris espérait une réponse, n'importe quoi, pour la tirer

de cette nouvelle bévue. Il resta muet. Attendait-il délibérément qu'elle s'enterre plus profondément ?

— Bref, je voulais simplement vous recommander d'ignorer ma mère, ajouta-t-elle d'une voix timide.

— J'en avais bien l'intention, rétorqua-t-il sèchement en repartant.

— Parfait.

Elle opina rapidement, les joues brûlantes de honte de s'être à nouveau ridiculisée devant Theo Crighton et de s'être montrée aussi déloyale envers sa propre mère. Après tout, Lady Springfeld n'avait toujours agi que dans le but d'assurer le bonheur de ses enfants. Ses efforts actuels étaient juste terriblement malavisés.

Ils atteignirent le salon et un valet de pied leur ouvrit la porte. Les invités, tous rassemblés dans la vaste pièce, bavardaient tranquillement et trinquaient gaiement.

Dès l'instant où Theo et Iris pénétrèrent dans la salle, les conversations polies se dissipèrent, laissant place à un silence de mort quand chacun pivota pour dévisager le comte. Iris les foudroya du regard, choquée par leur terrible manque de savoir-vivre. Elle se tourna vers Lord Greystone, fourrageant son cerveau à la recherche d'une parole susceptible d'atténuer l'indélicatesse de la situation, mais aucune ne lui vint. Elle était trop scandalisée par la grossièreté des invités et bien trop navrée pour l'homme à son bras.

— Quoi que vous portiez ce soir, Lady Iris, vous semblez avoir laissé tous les autres convives pantois.

Son commentaire, prononcé à voix basse, n'était destiné qu'à elle. Iris écarquilla les yeux et le dévisagea avec curiosité, s'efforçant de déchiffrer son expression. Venait-il de faire une plaisanterie ? Pour autant qu'elle sache, le comte ne plaisantait jamais. Ne riait jamais.

Et sa posture ne semblait guère suggérer une brusque humeur badine. Son menton était incliné vers le plafond et, s'il n'avait pas été aveugle, elle aurait immédiatement pensé qu'il toisait les invités d'un air hautain.

Mais non, c'était forcément une plaisanterie. Et il avait raison, la meilleure façon de surmonter cette épreuve était d'en faire peu de cas.

— Allons, ma mère vous en avait pourtant fait l'interminable éloge : je suis une beauté rare et exquise à laquelle nul homme ne saurait résister, répondit-elle avec un rire quelque peu forcé.

— En plus d'être charmante, d'un naturel doux, d'avoir la fibre maternelle et une capacité innée à s'occuper efficacement de la gestion d'une maisonnée, si ma mémoire est exacte, dit-il.

— Vous oubliez mes extraordinaires talents pour la broderie et l'aquarelle, renchérit-elle, son rire de plus en plus authentique.

— Ah, comment les oublier ? Votre mère s'est assurée que je les grave dans ma tête en me répétant la longue liste de vos accomplissements, encore et encore. Liste à laquelle nous pourrons désormais ajouter votre charismatique présence, apte à réduire au silence toute une salle d'invités.

— Que voulez-vous ? Je suis unique en mon genre, gloussa Iris, soulagée de constater que les convives avaient repris leurs conversations tranquilles, même si une poignée d'entre eux continuait de dévisager le comte, certains plus discrètement que d'autres.

Lady Walberton et la mère d'Iris surgirent soudain de la petite foule, traversèrent la pièce jusqu'à l'embrasure de la porte et les rejoignirent, des sourires enthousiastes illuminant leurs visages.

— Je suis si heureuse que vous ayez accepté mon invitation, monsieur le comte, déclara Lady Springfeld.

— Quant à moi, je suis tout simplement ravie de vous revoir, ajouta Lady Walberton.

Lord Greystone demeura muet un instant et Iris crut qu'il allait rétorquer qu'on ne lui avait guère laissé le choix et que le salon des Walberton était le dernier endroit sur Terre où il désirait se trouver en cet instant. Mais au lieu de cela, il inclina poliment la tête.

— Je suis certaine que vous êtes impatient de rencontrer nos invités et de retrouver certains de vos vieux amis, reprit Lady Walberton. Iris, auriez-vous, je vous prie, l'amabilité de présenter le comte à nos convives ? J'ai… d'autres tâches qui m'attendent.

La bonne lady adressa un regard complice à la mère d'Iris, qui lui répondit d'un sourire conspirateur.

— Cela ne sera pas nécessaire, intervint Lord Greystone, catégorique.

— Oh ! mais si, contra Lady Springfeld d'un ton jovial, mais laissant entendre qu'elle n'accepterait aucune objection.

Puis elle se tourna vers Iris et lui signala d'un geste d'obéir à son hôtesse, avant d'aller se mêler à un groupe de femmes mûres près de la cheminée ornée. Pendant ce temps, Lady Walberton entraînait le valet de pied le plus proche à l'écart, comme si elle avait quelque chose de vital à lui expliquer, mais sans quitter des yeux Iris et le comte.

— Je crains que vous ne deviez choisir entre moi, ma mère ou Lady Walberton, lui chuchota Iris avec amusement.

Il haussa les sourcils :

— Et je suppose que vous vous considérez comme le moindre de ces trois maux ?

— Moi ? Non. Mais quelque chose me dit que vous, oui. Lady Walberton semble elle aussi d'humeur à jouer les entremetteuses. Si vous ne désirez pas passer la soirée à entendre une nouvelle litanie vantant mes mérites de potentielle épouse, je pense que vous feriez mieux de me laisser faire les présentations.

Il souffla d'une façon pouvant donner l'impression qu'il pouffait, puis acquiesça. Iris saisit à nouveau son bras et le conduisit à travers le vaste salon jusqu'au rassemblement de convives.

— Lord Hamilton, puis-je vous présenter Theo Crighton, le comte de… ?

— Theo et moi sommes de vieux amis, la coupa son interlocuteur. Comme il est bon de vous revoir, Greystone !

Theo inclina la tête :

— Lord Hamilton.

Puis il prit le bras d'Iris pour lui signaler qu'il souhaitait passer à la suite. La jeune femme adressa un regard navré au gentilhomme surpris, mais entraîna le comte vers le prochain groupe.

— Puis-je vous présenter Lord et Lady Smythe ?

Le couple sourit à Theo, qui se contenta d'opiner.

— Theo, mon garçon, s'exclama Lord Smythe. Nous ne vous avions plus vu depuis des lustres ! Où étiez-vous passé, toutes ces années ?

— Mon domaine m'a beaucoup accaparé. À présent, si vous voulez bien m'excuser, il me semble que d'autres attendent des présentations.

Et il reproduisit le même schéma avec chaque personne qu'ils rencontrèrent. Le comte faisait preuve d'un peu plus de politesse avec ceux qu'il ne connaissait pas qu'avec ses anciens amis, lesquels durent se contenter d'un salut froid et d'une réplique brusque. Nombreux furent ceux qui tentèrent d'engager la discussion ou de renouer le contact, mais il les repoussa tous, souvent avec à peine moins qu'une réponse monosyllabique.

Lord Greystone leur faisait comprendre très clairement que, même s'il participait exceptionnellement à cette soirée en société, il n'avait aucune intention de se montrer sociable. Theo et Iris revinrent bientôt à leur point de départ et la jeune femme songea qu'il s'agissait sans doute du tour de présentations le plus rapide auquel elle ait jamais pris part. Puis, finalement, ils se tinrent à l'écart du reste des invités.

— Bien, voilà une formalité en moins ! murmura-t-elle avec amusement. Je suppose qu'à présent, vous êtes libre de demeurer dans votre coin à jeter des regards noirs à toute l'assemblée.

Le comte lui jeta un regard noir :

— Je ne jette pas de regards noirs.

Iris ne put s'empêcher de sourire.

— Dans ce cas, dites-moi : comment appelle-t-on cela lorsqu'une personne se tient à l'écart dans une pièce bondée et fronce les sourcils en observant les gens comme s'il leur souhaitait les pires malheurs possible ?

— Je n'appellerais pas cela « jeter des regards noirs » contra-t-il.

Le regard acéré d'Iris remarqua le léger tressaillement au coin de ses lèvres. S'apprêtait-il à sourire ? Mais non, ses sourcils étaient toujours aussi froncés.

— Je n'éprouve simplement aucun intérêt à entretenir ces bavardages de politesse et je ne compte absolument pas répondre à leurs questions quant à mes activités de ces dernières années. Hélas, il semble que seul ce sujet les passionne.

— Peut-être se soucient-ils juste de votre bien-être ?

— Balivernes. Ce n'est que de l'indiscrétion déguisée.

Le soupçon de sourire avait disparu de son visage et il était à présent bel et bien en train de jeter des regards noirs.

— Lorsque je m'enquiers de la santé des invités ou de leurs activités, c'est uniquement parce que je m'intéresse à eux et souhaite leur bonheur. Et non pour assouvir une quelconque curiosité malsaine.

— C'est votre façon de faire, mais guère celle de tous.

Iris ignorait si elle devait se sentir flattée que le comte l'ait distinguée des autres, ou frustrée qu'il se montre aussi injuste envers eux. C'était ce mépris d'autrui qui l'avait poussé à vivre en reclus et Iris n'en comprenait pas la raison. Toutes les personnes présentes paraissaient sincèrement ravies de le retrouver. Iris soupçonnait même leur réaction impolie à leur arrivée de n'avoir été en réalité qu'une réponse surprise au choc de le voir participer à un événement social.

— Mais vous êtes enfin sorti de chez vous. Ne devriez-vous pas en profiter pour au moins tenter de discuter avec certains des invités ? suggéra-t-elle.

— Je parle avec vous, non ? Vous faites partie des invités, il me semble ?

Peut-être ne l'avait-il pas tant distinguée des autres que cela, finalement... Il venait de la catégoriser comme l'une des invités et, à en juger par sa façon de leur jeter des regards noirs, cela n'avait rien d'un compliment.

— Certes. Enfin, demeurer en votre compagnie devrait au moins avoir le mérite de satisfaire ma mère, répondit-elle d'un ton diverti. Et je sais à quel point vous aimez la satisfaire.

Il souffla à nouveau et cette fois, Iris était presque, *presque* certaine qu'il avait pouffé d'amusement.

— Ce qui satisferait le plus votre mère serait de vous voir convoler. Aussi peut-être devriez-vous éviter de perdre votre temps avec moi ? N'y a-t-il aucun autre homme dans cette pièce que vous pourriez captiver avec votre charme et votre beauté ?

Il avait une façon bien à lui de parler du charme et de la beauté, comme s'il s'agissait des pires qualités qu'une femme puisse posséder.

Les yeux d'Iris tombèrent sur Lord Pratley, un homme qui saisissait la moindre occasion de faire l'éloge de ses talents, fussent-ils réels ou fictifs. Si Lord Pratley mentionnait son charme et sa beauté, ses compliments ne lui donneraient certainement pas l'impression d'être des insultes. Ce dernier croisa son regard et leva son verre avec un sourire. Iris réprima un soupir, mais lui répondit d'un signe de tête poli.

— Non, je crains qu'il n'y ait personne ici qui soit capable de m'apprécier comme vous le faites, rétorqua-t-elle sans prendre la peine de masquer l'espièglerie dans sa voix.

— Je doute fort que cela soit vrai.

Elle leva les yeux vers lui. L'avait-il crue sérieuse ? Et sa réponse était-elle une insulte ou un compliment ? Il était si difficile d'en être certaine, avec lui. Iris se tourna de nouveau vers la pièce bondée. Il était probablement plus sûr de partir du principe que tout ce qu'il disait était une rebuffade.

— Même si vous disiez vrai, il n'y a personne ici qui éveille en moi le moindre intérêt matrimonial. Vous êtes donc un interlocuteur comme un autre.

— Vous m'en voyez flatté. Je suppose que cette

franchise impertinente fait partie de ce que votre mère m'a décrit comme un « délicieux sens de la courtoisie » ?

C'était encore une insulte, mais Iris éclata de rire.

— Je dois admettre qu'il est agréable de pouvoir parler avec quelqu'un qui se moque bien que je me montre excessivement polie ou aimable, répondit-elle avant de brusquement réaliser combien cette affirmation était vraie.

Depuis sa présentation en société, cinq ans plus tôt, elle avait été contrainte d'endosser le rôle de la jolie jouvencelle au caractère doux et aux manières impeccables. Au fond, c'était ce que tout le monde attendait d'une débutante. Elle portait ce masque depuis si longtemps qu'il avait fini par faire partie d'elle. Mais lorsqu'elle était avec le comte de Greystone, une autre facette de sa personnalité prenait le pas. Tout ceci était tellement intrigant.

— D'ailleurs, vous devriez vous méfier, renchérit-elle. Si vous discutez avec moi toute la soirée, vous ne tarderez pas à me voir devenir parfaitement grossière.

Elle prenait un immense plaisir à leurs joutes verbales.

— Et alors vous vous en mordrez fichtrement les doigts ! ajouta-t-elle.

Oh oui, c'était follement divertissant ! Quand avait-elle prononcé le mot « fichtrement » pour la dernière fois ? Jamais. La réponse était aussi simple que cela. Elle fut presque tentée de le répéter, plus fort, juste pour s'amuser.

— J'en trépigne d'impatience, approuva le comte de son ton pince-sans-rire. J'espère alors que vous ferez preuve de la même courtoisie envers moi et m'autoriserez à me montrer tout aussi grossier avec vous.

Iris gloussa :

— Je n'ai guère réussi à vous en empêcher jusqu'ici, il me semble.

Seigneur. Il venait de le faire. Pour de vrai. Il souriait.

Et, par Dieu, quel sourire ! Il aurait dû sourire bien plus souvent. Iris le dévisagea, complètement fascinée. Ses lèvres pleines s'étaient écartées pour révéler une rangée de dents blanches parfaitement alignée. Des pattes d'oie apparurent aux coins de ses yeux, preuve qu'il avait autrefois beaucoup souri. Et… oh, Seigneur, il possédait même une petite fossette ! Qui aurait pu imaginer que le maussade et taciturne comte de Greystone puisse arborer quelque chose d'aussi adorable qu'une fossette à la joue gauche ?

Une vague de chaleur submergea Iris et elle éprouva le pressant besoin de l'étreindre, tant ce sourire la rendait heureuse. Puis, plus vite qu'elle était apparue, cette divine expression s'évanouit, comme un rêve se dissipe au réveil, et Lord Greystone recommença à froncer les sourcils. C'était comme s'il s'était surpris en train de faire quelque chose d'interdit. Mais il était trop tard. Iris l'avait vu et elle ne pourrait jamais l'oublier. Elle savait à présent qu'il pouvait sourire et peut-être rire. Et elle comptait bien tout mettre en œuvre pour le faire sourire et rire à nouveau, le plus tôt et le plus souvent possible.

Iris fouilla l'assemblée à la recherche d'une idée de causerie divertissante, mais rien ne lui vint. Les conversations dans le salon avaient repris leur cours, même si les fréquents coups d'œil lancés dans leur direction suggéraient que le comte demeurait un important sujet de discussion.

Avant qu'Iris puisse songer à quoi que ce soit susceptible d'amuser son compagnon, un étrange silence s'abattit une nouvelle fois sur la petite foule et toutes les têtes se tournèrent vers la porte ouverte. Iris suivit les regards et aperçut Lady Estelle qui pénétrait dans la pièce en compagnie de Lord Thaddeus Redcliffe. Tous les yeux revinrent petit à petit vers le comte, puis se braquèrent de nouveau sur le couple, comme s'ils observaient une partie de tennis très lente.

Que diable se passe-t-il ? s'étonna Iris. Pourquoi l'arrivée de Lady Estelle et de Lord Redcliffe provoquait-elle la même réaction que l'apparition de Theo Crighton un peu plus tôt ? Ils comptaient parmi les invités des Walberton depuis le début de la semaine et connaissaient la plupart des personnes présentes. Leur entrée n'avait jamais engendré une telle réaction auparavant.

Lady Redcliffe était particulièrement éblouissante, ce soir, mais elle l'était toujours. Elle était indiscutablement la plus belle femme qu'Iris ait jamais vue, avec ses fascinants iris pervenche, son épaisse chevelure noire, sa peau de porcelaine et sa haute et élégante silhouette. Elle était l'incarnation du charme et de la grâce.

Et malgré la réaction quelque peu surprenante des autres convives, la lady leur sourit comme s'il était normal que sa présence soit accueillie par un silence abasourdi. Elle parcourut la pièce d'un regard majestueux et ses yeux s'arrêtèrent sur Theo et Iris.

— Apparemment, nous ne sommes pas les seuls à provoquer un vif émoi, murmura Iris. Ou, du moins, je ne suis pas la seule à laisser les invités pantois.

Le comte inclina la tête vers elle comme pour lui demander une explication, mais avant qu'elle ne puisse songer à une façon amusante de décrire l'extravagante entrée des Redcliffe, elle vit Lady Redcliffe chuchoter quelque chose à son époux, puis glisser gracieusement à travers le salon dans leur direction.

— Lady Iris, la salua-t-elle avec une courte révérence.

Puis elle tourna toute son attention vers le comte et son beau sourire se fit soudain encore plus radieux.

— Theo, ronronna-t-elle d'une voix pleine d'affection. J'ignorais que vous seriez là ce soir.

Chaque parole de Lady Redcliffe semblait drainer davantage de couleur des joues de Lord Greystone. Iris le sentit se raidir davantage chaque seconde. Elle le vit serrer les dents si férocement que les muscles de sa mâchoire en devenaient blancs.

— C'est si merveilleux de vous revoir, continua Lady Redcliffe comme si la réaction choquée du comte et son absence de réponse ne la concernaient pas une seconde. Tant de choses ont changé depuis notre dernière entrevue. Nous devrions rattraper le temps perdu, un de ces jours. Mais pardonnez-moi, mon époux me fait signe de le rejoindre. À plus tard.

Et sur ce, elle traversa une fois de plus la pièce avec grâce, tous les regards braqués sur elle, y compris celui d'Iris. À une exception près. Le comte de Greystone était toujours figé et sous le choc, le menton levé, les poings serrés.

Le cœur d'Iris battait furieusement dans sa poitrine et elle examina à nouveau l'homme austère à ses côtés et la splendide femme qui bavardait avec son mari en souriant comme si rien d'incongru ne venait de se produire.

De toute évidence, ces deux-là partageaient un lourd passé, une histoire que tous les invités connaissaient. Lady Redcliffe était-elle la raison pour laquelle le comte vivait reclus dans son château ? Était-ce par sa faute qu'il se montrait aussi hostile envers tout le monde ? Avait-il un jour aimé Lady Redcliffe ? Et l'aimait-elle toujours en retour ?

Un étau froid et sournois se referma sur la poitrine d'Iris, si bien qu'elle peina soudain à reprendre son souffle. Elle tâcha de se convaincre que sa détresse était liée à celle du comte, rien de plus. Qu'elle n'éprouvait qu'une forte empathie face à la souffrance de quelqu'un d'autre. Mais c'était un mensonge et elle le savait.

Et même si elle rechignait à l'admettre, sa réaction était personnelle et ressemblait fort étrangement à de la jalousie.

Chapitre 12

Theo avait du mal à respirer. Il luttait de toutes ses forces pour préserver son équanimité. Il ne laisserait personne deviner combien la présence d'Estelle le bouleversait. Ni les invités, ni Estelle, ni son époux, ni Lady Iris Springfeld. Mais il savait déjà qu'il avait échoué avec cette dernière. Il pouvait la sentir le dévisager. Quelle émotion trahissait donc son visage ? De la pitié ? De la curiosité ? De l'amusement ? Non, probablement pas de l'amusement. Quoi qu'il puisse reprocher à Lady Iris, il était à présent certain qu'elle n'était pas le genre de femmes à se divertir du malheur d'autrui.

— Lady Estelle est… une vieille connaissance, finit-il par déclarer dans le but de couper court aux questions indiscrètes que la demoiselle ne manquerait pas de lui poser. Mais nos chemins se sont séparés il y a bien longtemps et nous ne nous étions plus croisés depuis lors.

Il espéra avoir répondu avec suffisamment de brusquerie pour dissiper tout sentiment de pitié qu'elle aurait pu éprouver à son encontre.

— Elle est plus qu'une vieille connaissance, pour vous, j'ai l'impression.

Lady Iris s'était exprimée avec une sobriété inhabituelle, sa voix dénuée de la moindre note de gaieté. De toute évidence, la présence d'Estelle l'avait elle aussi affectée. Peut-être ressentait-elle de la pitié pour lui malgré tout.

Theo haussa les épaules avec une nonchalance exagérée :

— Peut-être, mais c'était il y a longtemps, avant qu'elle épouse le comte de Redcliffe.

Il serra les dents, anticipant le bombardement de questions qui ne manquerait pas de suivre et qu'il lui faudrait dévier avec son acerbité coutumière. Il ne s'étendrait pas sur la manière dont Estelle l'avait détruit, elle qui avait été l'amour de sa vie avant de lui tourner le dos au moment où il avait eu le plus besoin d'elle. Il n'expliquerait pas à Lady Iris qu'Estelle lui avait enseigné de la plus terrible des façons combien l'amour était un sentiment volage et fourbe.

Mais elle ne lui posa aucune question.

Bien. Pour une fois, elle demeurait silencieuse.

Theo patienta. Elle allait bien trouver un commentaire à faire, non ? Elle était rarement muette et jamais aussi longtemps. D'ordinaire, il devait supplier le Seigneur pour qu'elle cesse ses interminables jacasseries… mais en cet instant, c'était exactement ce dont il avait besoin. N'importe quelle interaction aurait été préférable au silence troublé qui s'était instauré entre eux. Il était prêt à tout pour distraire ses pensées d'Estelle et de son époux.

Theo attendit encore, certain qu'elle finirait par prononcer une parole, une taquinerie ou l'une de ses plaisanteries, mais Lady Iris ne fit aucun commentaire.

— Je suis navrée si cette situation vous a affecté, murmura-t-elle au bout d'un long moment. Lorsque ma mère vous a convié, je ne doute pas qu'elle ignorait totalement que la présence de l'un des invités de Lady Walberton pourrait constituer une source d'embarras pour vous.

— L'identité des convives de Lady Walberton me laisse parfaitement indifférent, contra-t-il.

C'était un mensonge, et Lady Iris le savait, mais Theo ne tenait pas à discuter de sa réaction à la présence d'Estelle avec elle ni avec quiconque.

Hélas, sa rebuffade fit retomber un pesant silence. D'ordinaire, cela ne le dérangeait pas, mais ce soir, tout était différent.

— Lady Redcliffe et moi avons été fiancés, finit-il par avouer, surpris d'être le premier à briser cet embarrassant mutisme et plus étonné encore de s'être mis à parler du sujet qu'il s'était juré de taire : sa réaction à la présence d'Estelle.

— Je vois, murmura-t-elle.

Cette fois, elle allait lui poser des questions, c'était certain. Faire un commentaire, donner son avis. Mais non, elle ne dit rien. Allait-elle vraiment se contenter d'un simple « je vois » ?

— Mais c'était il y a très longtemps, répéta-t-il malgré lui.

Il n'allait tout de même pas voler le rôle de Lady Iris et se mettre à ânonner de façon incontrôlable ?

— Elle est très belle, murmura Iris d'un ton toujours affreusement terne.

— Oui, elle l'était, et je ne doute pas qu'elle le soit encore. Mais cela est désormais fort peu pertinent pour moi, vous ne croyez pas ?

— Oui, je suppose que vous avez raison. Si vous souhaitez…

Il l'entendit inspirer profondément.

— Si vous souhaitez aller la retrouver pour discuter avec elle, je vous en prie, faites à votre guise. Rien ne vous oblige à demeurer avec moi.

— Votre compagnie me convient parfaitement.

Theo fronça les sourcils en prenant brusquement conscience qu'il y avait une part de vérité dans cette affirmation. Malgré sa répugnance à participer à ce dîner, la présence de Lady Iris à ses côtés ne le dérangeait pas.

— Mais si vous souhaitez vous mêler à l'assistance, allez-y, je ne vous retiens pas, reprit-il.

— Non.

Elle s'interrompit avant d'ajouter :

— J'ai passé toute la semaine en compagnie de cette même assemblée. La plupart ont séjourné ici et j'ai croisé les autres aux nombreux bals et soirées organisés au cours des cinq dernières saisons.

Sa voix retrouvait peu à peu son entrain coutumier.

— Je doute que nous ayons grand-chose de nouveau à nous apprendre.

Theo soupçonnait son entrain d'être quelque peu forcé, mais il en éprouvait de la gratitude. Il ne tenait pas à songer à Estelle Redcliffe plus que nécessaire et souhaitait vivement que Lady Iris regagne sa gaieté naturelle. Il avait perçu son évidente détresse et cela le contrariait. Theo interrompit le fil de ses pensées pour analyser cette surprenante réaction. Pourquoi ce soudain intérêt pour l'humeur de Lady Iris ? Jusqu'à présent, la seule chose qu'il avait désirée était qu'elle le laisse en paix. Mais voilà qu'il prenait plaisir à sa compagnie ?

— Je possède donc l'attrait de la nouveauté ? répondit-il avec dérision avant qu'il ne puisse étudier ce changement d'avis de trop près.

Elle émit un léger gloussement et Theo dut reconnaître qu'il était heureux de l'entendre rire.

— D'une certaine manière, je suppose. Vous êtes si différent de toutes les autres personnes ici.

Elle s'interrompit brusquement :

— Je veux dire… je ne pensais pas…

Il tapota son avant-bras pour la rassurer :

— Je sais ce que vous vouliez dire.

Il laissa sa main s'attarder. Le bras de la jeune femme était nu au-dessus de ses gants, sa peau douce et souple. Un désir presque irrésistible de faire glisser son index jusqu'à ses épaules pour découvrir si elles étaient nues elles aussi le submergea brutalement.

Il retira précipitamment sa main, comme s'il l'avait approchée trop près d'une flamme vive. Que diable lui arrivait-il ? Peut-être s'était-il résigné à la présence de Lady Iris et à son opiniâtre gaieté naturelle, peut-être même en était-il venu à en apprécier les mérites, du moins lorsqu'il avait besoin d'une distraction pour écarter Estelle de ses pensées, mais cela n'irait pas plus loin. Il n'éprouvait aucun désir pour Lady Iris, aucune attirance, et il n'avait aucune intention d'encourager sa mère dans ses projets d'épousailles. Il devait absolument éviter de la toucher d'une façon qui aurait pu être prise pour de l'affection.

Maintenant que Theo connaissait un peu mieux Lady Iris, il n'avait plus guère d'objections à émettre sur son caractère. Elle n'avait à son sens aucun réel défaut, à moins de considérer des dispositions aimables et une tendance au bavardage comme des imperfections. Theo était certain que la plupart des hommes seraient heureux de faire d'elle leur femme. Mais pas lui. Theo ne voulait personne. Il tourna la tête dans la direction qu'avait prise Estelle lorsqu'elle s'était éloignée de lui. Il ne voudrait plus jamais personne.

Et Lady Iris méritait bien mieux que lui. Il ne pouvait décemment la laisser s'enterrer dans un mariage sans amour avec un invalide dont le cœur demeurait ridiculement sous le joug d'une autre femme. Une femme qui lui avait pourtant fait comprendre de la façon la plus crue qu'elle ne voulait pas de lui. Lady Iris méritait un homme capable de l'aimer sans retenue, de tout son être. Et Theo n'était pas cet homme.

Chapitre 13

L'on fit retentir le gong pour le dîner et Lady Iris glissa son bras au creux de celui de Theo, ce qui le surprit.

— Je ne vous offre pas mon aide, le gourmanda-t-elle d'une voix douce comme pour l'empêcher d'émettre une objection. Je vous demande simplement de vous comporter en gentilhomme et de m'escorter à table.

— J'en serais honoré, répondit-il en inclinant la tête.

Il n'avait jamais souhaité offenser Lady Iris, ni la première fois où elle avait pris son bras ni cette fois-ci. Et elle avait raison. Lui offrir son bras n'était que pure politesse, mais il devait bien admettre que cela faisait très longtemps qu'il n'avait pas ressenti le besoin de se montrer poli avec quelqu'un. Pas depuis sa dernière sortie en société… et à son grand étonnement, il se trouvait quelque peu rouillé. Toutefois, Lady Iris se méprenait sur la raison de sa surprise. Certes, il refusait catégoriquement qu'on le considère comme une personnc requérant une assistance, mais sa réticence face au geste de Lady Iris n'avait rien à voir avec cela. Il ne tenait simplement pas à revivre la déconcertante réaction qui l'avait envahi en posant ses doigts sur la peau nue de la jeune femme.

Les convives formèrent une file de couples et quittèrent le salon en cortège, longeant un couloir pour gagner la salle à manger. Lady Iris le mena jusqu'à leurs chaises et Theo fut heureux d'apprendre qu'ils seraient voisins de table. Sans doute sa mère avait-elle arrangé cela elle-même.

Theo inclina la tête et se concentra, tendant attentivement l'oreille jusqu'à distinguer la voix doucereuse d'Estelle à l'autre bout de la table. Elle bavardait gaiement, probablement avec son époux.

Il sentit sa gorge se nouer douloureusement. Pourquoi s'infligeait-il cela ? Il n'avait guère besoin d'un cruel rappel que son ancienne fiancée était désormais heureuse en ménage. L'agonie qu'elle lui avait fait subir ne signifiait rien aux yeux d'Estelle. Elle avait continué sa vie comme si de rien n'était en l'abandonnant derrière elle, comme un bibelot dont on se débarrasse avant d'en oublier l'existence.

S'il tenait à survivre à ce maudit dîner, il devrait s'efforcer d'ignorer la présence d'Estelle.

Saisissant sa serviette, il la déplia d'un geste rageur avant d'en agripper férocement les bords pour la déposer sur ses genoux, le tout en se contraignant à occulter le son de sa voix de son esprit.

Mais c'était impossible. C'était comme si tous ses sens étaient concentrés sur Estelle. Le tintement cristallin de son rire retentit par-dessus la cacophonie des conversations et Theo tressaillit. Autrefois, ce rire lui avait apporté tant de joie. Aujourd'hui, il le transperçait comme une lance.

— Je suis tellement navrée que vous deviez endurer cela, murmura Lady Iris. J'ignore ce qu'il s'est passé entre vous exactement et je ne m'attends pas à ce que vous m'en parliez, mais je peux voir combien cette situation vous est douloureuse et j'éprouve une réelle affliction de vous savoir contraint de participer à ce dîner.

Il secoua la tête :

— Ne vous en préoccupez pas.

— Je vous prie de bien vouloir croire, monsieur, que ma mère n'est pas une femme cruelle. Elle ne se conduirait jamais sciemment d'une façon susceptible de blesser quelqu'un et elle ne vous aurait jamais invité si elle avait su quelle détresse cela vous infligerait.

Theo aurait pu lui faire remarquer que Lady Springfeld l'avait menacé de lui imposer un incessant flux de visiteurs sur son domaine s'il refusait de participer à ce dîner, mais Lady Iris cherchait seulement à se montrer aimable et éprouvait visiblement des remords quant aux actions de sa mère.

— Vous n'avez rien à vous reprocher.

Et sa réponse n'était pas mue par de la simple politesse. Lady Iris n'était pas responsable de ce fiasco. Elle n'était pas responsable de la présence d'Estelle. Et, Theo devait bien l'admettre, demeurer à ses côtés avait au moins le mérite de rendre cette épreuve insoutenable presque supportable. Il avait l'impression d'avoir quelqu'un dans son camp et se sentait redevable envers Lady Iris.

Peut-être l'avait-il sous-estimée, finalement ? Il l'avait prise pour une écervelée volubile et perpétuellement pétulante, mais elle était bien plus que cela… Elle avait fait preuve de courage lorsqu'ils étaient entrés dans le salon et il constatait à présent qu'elle avait également bon cœur. Sans oublier qu'elle s'était retenue de l'interroger sur sa réaction à la présence d'Estelle. Theo s'était attendu à ce que sa curiosité l'emporte sur son jugement. Il s'était persuadé qu'elle chercherait *a minima* à lui extraire quelques révélations en lui posant des questions détournées, mais elle avait tenu sa langue. Il savait par expérience combien les jeunes femmes aimaient les commérages. Se pouvait-il que Lady Iris soit une exception ?

Encore une chose pour laquelle il aurait certainement

dû s'excuser. Il l'avait injustement méjugée lorsqu'elle était entrée dans sa vie, trempée, mais pleine d'entrain. Oui, Lady Iris n'était décidément pas aussi superficielle qu'il l'avait imaginé de prime abord.

Au premier service, elle conversa poliment avec lui comme le voulait l'étiquette. Theo s'efforça de lui répondre avec autant de cordialité ; après tout, comme il l'avait déjà reconnu, rien de tout ceci n'était la faute de Lady Iris. En vérité, elle lui donnait fréquemment l'impression de prendre ses intérêts à cœur, quelque chose qui ne lui était pas arrivé depuis longtemps. Il se demanda même si qui que ce soit s'était un jour tant soucié de son bien-être.

Aussi, le moins qu'il puisse faire en retour était de se montrer aimable et bien élevé, même s'il ne rêvait que de quitter ce maudit dîner pour se réfugier dans son sanctuaire, loin de ces gens et loin d'Estelle, qui ne lui rappelaient que trop vivement tout ce qu'il avait perdu.

Au deuxième service, comme l'exigeait la politesse, Lady Iris se tourna vers son autre voisin de table, Lord Pratley, tandis que Theo acquiesçait cordialement à tous les commentaires sur la météo et les temps forts de la saison que lui marmonnait la matrone à sa gauche, les sujets de prédilection des dames de la haute société.

La voix grave de Lord Pratley ne tarda pas à recouvrir leurs murmures bienséants. L'homme discutait avec Lady Iris… si l'on pouvait décemment qualifier cela de discussion. Theo n'entendait qu'un interminable dithyrambe. Pratley trouvait Lady Iris splendide ce soir, sa robe rose flattait merveilleusement son teint, teint qu'il comparait à l'aurore des roses blanches, ses yeux bleus scintillaient comme des saphirs et sa magnifique chevelure blonde ressemblait à du beurre riche et crémeux.

À chacun de ses compliments, Lady Iris le remerciait

poliment, d'une voix presque lasse. L'homme ne voyait-il pas que sa flagornerie avait l'effet inverse de celui qu'il escomptait ? Que la dame qu'il galantisait n'appréciait guère son empressement obséquieux ? Cette absence de vanité était une autre des admirables qualités de Lady Iris ; elle n'était vraisemblablement que peu sensible aux louanges, contrairement à la majorité de la gent féminine.

Sur cet aspect, elle était aussi radicalement différente d'Estelle que deux femmes pouvaient l'être. Son ancienne fiancée ne se lassait jamais d'être adulée. À l'époque, il avait flatté son orgueil à la moindre occasion. S'était-il conduit de façon aussi pitoyable que Lord Pratley en encensant Estelle ? Il n'en avait guère eu l'impression, sur le moment. Il n'avait eu conscience que d'une chose : il était alors fiancé à la femme la plus éblouissante qu'il ait jamais vue, une femme que tous les autres hommes désiraient et lui enviaient. Il ne s'était jamais fatigué d'entendre les autres vanter sa beauté, pas plus que de le faire lui-même.

Theo reconnaissait à présent que, parfois, il s'était conduit comme s'il s'enorgueillissait d'être le propriétaire d'un objet précieux et convoité, comme si les compliments lui avaient été adressés à lui, comme si Estelle avait incarné à elle seule sa capacité à s'attirer les attentions d'une femme que tant d'autres rêvaient d'épouser. Il s'était comporté comme un imbécile arrogant et s'était persuadé qu'être fiancé à une telle déesse était un gage de sa masculinité. Il s'était délecté de la jalousie de ses pairs, avait éprouvé une fierté hautaine chaque fois qu'Estelle avait pris son bras. Tant de suffisance lui paraissait aujourd'hui mesquine et vaine.

Malgré tout, il avait aimé Estelle, profondément, et en

dépit de tout ce qui s'était passé entre eux, cet amour ne l'avait jamais quitté.

La voix nasillarde et sonore de Lord Pratley coupa le fil de ses pensées. Ce dernier parlait maintenant des lèvres de Lady Iris, qu'il comparait à des boutons de rose, à un vin millésimé et à des fraises mûres. Puis il loua à nouveau ses yeux. Apparemment, même des saphirs scintillants ne rendaient pas suffisamment honneur à la splendeur de ses iris, car Lord Pratley assimilait à présent leur couleur à celle d'un ciel d'été, des bleuets et de la bourrache.

De la bourrache ? Cette plante était-elle seulement bleue ? Theo n'en avait pas la moindre idée. Au lieu de l'encourager dans ses flatteries, comme Estelle l'aurait fait, Lady Iris tenta de détourner la conversation en interrogeant Lord Pratley sur son futur voyage en Norvège dédié à la pêche. Et tandis que ce dernier s'enthousiasmait sur la quantité de saumons qu'il comptait attraper, le lieu où il séjournerait et les aventures que ses amis et lui espéraient vivre, Lady Iris murmura des réponses aimables et intéressées. Theo se demanda alors quelle expression il aurait lue sur son visage. De l'ennui ? Ses réponses étaient polies, mais elles manquaient d'une réelle exaltation. Mais peut-être jugeait-elle la compagnie du vicomte plaisante ?

— Quel dommage que vous ne puissiez pas nous accompagner, poursuivit Lord Pratley. Mais peut-être l'année prochaine ?

L'homme s'esclaffa bruyamment, noyant la réaction de Lady Iris. Les poings de Theo se refermèrent plus étroitement sur son couteau et sa fourchette. L'audace de cet homme ! Supposait-il qu'il aurait épousé Lady Iris avant la saison de pêche de l'année prochaine ? La jeune femme n'avait jamais parlé de Lord Pratley comme de son promis. Sa mère lui avait répété que Lady Iris recevait de nombreuses offres de mariage chaque année, et les tentatives maladroites de Pratley pour la courtiser semblaient suggérer que la jouvencelle avait effectivement fait au moins une conquête cette année. Même si elle ne paraissait pas particulièrement intéressée.

Theo se demanda pourquoi. Pourquoi cette demoiselle n'était-elle pas intéressée par une alliance avec Pratley ? Theo le considérait comme un imbécile, mais il n'en demeurait pas moins un bon parti pour n'importe quelle jeune femme célibataire. Il était issu d'une lignée distinguée, possédait un important domaine et de gros revenus et, a priori, toutes ses facultés. Pourquoi Lady Springfeld se concentrait-elle sur Theo lorsque Lady Iris s'était déjà attiré les faveurs d'un gentilhomme jouissant des mêmes qualités que lui ? Voire meilleures, puis qu'il n'était pas infirme.

Mais la véritable question qui le taraudait était : pourquoi s'en souciait-il ? Lady Iris n'était qu'une connaissance, elle ne signifiait rien à ses yeux. Sa mère le considérait peut-être comme un époux potentiel, mais ni lui ni Lady Iris ne désiraient une telle union. Pourquoi aurait-il dû se préoccuper de la relation que Lady Iris entretenait avec Lord Pratley ? Non, c'était simplement l'impertinence de l'homme qui lui faisait bouillir les sangs.

— Monsieur, puis-je ôter votre assiette ? Le prochain service va commencer, murmura un valet de pied non loin de son oreille, interrompant ses pensées.

Theo lâcha les couverts qu'il avait si férocement serrés dans ses poings et s'appuya contre le dossier de sa chaise tandis que les domestiques s'affairaient autour de lui.

— Oh ! du saumon. Quel délice, c'est mon mets préféré, chantonna Lady Iris de sa voix rayonnante.

— Quelle chance, vous pourrez en pêcher autant que vous le souhaiterez lors de la prochaine saison, n'est-ce pas ? répondit-il d'un ton bien plus sec qù'il ne l'avait escompté. J'ai cru comprendre que vous aimiez la pêche ?

— Étiez-vous en train d'espionner ma conversation avec Lord Pratley ? le taquina-t-elle en retour.

— Difficile de ne pas entendre Pratley jaser à cette distance, rétorqua-t-il vivement pour masquer son embarras de s'être adonné à une activité risquant de suggérer qu'il s'intéressait aux relations de Lady Iris avec les autres hommes.

— Eh bien, pour répondre à votre question, j'ignore ou non si j'aime la pêche puisque je ne l'ai jamais pratiquée.

Theo faillit répliquer que cela faisait d'elle une perle rare parmi les jeunes femmes. Après tout, la pêche aux bons partis était l'un des sports favoris des jouvencelles de son âge. Et malheureusement, il avait fait l'erreur de mordre un jour à l'appât lancé par une jolie fille. Les hommes pouvaient se conduire si bêtement, parfois. Tout comme Pratley, Theo s'était jadis pris pour le pêcheur avant de se retrouver talentueusement ferré, tel un saumon sans défense.

— Peut-être pourrez-vous le découvrir une fois que vous aurez épousé Pratley et qu'il vous aura emmenée en Norvège ? répliqua-t-il d'un ton incisif.

Quelle mouche le piquait ? Lady Iris pouvait bien se marier avec Pratley ou avec n'importe quel autre âne de son espèce, en quoi cela le regardait-il ? La pression de cette soirée l'affectait sans doute plus qu'il ne l'avait imaginé. Il était impatient d'en finir avec ce dîner et de pouvoir rentrer chez lui. En attendant de prendre la tangente, il devrait maîtriser son humeur et se comporter de façon plus placide.

Lady Iris gloussa avec légèreté, mais ne fit aucun commentaire. Mais pourquoi avait-il escompté qu'elle lui parle d'un quelconque arrangement avec Lord Pratley ? Il n'avait pas plus le droit de l'interroger au sujet de Pratley qu'elle n'en avait de le questionner sur Estelle. Il devait d'ailleurs bien admettre qu'elle avait fait preuve de bien plus de retenue que lui dans ce domaine.

— Mangez. Il ne faudrait pas que votre plat refroidisse, grommela-t-il pour dissimuler sa gêne.

Il leva son verre de vin et fut satisfait de constater, au poids du récipient, que le valet de pied l'avait resservi.

— Eh bien, il s'agit d'une mousse de saumon, je ne crains donc pas qu'elle refroidisse.

Elle gloussa une nouvelle fois. Cette femme riait-elle de tout ?

— Et vous feriez mieux de boire votre vin. Il court autant de risques de refroidir.

— À vos ordres, milady, grogna Theo en avalant une longue gorgée.

Theo se montrait terriblement injuste avec elle et il en avait conscience. Ce n'était nullement sa faute si Pratley nourrissait des intentions à son égard, après tout. Et il se moquait bien de savoir si son admiration était réciproque. Il devait absolument se calmer et cesser de se comporter comme un rustre. Mieux valait reprendre une discussion polie, comme le gentilhomme civilisé qu'il avait un jour été.

Il fourragea dans son cerveau à la recherche d'une banalité bienséante à prononcer, mais rien ne vint. Autrefois, il avait été un expert des conversations triviales, capable d'utiliser une pléthore de mots grandiloquents pour n'exprimer presque rien. Un talent qu'il avait développé en participant à d'innombrables bals et fêtes comme celle-ci. Mais il en avait perdu l'habitude et ne parvenait pas à trouver quoi dire.

Avant qu'il puisse songer à une remarque pleine d'esprit ou à une observation intelligente, le carillon clair du rire d'Estelle s'éleva dans la pièce, occultant les murmures polis des autres invités. Lady Iris parut l'entendre également, car le raclement de ses couverts dans son assiette cessa aussitôt. Theo ignorait toutefois en quoi la joie d'Estelle pouvait bien affecter Lady Iris. Tout comme il ignorait en quoi les présomptions de Pratley sur son mariage avec Lady Iris pouvaient bien l'affecter, lui. Le rire badin d'Estelle retentit une fois de plus, lui cisaillant la poitrine, et Theo sentit tous ses muscles se tendre.

Il saisit son verre, le porta à ses lèvres et fut agacé de découvrir qu'il était vide. Tapotant la coupe du doigt, il signala au domestique le plus proche qu'il désirait du vin, *maintenant*. L'homme se pencha aussitôt par-dessus son épaule pour le servir.

Theo le finit d'un trait, puis il s'efforça d'apaiser son esprit et de détendre son corps. Il savait d'expérience qu'aucune quantité d'alcool ne suffirait à anesthésier sa peine, mais il était prêt à réessayer ce soir, juste au cas où.

Iris tourna la tête vers l'extrémité de la table, là où Lady Redcliffe était assise. Cette dernière souriait d'un air radieux, riait bruyamment et parlait avec animation, comme si elle passait le meilleur moment de sa vie. Pourtant, elle ne cessait de jeter des coups d'œil discrets en direction du comte, comme pour s'assurer qu'elle avait toute son attention.

Son époux donnait l'impression de ne pas remarquer

son comportement ou même de l'apprécier. Il était assis en face d'elle et plastronnait aussi fièrement qu'un paon. En cet instant, tous les regards masculins étaient tournés vers Lady Redcliffe et cette dernière rayonnait. De toute évidence, elle se délectait d'être le centre d'intérêt.

Iris priait silencieusement pour que Lady Redcliffe cesse de rire si bruyamment. D'ordinaire, ce genre de comportements ne la dérangeait guère. Après tout, les membres de sa famille et elle-même pouvaient parfois se montrer tapageurs et il lui arrivait de rire plus fort qu'il n'était acceptable de la part d'une jeune lady. Mais Iris avait beau se tancer intérieurement pour son manque de tolérance, le rire de Lady Redcliffe l'agaçait. Était-ce parce qu'il lui paraissait forcé ou à cause du tourment dans lequel il semblait plonger le comte ? Ou, pire encore, était-ce simplement parce qu'elle était jalouse de Lady Redcliffe qui lui volait l'attention de Theo ? Était-elle donc si égoïste ? Le pauvre homme souffrait le martyre et elle se montrait vaniteuse et frivole en souhaitant accaparer son intérêt.

Oui, c'était pathétique, en plus d'être mesquin. C'était le comte qui traversait une épreuve traumatisante ! Elle n'avait aucun droit de s'apitoyer sur son propre sort. Oh ! pourquoi sa mère l'avait-elle forcé à assister à cette soirée ? Si Iris n'avait pas été suffisamment bête pour se perdre dans une tempête, Lord Greystone serait actuellement chez lui, assis auprès du feu avec Max. Elle se tourna vers l'autre extrémité de la table, où Lady Springfeld dînait aux côtés de Lord Walberton. Sa mère lui adressa un sourire chagriné. Le comportement de Lady Redcliffe et la réaction du comte n'avaient guère échappé à l'œil affûté de la matrone.

— Je m'en veux tellement, murmura-t-elle.

Il secoua la tête :

— Vous n'avez rien à vous reprocher, répondit-il avec un nouveau signe de la main au valet de pied. Sans vous, je n'aurais pas eu le plaisir de goûter à ce délicieux bordeaux.

Il reposa sa coupe et inspira profondément avant d'ajouter :

— Lady Iris, je vous assure que vous n'avez aucune excuse à me présenter, insista-t-il d'un ton conciliant. Je suis parfaitement capable de mener mes propres batailles, mais je vous remercie pour votre sollicitude.

Le regard d'Iris tomba sur son verre de vin et elle fronça les sourcils, espérant que ce n'était pas de cette façon qu'il menait ses propres batailles.

— Vous n'avez pas mangé votre saumon, fit-elle remarquer.

— Je n'ai guère d'appétit, répondit-il d'un ton sec.

Puis, avec davantage de douceur, il sourit :

— Quel dommage que Max ne soit pas là ! À force de vivre seul, j'ai pris la mauvaise habitude de lui donner tous les plats que je ne mange pas moi-même.

Iris sourit, heureuse qu'il lui parle avec moins de brusquerie et soulagée de constater que leur discussion amicale atténuait la façon dont les éclats de rire de Lady Redcliffe emplissaient l'atmosphère.

— Votre chien est tellement gentil, répondit-elle. J'ai beau adorer ma Sookie, je dois admettre m'être follement entichée de Maxou-Max.

— Et lui de vous. Je ne l'avais jamais vu s'attacher aussi vite à quelqu'un. J'en étais presque jaloux.

Iris tressaillit lorsqu'il parla de jalousie et ne put s'empêcher de jeter un œil en direction de Lady Redcliffe.

Croisant le regard de la jeune épouse par inadvertance, Iris détourna aussitôt la tête.

Les domestiques vinrent débarrasser les assiettes de saumon que le comte et Iris n'avaient pratiquement pas touchées. À contrecœur, elle se tourna de nouveau vers Lord Pratley et se prépara pour une nouvelle volée de compliments. Elle se demanda si le vicomte serait jamais à court de flagorneries. Après tout, il devait bien y avoir une limite au nombre de choses auxquelles l'on pouvait comparer ses yeux, ses cheveux, sa bouche et sa peau, non ? Peut-être allait-il maintenant s'attaquer à son nez ? Lui dire qu'il lui rappelait un bulbe de tulipe, une pomme de terre ou un champignon ?

Cette dernière observation lui tira un sourire, ce qu'elle regretta aussitôt lorsque le vicomte le prit pour lui et s'empressa de complimenter sa dentition.

— Lady Iris, ronronna-t-il en levant son verre comme s'il lui portait un toast. Vous avez le plus charmant sourire qu'il m'ait été donné de voir et c'est un véritable honneur pour moi que d'être le témoin de sa splendeur. Vos dents sont aussi blanches que la neige et aussi droites que…

Il s'interrompit pour réfléchir et Iris fut tentée de lui faire quelques suggestions : aussi droites qu'une rangée de pierres tombales dans un cimetière… aussi droites que les couverts sur cette table… aussi droites que les piquets d'une clôture…

Finalement, Lord Pratley renonça à inventer un comparatif élogieux et se remit à lui parler de ses lèvres, si bien qu'Iris perdit rapidement le fil de ses propos, se contentant d'opiner occasionnellement pour observer un minimum de politesse.

Pourquoi les hommes semblaient-ils croire que les femmes attendaient d'eux un flot incessant de flatteries ?

Elle jeta un œil au comte. Il n'avait pas la moindre idée de ce à quoi elle ressemblait et Iris trouvait cela libérateur. Elle aurait aussi bien pu être belle comme un astre ou laide comme un pou, cela n'aurait fait aucune différence pour lui. Mais il avait tout de même été fiancé à une femme éblouissante. Était-ce avant ou après avoir perdu la vue ? se demanda Iris. Le comte avait-il été attiré par autre chose que par son physique ? Il ne pouvait plus la voir, pourtant elle semblait toujours avoir une puissante influence sur lui… ce ne pouvait donc pas être qu'un attachement superficiel.

Une fois de plus, Iris croisa le regard de Lady Redcliffe par inadvertance et, une fois de plus, elle s'empressa de détourner les yeux comme si elle avait été surprise en train de faire quelque chose de honteux. Les valets de pied débarrassèrent leurs assiettes, le dessert fut servi et Iris se tourna de nouveau vers Lord Greystone, soulagée.

— J'ai cru comprendre que vous possédiez des dents aussi blanches que la neige et aussi droites qu'un… concept insaisissable, la taquina-t-il, ce qui lui tira un sourire.

Elle jeta un œil à Lord Pratley pour s'assurer qu'il ne l'avait pas entendu.

— Je commence à me faire une image tout à fait pittoresque de vous, poursuivit le comte. Vos iris sont des saphirs, votre bouche une fraise, votre peau une rose et vos dents de la neige. Vous êtes une jeune femme à l'apparence fort inhabituelle, je dois dire.

Iris se mit à rire. Sa remarque était à la fois grossière et très drôle. Il s'exprimait toujours avec austérité, si bien qu'Iris peinait à deviner s'il souhaitait simplement plaisanter ou s'il disait cela pour se moquer de Lord Pratley, mais tout ceci l'amusait follement. Elle venait de s'imaginer avec des gemmes en guise d'yeux, des fraises sur les lèvres et une bouche pleine de neige.

— Cela aurait pu être pire, renchérit-elle à voix basse. J'aurais pu avoir les dents jaunes comme du beurre.

— Cela reste plus flatteur que des dents semblables à de la bourrache et une peau couleur de vin avec la texture d'une fraise.

Iris plaça une main sur sa bouche pour s'empêcher d'éclater de rire. À présent, elle était certaine qu'il plaisantait, même s'il le faisait aux dépens de Lord Pratley et de ses arrogantes tentatives de la courtiser.

— Votre mère avait raison, poursuivit-il. Vous êtes une inégalable beauté. Du moins, aux yeux de Lord Pratley, vous êtes une inégalable collection de spécimens variés.

Alors qu'Iris commençait enfin à se détendre et à profiter de l'instant, le rire de Lady Redcliffe retentit une nouvelle fois, plus fort et encore moins naturel que précédemment, et fit éclater l'agréable bulle de connivence qu'elle venait de partager avec Theo. Iris tourna la tête vers la comtesse et découvrit avec stupeur qu'elle les observait sans gêne. Elle souriait comme si elle passait la plus formidable des soirées, mais ses yeux perçants étaient fixés sur Iris et il n'y avait aucune chaleur dans son regard.

Voilà qui était très étrange. À quoi diable jouait cette femme ? Non seulement elle n'était plus fiancée à Lord Greystone, mais elle avait épousé quelqu'un d'autre. Pourtant, il était évident aux yeux d'Iris que Lady Estelle essayait délibérément d'attirer son attention, mais pourquoi ? Elle était mariée, pour l'amour du ciel ! Pourquoi s'adonner à un jeu si cruel ? Pourquoi faire ainsi souffrir son ancien promis ?

Comme Lady Estelle l'avait escompté, Theo aussi entendit son rire et il se rembrunit une fois de plus. Iris aurait voulu lui dire de faire la sourde oreille, car elle était certaine que cette femme jouait avec ses sentiments. Mais elle ignorait tout du passé du comte, ce qui avait bien pu arriver entre Lady Redcliffe et lui… et au fond, elle ne connaissait que très peu Theo Crighton. Elle savait seulement qu'il vivait reclus dans un ancien château fort transformé en manoir, qu'il possédait un chien appelé Max et qu'il avait déjà eu au moins un terrible cauchemar.

Oh ! et qu'il était absolument éblouissant lorsqu'il était dépourvu d'une mise plus formelle, mais Iris n'était vraiment pas censée être au courant de ce dernier détail.

L'on débarrassa les assiettes à dessert et Lady Walberton se leva pour annoncer qu'il était temps pour ces dames de laisser les hommes à leur brandy et à leurs cigares. Avec force raclements de chaises et murmures d'approbation, tous les invités se levèrent. Les femmes formèrent une ligne en fonction de leur rang et quittèrent la salle à manger en procession. Avant de s'en aller, Iris jeta un dernier regard à Lord Greystone et une étonnante sensation de perte la submergea. Il n'avait jamais souhaité participer à ce dîner et l'épreuve s'était avérée encore plus stressante et déplaisante qu'Iris, et probablement le comte lui-même, n'auraient pu l'imaginer. Elle ne pouvait qu'espérer lui avoir rendu cette soirée un peu moins pénible de par sa compagnie, ainsi que leurs discussions. Pour sa part, Iris avait apprécié ces moments avec Theo Crighton. Bien plus qu'elle n'était prête à l'admettre.

Chapitre 14

— Lady Iris et vous semblez vous entendre à merveille, commenta Lord Pratley lorsque le frou-frou des jupons de ces dames mourut derrière le claquement d'une porte que l'on referme.

— En effet, répondit succinctement Theo.

— Vous savez qu'elle est *pratiquement* ma promise, ajouta Pratley.

Theo fut tenté de lui faire remarquer qu'être « pratiquement promis » à quelqu'un n'avait rien d'un statut officiel, mais à quoi bon ? Si Lord Pratley courtisait Lady Iris, cela ne le concernait guère.

— Cela fait plusieurs saisons qu'elle évolue en société et j'ai enfin une chance de réussir là où tant d'autres hommes ont échoué, poursuivit Pratley. Et aucun gentilhomme digne de ce nom ne saurait se montrer suffisamment discourtois pour gâcher les chances d'un pair. N'êtes-vous pas d'accord, Greystone ?

La carafe de brandy fut déposée près d'eux dans un claquement audible. Theo se servit un verre en réprimant un soupir las.

— J'en conviendrais volontiers… si ledit pair avait *réellement* une chance.

— Allons, Greystone ! Que dites-vous là ?

— Je ne suis pas votre rival, Pratley, le rassura Theo en faisant tourner le brandy dans sa coupe avant d'en savourer le riche arôme.

— Je suis heureux de l'entendre... J'ai remarqué la façon dont Lady Iris vous regardait. Si elle vous avait observé avec pitié, j'aurais pu comprendre, car elle possède une âme charitable. Mais cela n'avait rien à voir avec de la compassion. En vérité, elle semblait vous dévisager avec admiration. Aussi, j'apprécierais que vous n'encouragiez pas ses attentions, Greystone.

— Croyez-moi, je n'ai absolument rien fait pour encourager Lady Iris.

— Tant mieux. Après tout, vous la laisser reviendrait à donner du caviar à un cochon, pas vrai, mon vieux ?

Le vicomte gloussa grassement à sa propre plaisanterie.

— Cette femme est un véritable plaisir pour les yeux et les vôtres ne peuvent en profiter.

Il ricana à nouveau, comme si la cécité de Theo était une excellente source de divertissement.

— Soyons honnêtes, Greystone, vous n'êtes plus capable d'apprécier pleinement sa beauté. Elle était déjà la plus ravissante des débutantes lors de sa première saison et aucune demoiselle n'a encore réussi à surpasser son éclat, je peux vous l'assurer. Mais pour vous, peu importe que vous courtisiez une sylphide ou un mulet !

Theo serra plus férocement son verre et ravala sa colère avec une gorgée de brandy. Il tenta de se concentrer sur la brûlure réconfortante que le délicieux breuvage laissait le long de son gosier et d'ignorer les inepties insultantes que déblatérait Pratley.

— D'ailleurs, vous n'avez guère besoin de sa dot non plus, il me semble ? continuait le vicomte sans se rendre compte, ou sans se soucier, de l'offense qu'il venait de commettre. Entre vous et moi, c'est une somme plutôt rondelette. Et vous n'aurez aucun usage non plus des contacts de son père ; j'ai entendu dire que vous viviez comme un ermite, ces derniers temps. Non, soyez raisonnable, Greystone. Vous devriez laisser Lady Iris à quelqu'un qui profitera pleinement de tout ce qu'elle a à offrir.

Pratley se coula contre son dossier et poussa un soupir satisfait, comme un signal qu'il avait dit tout ce qu'il avait à dire et que le sujet était maintenant clos. Theo savait qu'il aurait dû l'ignorer. Il ne nourrissait aucune intention envers Lady Iris et il était certain qu'une femme aussi intelligente qu'elle ne s'abaisserait jamais à épouser pareil imbécile, mais il ne put s'en empêcher. Il ne pouvait pas laisser ce nigaud bouffi d'orgueil parler de Lady Iris comme si elle n'était qu'une commodité, un prix convoité que cet âne bâté croyait avoir fièrement décroché.

— Est-ce tout ce que Lady Iris est à vos yeux ? Un joli minois et une dot confortable ?

— Comment ? Non, bien sûr que non, répliqua Pratley, l'air offensé. C'est une charmante jeune femme, très charmante. Je dis simplement qu'elle ferait une épouse digne d'admiration pour un homme comme moi et… qui n'aimerait pas avoir à son bras une femme que tout le monde vous envie ? Cela vous fait vous sentir… eh bien, encore plus homme, pas vrai ?

Theo grimaça. Avait-il réellement le droit de juger Lord Pratley ? N'avait-il pas prêché exactement le même sermon ? Ne s'était-il pas pavané avec fierté, Estelle à son bras ? Il s'était enivré de sa propre importance parce qu'il s'était fiancé à la femme que tous les autres hommes convoitaient. Comme il avait été niais ! Aussi niais que l'était toujours Pratley… et Lady Iris méritait tellement mieux. Mieux que Pratley, mieux que lui-même.

— Et dites-moi : Lady Iris est-elle intéressée par ce que *vous* avez à lui offrir ?

— Pardon ?

Pratley s'agita sur sa chaise avant d'ajouter :

— Eh bien, elle ne me l'a pas expressément confirmé, mais je suis sûr que c'est pour se faire désirer. Comme toutes les femelles, n'est-ce pas ?

Pratley souffla du nez d'un air quelque peu indigné et conclut :

— Après tout, c'est une très jolie femme, cela lui donne donc le droit de s'amuser aux dépens de son futur promis, vous ne croyez pas ? Cela ne rend la victoire que plus délectable, une fois que vous leur passez la bague au doigt.

En cela, Pratley n'avait pas tort. Les demoiselles aimaient s'amuser aux dépens des hommes. Estelle ne s'en était guère privée avec lui. Et ses petits jeux, d'abord taquins, étaient vite devenus cruels. Mais il doutait fermement que Lady Iris soit le genre de femmes à encourager les attentions d'un homme par simple coquetterie. Pratley n'avait aucun droit de parler d'elle ainsi. Lady Iris n'avait jamais témoigné de réel intérêt à ce flagorneur, Theo en était certain. Leur conversation de tout à l'heure laissait suggérer qu'elle ne considérait pas du tout Pratley comme un prétendant sérieux… bien au contraire. Cette notion selon laquelle elle était « pratiquement la promise » de cet imbécile n'était probablement que fabulation de la part de ce dernier.

Après tout, Lady Iris était une femme de goût, songea Theo avec assurance. Mais peut-être pas sa mère ? Son assurance s'évapora. La matrone semblait déterminée à marier sa fille à Theo, mais Pratley était un meilleur parti, il ne pouvait le nier. Peut-être la mère de Lady Iris avait-elle donné à Pratley des raisons d'espérer ?

— Et qu'en est-il de Lady Springfeld ? l'interrogea-t-il en s'efforçant de conserver un ton aussi indifférent que possible. Avez-vous abordé le sujet avec elle ? Vous a-t-elle été agréable ?

Pratley souffla :

— Cette femme ! Je dois dire que c'est quelqu'un de… spécial. C'est à croire qu'elle ne tient pas à marier sa fille ! Elle ne fait rien pour vanter ses mérites. Je ne compte plus le nombre de matrones qui m'ont approché cette saison, prêtes à tout pour que je témoigne de l'intérêt à leurs filles. Mais Lady Springfeld ? Rien.

Fascinant. Ce n'était guère le ressenti qu'en avait Theo. Sa présence ce soir chez les Walberton était une preuve de la détermination féroce de Lady Springfeld à marier sa fille. Il but une nouvelle gorgée, satisfait que Pratley ait confirmé ses soupçons. L'homme n'avait pas la moindre chance avec Lady Iris… ni la demoiselle en question ni sa mère ne le considéraient comme un prétendant potentiel. Theo n'était probablement pas le premier homme que Lady Springfeld tentait d'unir à sa fille, mais au moins, Pratley ne faisait pas partie des candidats. Bien. Theo ne pouvait imaginer Lady Iris mariée à ce mufle égotique.

— Mais cela ne m'inquiète pas, reprit Pratley en se servant plus de brandy. Lady Iris n'a témoigné d'intérêt pour aucun autre homme cette saison, ou pendant les saisons précédentes, et l'on m'a rapporté que sa mère ne s'était empressée auprès de personne, elle non plus. Ainsi, tout le monde a ses chances, comme on dit, mais je dirais que les miennes sont meilleures que celles de la plupart.

Voilà qui était encore plus fascinant. À quoi diable jouait sa mère en s'efforçant de marier Lady Iris avec

Theo quand tant d'autres bons partis s'offraient à sa fille ? Parfois, Theo ne comprenait rien aux rouages de l'esprit des femmes… Il ne saisirait jamais quelles raisons mystérieuses animaient ces dernières au moment de choisir un époux convenable. La seule chose dont Theo était certain, c'était qu'en dépit des stratagèmes malavisés de Lady Springfeld pour l'unir à sa fille, ni lui ni Lady Iris ne désiraient cette alliance.

— Dans ce cas, je vous souhaite bonne chance dans votre conquête, répondit-il à Pratley.

— Merci, Greystone, c'est fort aimable de votre part, s'exclama ce dernier sans percevoir le manque de sincérité dans les paroles du comte. J'ignore pourquoi je m'inquiétais, ajouta le vicomte avant de tirer sur son cigare. Au fond, tout le monde sait qu'aucune femme séduisante ne pourrait vouloir d'un homme comme vous. Lady Redcliffe nous en a fait une flagrante démonstration, pas vrai ?

Les doigts de Theo se refermèrent en poing étroitement serré. Ses muscles tressautèrent. Tout son corps tremblait de rage et le désir de traîner Lord Pratley dehors pour lui asséner une bonne correction menaçait de le submerger. Rassemblant tout le sang-froid dont il était capable, Theo posa son verre de brandy sur la table et se pencha vers Pratley, si près qu'il pouvait sentir son haleine de cigare et d'alcool.

— Vous ne savez pas de quoi vous parlez, gronda-t-il entre ses dents serrées. Vous ignorez tout sur Lady Iris et moi et vous ne connaissez rien à ma relation avec Estelle.

— Ce n'est pas… Je ne voulais pas… Je disais simplement… c'est comme si l'histoire se répétait, voilà tout. Vous étiez fiancé à la plus belle débutante de la saison, il y a six ans, et cette année, vous avez à nouveau attiré l'attention de la plus jolie demoiselle disponible. Je disais juste… Enfin, je suis certain que Lady Iris n'éprouve pas de réel intérêt pour vous… quant à Lady Redcliffe…

Sa voix étranglée s'interrompit.

— Vous êtes méprisable, Pratley, gronda Theo. Je comprends à présent pourquoi vous n'avez jamais fait mieux qu'être « pratiquement promis ». De toute évidence, Lady Iris est bien trop intelligente pour nourrir la moindre inclination envers vous.

— Mais pas suffisamment pour ne pas s'enticher d'un ermite aveugle, contra Pratley en haussant le ton. Lady Redcliffe, au moins, a fait preuve de lucidité.

Theo saisit les bords de la table pour ne pas se jeter sur lui. Il n'était peut-être pas capable de voir Lord Pratley, mais cela ne l'empêcherait pas d'amocher sérieusement son visage bouffi d'orgueil.

— J'espère que vous n'êtes pas en train de parler de ma bonne épouse, intervint Lord Redcliffe d'une voix forte depuis l'autre bout de la table. Ce serait un affreux manque de courtoisie.

— Nous disions simplement qu'elle avait fait un excellent mariage, répondit Pratley avec son obséquiosité habituelle.

— C'est certain. La demoiselle a su faire le bon choix, déclara Redcliffe. Au bout du compte, ajouta-t-il d'un ton remarquablement hostile.

Les bruyantes conversations des autres hommes autour de la table s'évanouirent brusquement. Le lourd silence n'était plus ponctué que des mouvements feutrés des valets de pied qui remplissaient les verres et des grincements des chaises dans lesquelles des gentilshommes embarrassés s'agitaient. La tension dans la mâchoire de Theo s'intensifia. Il ne pouvait guère contester l'affirmation de Lord Redcliffe. Estelle avait eu parfaitement le droit de choisir Lord Redcliffe plutôt que lui et elle avait eu raison. Après l'accident, qu'aurait-il pu lui offrir ? D'épouser un homme diminué ? Quelle vie grotesque et triste pour une femme aussi belle et vibrante que Lady Estelle Redcliffe ! Ou Lady Iris… Pratley n'avait pas tort, là non plus.

Theo tendit la main vers son verre ; il lui fallait absolument une autre gorgée de brandy. Ses doigts glissèrent et renversèrent le récipient, l'aspergeant de liquide. Un valet de pied approcha aussitôt, une serviette à la main. Si Theo avait eu besoin qu'on lui rappelle combien il était amoindri, cet incident le prouvait. Il ne pouvait même pas saisir sa coupe de brandy.

Chassant la serviette du domestique d'un geste de la main, il attrapa son verre à présent rempli. Quelques voix rompirent le silence dans un effort de couvrir cet épisode gênant, puis d'autres suivirent. Bientôt, la pièce retentit de nouveau du tintement des coupes et des éclats de rire graves tandis que les hommes cherchaient à surpasser les autres avec leurs traits d'esprit et leurs fanfaronnades.

Le bruit des conversations enveloppa à nouveau Theo, mais il demeura assis à siroter son verre et à ruminer sa colère. Finalement, cette soirée n'était pas aussi désastreuse qu'il l'avait imaginée. Elle était bien pire. Elle n'avait fait que mettre en exergue une terrible vérité : il n'était plus l'homme qu'il avait été et ne le redeviendrait jamais. Il n'était plus qu'un homme diminué, un aveugle qui avait jadis courtisé la plus belle femme de la saison, celle que tous les autres hommes lui enviaient, mais qui n'était plus qu'un idiot pitoyable et pataud. Mais au moins ce maudit dîner avait-il eu une conséquence bénéfique : il lui avait rappelé avec force pourquoi il ne sortait plus en société et Theo put réaffirmer sa détermination de ne plus jamais recommencer.

Lady Estelle Redcliffe glissait à travers la pièce et Iris ne parvenait pas à en détacher les yeux. Elle était réellement d'une beauté éblouissante. D'ordinaire, Iris ne songeait pas à se comparer aux autres femmes, mais Lady Redcliffe lui donnait l'impression d'être insipide. Cela faisait plus d'une semaine que la lady et son époux séjournaient chez les Walberton. Elles avaient discuté plusieurs fois, échangé des politesses, mais Iris n'avait jusqu'alors jamais remarqué combien elle était attirante.

À sa grande frustration, Iris savait qu'elle considérait à présent Lady Redcliffe sous un nouveau jour parce qu'elle avait été la fiancée de Theo Crighton. Elle savait également qu'elle se comportait de façon ridicule. Le comte avait forcément connu d'autres femmes, par le passé. C'était un homme séduisant, avec un titre et un vaste domaine, ce qui faisait de lui un excellent parti.

Mais le plus agaçant était cette désagréable sensation qui lui rongeait l'estomac depuis que Lord Greystone avait démontré qu'il éprouvait toujours des sentiments pour Lady Redcliffe. Cette fameuse émotion qu'elle n'avait aucun droit de ressentir.

Lady Redcliffe s'installa dans le fauteuil bergère à côté d'Iris et sourit. Son sourire illumina encore davantage son beau visage, mais Iris ne put s'empêcher de se demander si ce n'était pas une expression travaillée. Elle s'efforça de repousser cette pensée peu charitable, d'autant plus qu'elle était sans doute le résultat de ces sentiments frustrants et interdits. Par politesse, elle rendit son sourire à Lady Redcliffe.

— Eh bien, ma chère, n'êtes-vous pas une jeune femme pleine de courage ? lança Lady Redcliffe en remuant le sucre dans son thé.

— De courage ?

C'était la deuxième fois en quelques jours qu'on lui attribuait ce qualificatif, et Iris ne le trouvait toujours pas apte à décrire son caractère ou son comportement.

— Vous avez invité Theo Crighton à ce dîner, clarifia Lady Redcliffe.

Iris secoua la tête, perplexe :

— Je ne l'ai pas invité. C'est ma mère. Et je ne vois pas en quoi l'inviter à une soirée serait une preuve de courage.

Lady Redcliffe sourit comme si Iris venait de faire une plaisanterie qu'elles comprenaient toutes les deux, puis se pencha et baissa la voix :

— Ces cicatrices ne vous répugnent-elles pas ?

Iris se redressa sur sa chaise tout en s'efforçant de ne pas hausser le ton :

— Non, pourquoi me répugneraient-elles ?

Lady Redcliffe but une gorgée de thé en étudiant Iris par-dessus le bord de sa tasse.

— Oui, je suppose qu'elles ne sont plus aussi affreuses que lorsqu'il a eu son accident, mais je trouve difficile de ne pas les remarquer.

Iris se mordit la lèvre inférieure pour se retenir de lui adresser une réponse acerbe. Elle avait effectivement remarqué les brûlures sur le visage de Lord Greystone lors de leur première rencontre, mais elle n'y songeait déjà plus. Il lui arrivait même d'oublier qu'il était aveugle tant il avait d'autres qualités qui suscitaient l'admiration.

— Comme je le disais, vous êtes pleine de courage.

Lady Redcliffe sirota à nouveau son thé avant d'ajouter :

— Dois-je en déduire que le comte vous courtise ?

Iris était sur le point de la détromper, mais préféra finalement ne pas lui donner cette satisfaction. Quel droit avait donc cette femme de lui poser une telle question ? Sa relation avec Theo Crighton ne la concernait en rien.

Aussi, en guise de réponse, lui adressa-t-elle ce qu'elle espérait être un petit sourire énigmatique.

— Eh bien, quelle surprise ! déclara Lady Redcliffe en reposant sa tasse sur la table. Après tout, vous êtes plutôt séduisante, vous savez.

Elle jaugea lentement Iris de la tête aux pieds, comme pour évaluer sa silhouette et son visage, ce qui hérissa la jeune femme.

— Oui, même très séduisante, marmonna Lady Redcliffe d'un ton doucereux et faussement approbateur. Vous savez sans doute que Theo et moi étions fiancés… et qu'il était désespérément amoureux de moi.

Elle sourit à nouveau en tapotant sa coiffure.

— Et je suppose qu'il l'est toujours un peu, ajouta-t-elle.

Iris en venait rarement à éprouver de l'aversion pour quelqu'un, mais ce qu'elle ressentait pour Lady Redcliffe commençait à franchement s'en rapprocher.

— Alors pourquoi ne l'avez-vous pas épousé ? contra Iris, horrifiée d'avoir posé sa question d'un ton aussi accusateur.

Lady Redcliffe écarquilla les yeux, puis dévisagea Iris comme si elle lui avait demandé pourquoi elle n'avait pas fui pour devenir clown dans un cirque.

— Avez-vous vraiment besoin de me poser la question ?

Iris soutint son regard pour lui faire comprendre que oui, la question se posait.

— Je ne crois pas nécessaire de mentionner sa difformité faciale ni son infirmité. J'ai l'impression qu'il parvient plutôt bien à dissimuler cette dernière, mais il est complètement aveugle, vous en avez conscience ?

— Évidemment, répliqua Iris en s'efforçant de ne pas hausser la voix de peur de trahir l'ampleur de sa colère et de son indignation.

— Là, vous avez votre réponse, dans ce cas, déclara Lady Redcliffe en reprenant sa tasse pour avaler une gorgée de thé.

— Et *donc* pourquoi ne l'avez-vous pas épousé ? répéta Iris.

Les sourcils de Lady Redcliffe s'envolèrent et elle inclina la tête, comme si elle cherchait à s'assurer qu'Iris n'était pas simplette.

— Tout comme vous, ma chère, lorsque j'étais encore jouvencelle, j'étais réputée pour ma remarquable beauté. Certains disent que je le suis toujours.

Elle sourit à Iris et marqua une courte pause, comme pour lui laisser le temps de fournir le compliment attendu. Lorsque rien ne vint, elle fronça légèrement les sourcils, puis reprit :

— Avant son accident, Theo était un prétendant idéal, le genre d'hommes que toutes les jeunes femmes de la saison espéraient fixer. Il était séduisant, fortuné et jouissait de fort belles connexions. Il était parfait à tous égards.

Lady Redcliffe poussa un petit soupir avant d'ajouter :

— Quelle ne fut pas ma déception lorsque je découvris que l'incendie avait gâché tout son potentiel ! Mon époux n'est sans doute pas aussi attirant que l'était Theo, mais c'est une bonne alliance et j'en suis satisfaite.

Iris mourait d'envie de condamner Lady Redcliffe pour avoir fait preuve de si peu de cœur, mais comment aurait-elle pu ? L'on attendait des jeunes femmes de la haute société qu'elles fassent le meilleur mariage possible. L'amour était rarement pris en compte. Les parents d'Iris s'aimaient, sa sœur Hazel et son mari, Lucas Darkwood, s'aimaient également, mais leurs couples étaient des exceptions, guère la règle. L'objectif des femmes de son rang n'était pas de faire un mariage d'amour, mais un bon mariage. L'amour était tout au plus une heureuse coïncidence, mais certainement pas le but premier d'une union. Lady Redcliffe n'avait fait que répondre aux exigences de la société.

— Cela dit, entre vous et moi, poursuivit Lady Redcliffe en se penchant vers elle sur le ton de la confidence, j'ai toujours trouvé merveilleux qu'un homme puisse se conduire de façon si romantique… et si héroïque.

Elle se redressa avec un sourire satisfait.

— C'est un souvenir que je chérirai toute ma vie, conclut-elle.

— Je ne comprends pas.

Iris vivait un véritable dilemme, déchirée entre sa curiosité et la crainte de découvrir ce que Lady Redcliffe pourrait lui apprendre. Tenait-elle réellement à savoir ce que le comte de Greystone, désespérément amoureux, avait été prêt à faire pour prouver la force de son admiration à une autre femme ?

Lady Redcliffe inclina à nouveau la tête à la façon d'un oiseau de proie et se redressa davantage dans sa chaise, un sourire nostalgique étirant ses lèvres.

— Oh ! vous ignorez donc l'origine de ses cicatrices ? Il m'a sauvée. Il était tellement amoureux de moi qu'il a risqué sa propre vie pour m'extraire d'un bâtiment en flammes.

Iris la dévisagea, sous le choc.

— Mais oui, je vous assure, minauda-t-elle. Le comte était follement épris de moi ! Il séjournait avec moi dans la demeure de ma famille, la nuit où l'incendie s'est déclaré. Il a immédiatement couru jusqu'à ma chambre et m'a portée dans ses bras pour me mettre à l'abri.

Elle sourit et plaça les deux mains sur son cœur.

— Puis il est retourné dans la maison porter secours

à une poignée de domestiques coincés à l'étage. Quelque chose s'est produit alors, je ne sais plus exactement quoi. Une poutre en feu est tombée, ou quelque chose de ce genre, et c'est ainsi qu'il a été blessé au visage. Au final, ce sont les domestiques qui ont dû le sauver. Tout ceci était parfaitement dramatique.

— C'est terrible.

— Oh ! ça l'était, oui. Le manoir n'a pas subi trop de dégâts, ma famille n'a eu aucun mal à le faire réparer et tout le monde s'en est sorti indemne… sauf Theo, qui n'a plus jamais été le même après cela. Ses brûlures étaient absolument affreuses, au début, bien pires qu'elles ne le sont maintenant. Personne ne savait s'il guérirait complètement un jour, mais il fut aussitôt évident qu'il ne recouvrerait jamais la vue. Lord Redcliffe avait demandé ma main, un peu plus tôt dans la saison, mais j'avais refusé, car je préférais de loin épouser Theo. Toutefois, étant donné les circonstances, il m'a finalement paru plus judicieux d'accepter l'offre de Lord Redcliffe. Et il semble que j'ai fait le bon choix ! Theo n'a jamais complètement guéri et je ne parle pas seulement de son apparence. Il vit reclus chez lui et s'est transformé en véritable ermite, à ce qu'on m'a dit.

Iris ne savait que répondre à cette femme.

Lady Redcliffe était juste foncièrement incapable de comprendre que quelqu'un puisse la condamner pour ses paroles ou ses actes vis-à-vis de Theo, pour avoir blessé et maltraité un homme qui l'aimait tant qu'il avait risqué sa vie pour elle.

Lady Redcliffe secoua la tête, ses grands yeux bleus empreints d'une sorte de tristesse :

— Je n'aurais jamais pu vivre ainsi ! Et, vraiment, ma chère, en tant que femme plus mûre et plus expérimentée que vous, je vous exhorte à y réfléchir : pensez-vous qu'une telle existence vous rendrait heureuse ?

Elle sourit à Iris et lui tapota gentiment le bras :

— Après tout, vous êtes une belle jeune femme. Vous devriez prendre une place de prestige dans la société, là où chacun pourra apprécier votre charme. Vous devriez vous mêler à l'élite et non vous retrouver coincée à la campagne, sans la moindre distraction susceptible de vous amuser.

Une myriade de contre-arguments se bouscula dans l'esprit d'Iris. Elle aurait voulu répondre à Lady Redcliffe que son amour pour son mari éclipserait complètement ce genre de futilités. Mais était-ce bien vrai ? N'avait-elle pas déjà décidé qu'elle ne pourrait jamais tomber amoureuse d'un homme comme le comte ? Un homme qui ne riait jamais, qui fuyait la société et donnait l'impression de mépriser tous ceux qui s'amusaient. Et pourtant… elle mourait d'envie de le défendre, d'affirmer qu'il ferait un époux merveilleux, que c'était un homme dont on pouvait facilement s'éprendre.

Au lieu de cela, Iris fronça les sourcils et s'efforça de remettre de l'ordre dans ses idées tout en digérant ce que Lady Redcliffe venait de lui apprendre.

Les portes s'ouvrirent et les hommes pénétrèrent dans le salon, accompagnés d'effluves de cigare et de l'agréable bonhomie née autour d'un verre de brandy. Iris et Lady Redcliffe continuèrent de fixer le couloir, même après l'arrivée de Lord Redcliffe. *Estelle cherchait-elle des yeux le comte de Greystone, elle aussi ?* se demanda Iris. Elle avait beau prétendre avoir fait le bon choix et être satisfaite de son mariage, Lady Redcliffe semblait encore éprouver une certaine affection pour Theo Crighton. À moins que cette femme vaniteuse tire simplement du plaisir à savoir qu'il y avait dans la pièce un homme l'ayant un jour aimée au point de risquer sa vie ? Au point de *détruire* sa vie…

Le salon était à présent plein de gentilshommes conversant bruyamment, mais il n'y avait toujours aucun signe de Lord Greystone. Lord Redcliffe se joignit à elles. Il s'assit à côté de son épouse, puis balaya l'assemblée du regard avec un sourire fier, comme s'il présentait une inestimable œuvre d'art que chacun se devait d'admirer. Un dernier groupe d'hommes arriva, mais le comte n'était pas avec eux. Iris prit congé et quitta la pièce pour découvrir ce qui le retardait. Theo Crighton n'était pas dans le couloir. Elle s'empressa de regagner la salle à manger, mais celle-ci était à présent déserte, à l'exception de quelques domestiques qui débarrassaient les verres.

— S'il vous plaît, héla-t-elle un des valets de pied. Savez-vous où se trouve le comte de Greystone ?

— Il a demandé que l'on avance sa voiture il y a quelques minutes, milady, répondit l'homme en livrée.

— Sa voiture ?

Iris dévisagea le serviteur dans l'espoir qu'il lui en apprendrait davantage, mais, comme elle s'y était attendue, ce dernier demeura impassible et muet.

Le remerciant d'un signe de tête, elle quitta la salle à manger et se dirigea d'un pas vif vers l'entrée. Elle ouvrit la porte sans douceur, mais ne trouva ni le comte ni son équipage. Il avait fui sans un adieu. Iris resta figée dans l'embrasure, le regard perdu dans l'obscurité de la nuit, incapable de comprendre ce qui avait motivé le soudain départ de Lord Greystone. Puis elle fut prise d'un brusque accès de colère, envers Theo Crighton, envers Lady Redcliffe, mais surtout envers elle-même…

Que diable faisait-elle debout dans ce vestibule désert à se lamenter sur l'absence de cet homme ? Un homme dont elle n'aurait jamais pu tomber amoureuse et qui, de surcroît, était toujours épris d'une autre femme…

Chapitre 15

Iris était épuisée. Le tourbillon d'émotions de la veille l'avait tourmentée toute la nuit au point de la tenir éveillée jusqu'à l'aube. Une seconde, elle fulminait de rage contre Lady Redcliffe pour la façon abominable dont elle traitait le comte, la suivante, elle en voulait à Theo Crighton d'être tombé amoureux d'une femme aussi égocentrique. Puis elle se fustigeait de laisser cette histoire lui mettre les nerfs en pelote et la priver de sommeil, avant d'éprouver de la compassion pour Lord Greystone, dont l'amour pour Lady Redcliffe avait détruit sa vie. Enfin, elle se trouvait submergée d'une intense admiration pour lui et pour son héroïsme pendant ce terrible incendie. Alors la colère revenait. Iris était furieuse qu'il l'ait si mal traitée. Furieuse qu'il ait si brutalement quitté la soirée, sans un mot, sans même lui dire au revoir.

Elle avait pourtant eu l'impression que leur relation s'était nettement améliorée. Après tout, elle était certaine de l'avoir fait sourire au moins une fois et il avait même pratiquement ri, à un moment. Ou avait-elle rêvé ? Mais peut-être se fourvoyait-elle de bout en bout ? Peut-être n'avait-il pas apprécié sa compagnie du tout ? Dès que cette pensée faisait irruption dans son esprit, Iris recommençait à osciller entre chagrin et désespoir, pour finalement rebasculer vers la colère. Elle était particulièrement fâchée contre elle-même… pourquoi s'inquiétait-elle tant d'avoir gagné l'approbation du comte ? De s'être ou non rapprochée de lui ?

Et au cœur de cette houle de ressentiment, d'admiration et de tristesse, une autre émotion indésirable ne cessait de lui tirailler le cœur. Elle ressemblait à de la colère, sauf que ce n'en était pas. Et, tout comme sa colère, elle était principalement destinée à Lady Redcliffe. C'était cet horrible petit monstre aux yeux verts… la jalousie. Elle était jalouse de l'amour que le comte éprouvait pour Lady Redcliffe, une femme égoïste et froide, qui ne voyait Theo Crighton que comme un moyen de s'élever dans la société. Pourtant, malgré tous ses défauts, il l'avait aimée. Et sans doute l'aimait-il toujours. Pour Iris, la jalousie était la plus affreuse des émotions. C'était elle qui l'avait fait se tourner et se retourner dans son lit. Le seul sentiment dont elle semblait incapable de se débarrasser et, pire que tout, le seul qu'elle n'avait aucun droit de ressentir. Après tout, elle ne comptait pas épouser cet homme, alors pourquoi son amour pour une autre femme la bouleversait-il autant ?

Mais songer à l'amour et à ce qu'elle n'aurait pas dû éprouver ne cessait de la ramener dans la douce pénombre de cette chambre, face au souvenir du comte debout devant elle, son corps nu baigné de la chaude lueur des chandelles. Quand ces images envahissaient l'esprit d'Iris, un frisson désormais familier jaillissait des tréfonds de son être et balayait chaque pouce de sa peau. Iris bondissait aussitôt de son matelas et arpentait la pièce jusqu'à ce que son cerveau passe à autre chose et que la colère la submerge à nouveau. Elle retournait alors se coucher.

Après une nuit pareille, il n'y avait rien d'étonnant à ce qu'Iris soit complètement épuisée. Elle n'avait que très peu dormi et se traîna hors de son lit avec difficulté. Elle devait absolument cesser de réfléchir aux questions qui la taraudaient depuis le dîner.

C'est un nouveau jour, se dit-elle, déterminée à ne plus songer à Lady Redcliffe et à l'amour que le comte lui vouait. Désormais, elle concentrerait son esprit sur une émotion différente, moins déconcertante que la colère ou que ces autres sentiments si frustrants. Et l'émotion qu'elle choisit fut la réprobation, car elle avait parfaitement le droit de réprouver Lord Greystone pour avoir quitté la soirée sans même avoir la courtoisie de prendre congé auprès d'elle, de sa mère ou des Walberton.

Iris se redressa, satisfaite. Oui, c'était une façon tout à fait objective de voir les choses !

C'était un comportement scandaleux et il était normal qu'elle en soit froissée. Elle pouvait le pardonner de ne pas lui avoir dit au revoir, après tout, il ne lui devait rien. Elle aurait même pu le pardonner de ne pas avoir pris la peine de saluer sa mère, puisqu'elle n'était pas l'hôtesse et qu'elle avait pratiquement extorqué sa venue au dîner. Mais elle ne pouvait excuser sa grossièreté envers Lady Walberton. C'était une inadmissible entorse à l'étiquette !

Oui, réprouver son impolitesse vis-à-vis de Lady Walberton était bien plus sensé que toutes ces émotions compliquées qui avaient tenté de s'imposer à elle pendant la nuit.

Et Iris avait parfaitement le droit de lui reprocher un tel comportement. Il était terriblement grossier de partir sans remercier son hôtesse et quelqu'un devait le lui faire savoir. Or, comme personne ne pouvait s'en charger, cette responsabilité revenait à Iris. Elle tira sur la corde en velours pour convoquer sa femme de chambre tout en ruminant ses pensées moralisatrices. Elle bouillonnait toujours lorsque Annette finit de l'aider à enfiler sa blouse en dentelle blanche et son jupon gris tourterelle. Ses émotions n'avaient maintenant plus rien à voir avec ce que Lady Redcliffe lui avait appris ni avec les sentiments du comte pour cette affreuse femme, rappela fermement Iris à son reflet tandis que la camériste brossait et coiffait ses cheveux.

Certes, elle avait retourné ses paroles dans sa tête toute la nuit au point d'en perdre le sommeil, mais c'était terminé, à présent. À la froide lumière du jour, Iris avait pris conscience qu'elle se moquait bien de ce que Lord Greystone éprouvait pour Lady Redcliffe. Cela ne changeait absolument rien à sa propre vie ! Non, c'étaient ses consternantes manières qui l'avaient irritée ! Même si la présence de Lady Redcliffe au dîner l'avait quelque peu bouleversé, ce n'était guère une excuse pour se conduire comme un malotru. Et elle comptait bien le lui faire savoir, ce matin !

— C'est une si belle journée, nous devrions aller nous promener, dit-elle à Annette qui apportait les dernières touches à sa coiffure. Je ne veux pas perdre de temps avec un petit déjeuner, je suis trop impatiente de sortir et de profiter de ce temps splendide.

Elles tournèrent toutes deux la tête vers la fenêtre, derrière laquelle un vent fort inclinait les arbres sur un canevas de ciel gris.

— J'adore me promener quand le fond de l'air est frais, s'empressa d'ajouter Iris en priant silencieusement pour que ces gros nuages sombres ne soient pas annonciateurs de pluie. C'est revigorant, vous ne trouvez pas ?

— Oui, milady, répondit sa femme de chambre d'un

ton bien moins enthousiaste. Je vais sortir votre manteau et votre parapluie, dans ce cas.

— Oui, ce serait sans doute plus sage, reconnut Iris en jetant un autre coup d'œil au ciel menaçant.

Allait-elle à nouveau se présenter chez le comte en pleine tempête ? Iris ne tenait pas à ce qu'il s'imagine qu'elle avait pour habitude de se conduire de façon si imprudente, mais elle n'avait guère le choix, cette fois. Elle braverait la pluie si nécessaire, mais il était crucial qu'elle rende immédiatement visite à Lord Greystone, afin de le réprimander pour son affreuse entorse à l'étiquette, tant que les faits étaient encore frais. Iris se leva et tourna sur elle-même devant la psyché, s'examinant sous toutes les coutures avant de froncer les sourcils de contrariété. Qui cherchait-elle donc à impressionner ? L'homme ne pourrait la voir. Iris pourrait porter une robe à la mode soulignant sa silhouette ou de vieilles guenilles lui donnant l'aspect d'un épouvantail… cela ne changerait rien pour lui. Et puis d'ailleurs, elle se moquait bien de ce qu'il pouvait penser d'elle, non ? Elle ne se rendait pas chez le comte pour qu'il puisse lui témoigner son admiration pour sa magnifique toilette. Elle lui rendait visite pour lui dire ses quatre vérités.

Annette l'aida à endosser son manteau et, pendant que la domestique rangeait sa chemise de nuit, Iris s'empressa de pousser son réticule pour le faire tomber derrière la commode. Elle descendit les escaliers et quitta le manoir à grands pas tout en enfilant ses gants, comme si elle était impatiente de sortir et d'inspirer une bonne bouffée d'air frais. Annette la suivit à contrecœur.

— Passons par la côte, lança Iris en se pressant sur le sentier qui les conduirait jusqu'à l'impressionnante falaise qui dominait la mer.

Iris devait bien admettre que le vent était un peu trop virulent pour rendre la promenade réellement agréable. Son jupon lui fouettait les jambes et tous les efforts d'Annette pour donner à ses cheveux une allure élégante furent gâchés en quelques minutes par les puissantes bourrasques. Les deux femmes tenaient leurs chapeaux sur leurs têtes d'une main pour les empêcher de s'envoler vers le large.

— Nous devrions gagner le village. J'aimerais beaucoup admirer les boutiques, déclara Iris en élevant la voix pour que la cameriste puisse l'entendre par-dessus le souffle du vent et le fracas des vagues sur les rochers en contrebas. Mais… oh non, j'ai oublié mon réticule !

Elle fronça les sourcils en se tournant vers la femme de chambre, l'air faussement attristée.

— Pourriez-vous retourner le chercher ? Je vous retrouverai au village.

— Entendu, milady, répondit Annette en faisant volte-face sans attendre, sans doute impatiente d'échapper aux bourrasques.

Iris regarda la domestique se hâter de remonter le sentier. Dès qu'elle fut sortie de son champ de vision, Iris pivota et s'empressa de traverser la prairie jusqu'à la petite route de campagne qui la mènerait au domaine du comte.

Lorsqu'elle atteignit l'allée en gravier, elle hésita et, pour la première fois, se demanda si c'était vraiment une bonne idée. S'efforçant d'attiser son indignation, elle se rappela l'instant où elle était demeurée assise dans le salon à côté de Lady Redcliffe à attendre son arrivée, puis celui où elle avait réalisé qu'il était parti sans prendre congé. C'était aussi malpoli qu'insultant ! Il méritait que quelqu'un condamne publiquement ses actions.

Son courroux suffisamment ravivé, Iris carra les épaules et se lança vers le manoir à grandes foulées. Le majordome lui ouvrit la porte, lui sourit et s'inclina pour la saluer.

— Bonjour, Charles, dit-elle en s'efforçant de ne pas trop sourire pour préserver son humeur grave. Pourriez-vous informer Lord Greystone que Lady Iris demande une audience ?

Charles jeta un œil derrière elle pour voir qui l'accompagnait.

— Ma femme de chambre ne devrait pas tarder à arriver.

Un autre petit mensonge à ajouter à une liste grandissante… N'avait-elle pas pourtant juré de ne plus dire de mensonges ? Non, elle avait fait le serment de ne plus mentir *à sa mère*. Cela ne concernait pas Charles. Iris se demanda si cela comptait, puis elle secoua la tête pour chasser ces pensées frivoles. Elle devait se concentrer sur sa mission.

— Très bien, milady.

Charles s'écarta pour la laisser entrer, puis il longea le vestibule jusqu'au salon. Tandis qu'elle patientait, Iris réfléchit à ce qu'elle allait lui dire… Elle commencerait par lui rappeler comment un gentilhomme était censé se comporter en société, puis elle lui ferait savoir qu'il aurait dû faire preuve de bien plus de respect envers sa mère et les convives.

Charles lui ouvrit la porte du salon, puis s'inclina avant de s'éclipser. Le comte se tenait debout au milieu de la pièce et lui faisait face. Iris franchit le chambranle et, presque aussitôt, toute sa vertueuse indignation se dissipa. Il lui parut soudain trop imposant, beaucoup trop séduisant et d'une virilité bien trop troublante pour qu'elle puisse suivre son plan sans flancher. Son cœur battait plus vite et plus fort que ce qu'une simple marche aurait dû provoquer et elle demeura figée sur place à le dévisager. Même les marques de brûlure qui avaient déformé la peau sur son front et son œil gauche ne pouvaient dissimuler à quel point il était beau. Iris en avait le souffle coupé. Pas étonnant que Lady Redcliffe se soit un jour éprise de lui.

Lady Redcliffe.

Ce nom suffit à raviver une féroce colère chez Iris. C'était pour cela qu'elle se trouvait ici, debout à l'entrée du salon, son attention braquée sur lui, mal à l'aise et muette. Elle n'était pas venue pour l'admirer ! Elle était venue lui faire des remontrances pour son impardonnable comportement de la veille.

Elle traversa la pièce à grands pas, le nez fièrement levé.

— Je voulais vous informer que j'ai été plus que déçue par votre conduite, hier soir. Vous avez agi de façon fort grossière avec ma mère et Lady Walberton.

Voilà, c'était dit. Elle inclina le menton plus haut, le défiant de contester cette affirmation. Le comte haussa les sourcils avant de les froncer légèrement :

— Votre mère ? Lady Walberton ? Je leur ai à peine adressé la parole. Je ne vois pas comment j'aurais pu dire quelque chose susceptible de les offenser.

— Précisément, rebondit-elle en se redressant davantage. Vous êtes parti sans même prendre congé auprès d'elle. C'était affreusement malpoli.

Il demeura muet. Iris le dévisagea furieusement et attendit ses excuses. Mais l'homme ne disait toujours rien. Allait-il se contenter de rester silencieux ? Cette situation était de plus en plus embarrassante. Elle s'efforça néanmoins de conserver sa posture indignée, de se rappeler qu'il s'était comporté comme un goujat… d'ignorer son cœur qui battait follement et cette terrible impression de rougir de tout son corps.

— Je ne comprends pas en quoi cela vous concerne, finit-il par répondre d'un ton grave et troublant.

— Cela me concerne. Enfin, pas vraiment, mais…

Iris s'interrompit, choquée par sa propre agitation et incapable de trouver ses mots. Par chance, il ne pouvait voir son désarroi et elle se mordit la lèvre tout se contraignant à rassembler des idées.

— Personne d'autre n'osera vous le dire, reprit-elle, alors oui, j'ai eu le sentiment qu'il était de mon devoir d'agir.

Elle opina fermement, plus confiante.

Le comte s'approcha d'elle et Iris résista à la tentation de reculer.

— Et votre mère ou Lady Walberton ont-elles commenté mon impolitesse ?

Iris déglutit bruyamment. Pourquoi avait-elle la gorge aussi sèche ?

Il fit un nouveau pas vers elle.

— L'une d'elles a-t-elle suggéré que quelqu'un devrait remettre ce malotru de Lord Greystone à sa place, afin de lui enseigner comment se conduire convenablement en société ?

— Eh bien, non…

Iris grimaça, bien décidée à ne pas laisser cette soudaine proximité saper sa détermination.

— Mais ce sont deux femmes bien élevées. Elles ne se le permettraient jamais.

Iris sourit, satisfaite de sa réponse.

— Qu'êtes-vous en train de dire, Lady Iris ? Que vous n'êtes pas aussi bien élevée que votre mère ou Lady Walberton ?

Le sourire d'Iris disparut.

— Non, ce n'est pas ce que j'ai dit. Cessez de déformer mes propos. J'ai juste… j'ai juste estimé que quelqu'un se devait de vous dire qu'il est terriblement grossier de ne pas prendre congé de ses hôtes lorsque l'on quitte un événement en société. C'est tout. Vous auriez également dû saluer ma mère avant votre départ, puisque c'était elle qui vous avait invité.

Elle plaça ses poings sur ses hanches avec emphase, même s'il ne pouvait voir toute la solennité de sa remontrance.

— J'estime quant à moi qu'une jeune femme bien élevée devrait vérifier ce qu'elle avance avant de se présenter chez un homme, sans chaperon, pour porter des accusations sans fondement.

— Je suis certaine de ce que j'avance, contra Iris avant de se mordre à nouveau la lèvre en s'efforçant de se rappeler quels étaient les faits dont elle était réellement sûre.

— Si vous aviez interrogé votre mère ou Lady Walberton, vous sauriez que j'ai demandé à Lord Walberton de leur transmettre mes excuses quant à mon départ prématuré.

Oh ! c'est donc de cela qu'il parlait…

— Vous auriez également su que je leur ai fait parvenir une carte tôt ce matin pour remercier les Walberton de leur hospitalité.

Flûte. Peut-être aurait-elle dû poser quelques questions avant de se lancer dans cette croisade.

— Cela vous paraît-il suffisamment *poli*, Lady Iris ? Ou souhaiteriez-vous porter à mon attention une autre soi-disant entorse à l'étiquette ?

Iris s'affaissa, renonçant à sa posture réprobatrice, et ôta les mains de ses hanches.

— Je ne savais pas.

— Vous ne savez rien. Car à présent, c'est à mon tour de vous donner une petite leçon d'étiquette. Dois-je vous rappeler qu'une jouvencelle ne doit pas faire de remontrances à un gentilhomme, en particulier quand il n'existe entre eux aucun lien de parenté ? Qu'elle n'a absolument pas le droit de se présenter au domicile d'un homme, sans invitation et sans chaperon ? Un code sociétal que vous semblez aimer enfreindre !

— Ma femme de chambre nous rejoindra dans un instant, balbutia-t-elle avant de s'excuser silencieusement pour ce nouveau mensonge.

— Dans un instant ?

Il inclina la tête.

— Beaucoup de choses peuvent se produire en un instant. Il suffit d'un instant pour détruire la réputation d'une jeune lady. Et que dirait votre mère si elle vous savait à nouveau ici, seule avec moi ? D'autant que cette fois, vous ne pourrez prétexter vous être perdue ou chercher à vous abriter d'une tempête.

Iris contemplait toujours son visage à l'expression fière, sa mâchoire levée, ses lèvres pleines pressées fermement l'une contre l'autre pour marquer son agacement… Elle aurait tant aimé que l'étrange brouillard qui obscurcissait ses pensées se dissipe pour qu'elle puisse formuler une réplique cohérente.

— C'est très venteux dehors, finit-elle par marmonner avant de se tancer intérieurement pour cette réponse ridicule.

Réponse qu'il balaya d'un rire dédaigneux. Iris avait rêvé de l'entendre rire, mais ce ricanement n'avait rien de chaleureux.

— Mais peut-être croyez-vous que l'étiquette ne s'applique pas avec moi ?

Il lui saisit soudain le bras et le serra étroitement. Iris poussa une exclamation choquée.

— Est-ce votre raisonnement, Lady Iris ? Est-ce parce que vous me considérez comme un infirme, une farce ? Et non comme un homme avec qui vous devriez éviter de vous retrouver seule ?

Iris était figée, incapable de respirer, incapable de parler, incapable de penser. Elle n'avait conscience que de sa main qui enveloppait son avant-bras. Le contact de sa peau la brûlait jusqu'aux tréfonds de son âme et semblait donner vie à son corps.

Et il avait tort. Tellement tort. En cet instant, comment aurait-elle pu le voir comme autre chose qu'un homme ? Il était si près d'elle qu'elle pouvait sentir la chaleur qui émanait de lui, capter son arôme si masculin… celui de ses vêtements qu'elle avait empruntés, celui qui avait si délicieusement empli ses narines lorsqu'elle l'avait enlacé. Il aurait été si facile de tendre la main et de toucher son torse, de retrouver la merveilleuse sensation de ces muscles forts et durs sous ses doigts. Et plus encore… Il était si près qu'elle n'avait qu'à se hisser sur la pointe des pieds pour embrasser ces lèvres pleines, si désirables.

Elle déglutit bruyamment, puis inspira fébrilement en portant sa main à sa propre bouche qui semblait soudain fourmiller. C'était terriblement inconvenant. Qu'était-il en train de faire ? Il n'était pas censé l'approcher autant. Il n'aurait pas dû la tenir par le bras. Et l'étiquette exigeait qu'elle ne l'y autorise pas, qu'elle le réprimande sans équivoque, qu'elle se libère de sa poigne et qu'elle quitte les lieux d'un pas furieux pour ne jamais revenir. Mais elle savait qu'elle ne ferait rien de tout cela.

— Eh bien ? gronda-t-il en resserrant légèrement l'étau de ses doigts.

— Non… c'est… je…

Mais ses paroles restèrent coincées dans sa gorge. Elle était incapable de se rappeler ce qu'elle avait voulu répondre, tant son esprit était accaparé par de sulfureuses idées. Elle ne savait plus qu'une chose avec certitude : ce qu'elle brûlait de faire et ce qu'elle attendait de lui. Aussi pantelante que si elle avait couru de la demeure des Walberton jusque-là, Iris se pencha vers le comte. Elle désirait bien plus que ce simple contact… elle mourait d'envie qu'il la serre dans ses bras, qu'elle puisse à nouveau sentir son corps pressé contre son torse. Ce torse si puissant et musclé qu'elle avait eu le plaisir de contempler deux nuits plus tôt. Et elle rêvait qu'il l'embrasse passionnément, qu'il la caresse sans retenue. Oh ! Seigneur ! Tout ceci était une très, *très* mauvaise idée. Une idée qu'elle n'aurait jamais dû avoir.

Iris leva les yeux vers son visage fermé, implacable, et fut attirée comme par un aimant vers ces lèvres pleines à la moue furieuse… Que n'aurait-elle pas donné pour que ces lèvres l'embrassent et lui murmurent des mots doux et enjôleurs dans le creux de l'oreille. Elle déglutit à nouveau et s'humecta la lippe du bout de la langue en plaçant une main sur son ventre lorsqu'une nuée de papillons sembla venir s'y nicher. Était-ce de la nervosité ? De l'exaltation ? Un peu des deux ? Elle l'ignorait.

— Êtes-vous entrée chez moi, seule, parce que vous croyez qu'un aveugle est incapable de ruiner votre réputation ?

— Non, non, je…

Iris n'était pas certaine de savoir ce qu'elle souhaitait répondre. Son cœur battait si fort dans sa poitrine que toutes les idées cohérentes qu'elle tentait de former dans son esprit se trouvaient noyées dans ce martèlement insistant.

Elle prit quelques inspirations étranglées et s'efforça de se concentrer sur la conversation :

— Je n'ai jamais pensé cela, finit-elle par murmurer.

Lorsqu'elle s'était mise en route pour Greystone, elle n'avait pas songé une seconde à sa réputation. Elle n'était même pas certaine d'être réellement interrogée sur ce qu'elle projetait de faire. Iris était venue animée d'un puissant désir de revoir Theo Crighton. Elle le comprenait à présent. Et maintenant qu'elle lui faisait face, elle n'avait aucune envie de perdre du temps à réfléchir. De toute façon, comment aurait-elle pu raisonner quand son corps tout entier était consumé par un sentiment étrange, une émotion si intense qu'elle la submergeait chaque fois qu'elle se trouvait en sa compagnie ? Et en cet instant, elle était encore plus forte, encore plus exigeante... elle palpitait dans chacune de ses veines, sauvage et incontrôlable.

Renonçant définitivement à son bon sens, Iris ferma les yeux. Sa peau brûlait d'entrer en contact avec la sienne, ses doigts la démangeaient de le toucher. Elle arqua le dos et approcha jusqu'à ce que seulement quelques pouces les séparent. Il avait laissé entendre qu'il était capable de ruiner sa réputation... et là, tout de suite, c'était exactement ce qu'elle désirait. Que Theo Crighton l'attire dans son étreinte, ruine minutieusement sa réputation et au diable les conséquences !

Chapitre 16

Elle était encore là. Theo s'était attendu à ce qu'elle se drape dans sa dignité et fuie sans demander son reste, convaincu qu'elle n'oserait plus jamais mettre les pieds chez lui. Mais elle était encore là. Aucune femme ne devait laisser un homme se tenir aussi près d'elle et lui saisir le bras avec une telle possessivité, comme il l'avait fait. Elle qui semblait tant se soucier de l'étiquette aurait au moins dû protester ! Mais elle ne le voyait toujours pas comme une menace. Elle ne le considérait toujours pas comme un homme. Maudite soit-elle ! Comment osait-elle le traiter de cette façon, comme un enfant inoffensif ?

Finalement, elle n'était pas différente d'Estelle ni de toutes les personnes présentes au dîner, la veille, qui s'étaient adressées à lui avec tant de condescendance. Si Lady Iris ne sortait pas rapidement de chez lui, elle allait bientôt découvrir à quel point elle avait tort de le voir comme un homme diminué simplement à cause de sa cécité.

Ils étaient si proches qu'il pouvait presque la sentir contre lui. Il percevait la chaleur de son corps et son parfum de fleur d'oranger et d'eau de rose emplissait ses narines.

C'était une odeur enivrante. Il inspira profondément, laissant cette fragrance submerger ses sens. C'était l'arôme qui l'avait tiré de son dernier cauchemar, cette nuit où elle était entrée dans sa chambre pour le prendre dans ses bras comme un enfant apeuré. Elle avait même reconnu avoir reproduit les gestes exacts que sa mère avait utilisés pour la réconforter lorsqu'elle était petite. Car c'était ainsi qu'elle le voyait, comme un garçonnet à câliner…

Il expira bruyamment pour se libérer de l'emprise ardente de son parfum et se concentrer sur sa colère.

Peu importait ce qu'elle pensait de lui, Theo était toujours un homme, bon sang ! Un homme que l'on avait admiré, autrefois. Un homme qui avait incarné le meilleur de la haute société. Et malgré son accident, il ne laisserait personne le traiter comme un invalide, surtout pas Lady Iris Springfeld. Si elle ne faisait pas bientôt demi-tour, elle découvrirait qu'il n'avait rien d'un gamin inoffensif et qu'un innocent câlin était la dernière chose qu'il avait en tête.

— Dois-je donc en déduire que c'est chez vous une habitude ? gronda-t-il, satisfait d'avoir parlé d'un ton chargé d'une bonne dose de menace.

— Une habitude ?

Il perçut la trépidation de sa voix. Bien. Elle commençait enfin à comprendre qu'elle avait commis une grave erreur en se présentant chez un homme, sans chaperon.

— De réprimander les gentilshommes.

— Oh ! non, mais…

Il pouvait entendre sa respiration saccadée. Elle avait peur de lui. Il faillit lui lâcher le bras, frappé de honte en réalisant ce qu'il était en train de faire. Il n'avait jamais traité une femme ainsi. C'était inacceptable, à ses yeux.

— Non, ce n'est pas une habitude, mais j'ai choisi de faire une exception dans votre cas, répondit-elle.

Ses paroles le transpercèrent comme des lances. Il

était une exception. Il était différent des autres hommes. Un enfant à réconforter ou à réprimander selon son bon vouloir. Theo raffermit sa poigne autour de son avant-bras. Il allait lui montrer la folie de sa méprise.

— Et pourquoi ce traitement si particulier ?

Allez-y, dites-le, maudite femme ! Parce que je suis un infirme.

— Eh bien, parce que…

Elle inspira profondément et expira lentement.

— Je n'en sais rien. Je suppose que j'ai dû faire erreur.

Il tendit la main et saisit le menton de la demoiselle entre ses doigts, l'incitant à lever la tête vers lui.

— Une grave erreur. Et vous en avez commis une autre aujourd'hui.

Elle déglutit :

— Vraiment ?

Sa voix n'était plus qu'un murmure haletant.

— Comme je vous l'ai dit, une jeune femme de bonne famille ne doit jamais rendre visite à un homme toute seule.

Il attendit qu'elle plaisante à nouveau, qu'elle glousse pour lui faire comprendre qu'elle le voyait, *lui*, comme une plaisanterie.

— À moins que sa réputation ne lui importe guère.

Lady Iris demeurait muette, mais il pouvait encore entendre sa respiration, forte et rapide. Elle n'était toujours pas partie, n'avait même pas cherché à protester. Elle ne le considérait toujours pas comme un homme, comme un danger pour sa réputation. Très bien, il allait devoir lui montrer combien elle se fourvoyait.

— Les jeunes femmes n'entrent jamais seules dans la maison d'un homme à moins d'être en quête de ceci…

Il posa une main dans le creux de son dos et l'attira contre lui.

— On ne pourrait me faire aucun reproche d'avoir cru que vous étiez venue pour cela.

Theo l'entendit pousser une exclamation de surprise juste avant de capturer ses lèvres des siennes. Il l'avait amplement mise en garde, mais elle avait refusé de le prendre au sérieux. À présent, elle allait découvrir à quel point elle avait eu tort de ne pas le considérer comme un homme. Et il ne comptait pas l'embrasser galamment. Il voulait lui donner une leçon, lui apprendre qu'elle n'avait aucun droit de jouer avec lui, de s'apitoyer sur lui, de chercher à le protéger. De sa langue, il écarta les lèvres de la jeune femme et plongea en elle, goûtant sa bouche, sondant ses douces profondeurs pour mieux s'en délecter. La paume de Theo caressa sa taille fine avant de l'attirer plus près, de serrer sa délicate poitrine contre son torse, ses tendres cuisses contre ses jambes. Si Lady Iris avait douté de sa virilité, elle pouvait à présent la sentir, dure et pressante contre son bassin.

Il intensifia leur baiser, certain que la demoiselle ne tarderait pas à se débattre et à le repousser. Bientôt, elle ferait exactement ce qu'il avait prévu… elle le giflerait et fuirait sa demeure.

Mais Lady Iris n'eut aucune de ces réactions. Au lieu de cela, son corps jusque-là rigide s'alanguit brusquement, se moulant contre le sien, et elle lui rendit son baiser avec ferveur.

Theo était perplexe. Lady Iris désirait-elle ses attentions ?

Tandis que son esprit s'efforçait d'analyser ce surprenant comportement, le reste de sa personne s'adapta instinctivement à cette étreinte. Sa main descendit lentement le long de son dos, savourant chacune de ses courbes, se délectant de la sensualité avec laquelle elle répondait à ses caresses. Elle écarta davantage les lèvres, comme pour l'accueillir, le tenter, l'aguicher. C'était plus que Theo ne pouvait supporter. Elle voulait qu'il l'embrasse et, en cet instant, il la désirait à en perdre la tête.

Mais tout ceci n'était pas correct. Il aurait dû s'arrêter.

Il le savait, mais il en était incapable.

Theo laissa ses deux mains glisser jusqu'à la cambrure féminine de son dos, puis plus bas pour saisir ses fesses rondes et tendres et les presser ardemment contre lui. Il mourait d'envie qu'elle le délivre de ce désir palpitant qui le consumait.

Mais elle avait forcément constaté l'effet qu'elle avait sur lui, à présent… Elle pouvait fatalement sentir la roideur de son membre poussant urgemment contre son ventre. Elle allait reprendre le contrôle et le rebuter. Mais Lady Iris ne semblait ni choquée ni horrifiée par la situation. Bien au contraire, elle arqua le dos et son bassin roula lentement contre le sien, attisant encore le désir que Theo éprouvait pour elle.

Il ne put retenir un grognement. Il était désormais complètement perdu, incapable de penser, de raisonner… seulement capable d'agir. Sa bouche abandonna les lèvres de la jeune femme et traça un sillon d'ardents baisers jusqu'à son cou, y nichant son visage pour mieux se délecter de l'arôme suave de sa peau soyeuse.

Lady Iris bascula la tête en arrière avec un gémissement mélodieux. Cette femme allait le rendre fou ! Il voulait la faire sienne. Maintenant. Sans douceur, il saisit les pans de sa blouse et les libéra de la jupe, glissant lentement une paume sous le lin pour caresser ce buste si sensuel. Theo prit tout son temps ; ses mains remontèrent le long du corset jusqu'au tissu délicat de sa chemise. Il pouvait sentir le cœur de la jeune femme battre férocement, sa respiration saccadée agiter sa poitrine…

Theo s'interrompit et attendit qu'elle proteste, qu'elle le repousse. Mais au lieu de cela, la demoiselle se pressa plus fort contre lui et referma les doigts sur le col de sa veste comme pour se stabiliser. Theo enveloppa l'un de ses seins de sa paume chaude toujours couverte de la fragile dentelle. Lady Iris émit une exclamation surprise. Il se figea, ôtant aussitôt sa main. Allait-elle enfin lui demander d'arrêter ? Allait-elle enfin s'écarter et partir en courant ?

Mais non, la jeune femme saisit la main de Theo et la reposa sur son sein. Un nouveau gémissement s'échappa des lèvres de Lady Iris, qui semblait peiner à reprendre son souffle. Elle venait de lui donner la permission d'agir à sa guise et chaque pouce de son être suppliait Theo d'accepter cette invitation. Il agrippa la délicate chemise sous la blouse et la tira brutalement vers le bas. Un bouton sauta, mais la merveilleuse poitrine de Lady Iris était désormais nue et toute à lui.

Il referma les mains sur ces tendres monts et les massa lascivement, fasciné de les voir remplir si parfaitement ses paumes. Les pointes roses durcirent lorsqu'il les caressa du pouce et Theo en éprouva une vive satisfaction.

Il chercha sa bouche, la trouva et l'embrassa avec une fougue proche du désespoir. Lady Iris lui rendit son baiser avec une passion tout aussi débridée. Elle plongea ses doigts dans les cheveux de Theo et le tint fermement contre elle, comme si elle craignait qu'il disparaisse. Timidement, elle glissa sa langue entre les lèvres de Theo, son exploration chaque seconde plus audacieuse.

Theo intensifia ses caresses, pinçant délicatement les pointes roses dressées. La demoiselle rompit leur baiser pour pousser un petit cri de plaisir avant de poser la tête sur son épaule. Chacune des attentions de Theo semblait exacerber les réactions de la jeune femme, qui gémissait de plus en plus bruyamment. Elle venait de balayer ses derniers doutes. Cette femme *voulait* ses attentions. Elle ne le traitait pas avec compassion, mais avec passion. Elle se comportait comme une femme ivre de désir pour un homme. Cette petite fleur n'attendait que d'être cueillie et Theo savait que rien ne pourrait l'empêcher de la faire sienne, ici et maintenant.

Il referma ses mains sur ses seins et les pressa sensuellement, caressant les pointes roses plus fort et plus vite jusqu'à ce que la jeune femme se tortille de plaisir.

Elle aussi était perdue dans l'instant, dans ces merveilleuses sensations, incapable de réfléchir. Rien ne l'empêchait à présent de la soulever brusquement, de l'asseoir sur la table, de lui écarter les cuisses et de la posséder. Et à sa respiration haletante, à sa peau fiévreuse et à la façon dont elle se mouvait lascivement contre lui, Theo savait que c'était également ce qu'elle désirait. Quant à lui, ce dont il mourait d'envie, ce que tout son corps exigeait de lui, était de plonger en elle sauvagement et de la prendre jusqu'à soulager enfin ce besoin primaire de ne plus faire qu'un avec elle.

Theo avait voulu lui enseigner qu'il était bel et bien un homme et devait être traité comme tel et non comme un enfant. Il avait voulu lui montrer qu'elle était inconsciente de croire qu'elle ne risquait rien en lui rendant visite sans chaperon, simplement parce qu'il était aveugle. Et c'était exactement ce qu'il faisait. Il lui prouvait qu'il était toujours un homme.

Elle était sienne. Il pouvait mettre sa menace à exécution.

Il pouvait la déshonorer.

La déshonorer.

Ces mots lui fendirent le crâne et dissipèrent le

brouillard qui obscurcissait son esprit. Qu'était-il en train de faire ? Il était sur le point de la déshonorer. Elle ne méritait pas cela. Comme s'il s'était soudain brûlé les mains, il s'arracha brusquement à leur étreinte et recula d'un pas. Il se comportait comme le plus vil des suborneurs ! Lady Iris était une jeune femme douce, charmante et innocente et il s'apprêtait à la déshonorer. Elle qui lui avait prouvé qu'elle le considérait comme un homme digne de son désir !

— Vous devriez vous en aller, gronda-t-il d'une voix si rauque qu'il peinait à la reconnaître. Réajustez votre toilette et partez.

Iris s'efforçait de reprendre son souffle et avait l'impression de sortir d'un rêve éveillé. Que venait-il de se passer ? Elle dévisagea l'homme austère qui se tenait devant elle, puis baissa les yeux vers sa blouse froissée. Ce qui venait de se passer était évident. Et si sa blouse n'avait pas suffi, la peau sensible de sa poitrine, les battements erratiques de son cœur et ces intenses palpitations entre ses cuisses lui auraient fourni une réponse des plus claires. Non, la véritable question était : comment tout ceci était-il arrivé ? Un instant, elle s'efforçait de réprimander Lord Greystone pour sa grossièreté, l'instant d'après elle se comportait comme une femme qu'elle ne connaissait pas, une courtisane qui autorisait, et même encourageait, un homme à prendre des libertés avec elle !

Mais qu'est-ce qui lui était passé par la tête ? Une autre question à laquelle elle n'eut aucun mal à répondre : rien du tout. Dès l'instant où le comte avait touché son bras, Iris avait perdu la capacité de réfléchir. Puis il l'avait embrassée. Et le peu d'aptitudes mentales qui lui restait encore avant qu'il ne pose sa bouche sur la sienne s'était brutalement évaporé. Et franchement, après ce qui venait de se passer, Iris n'était pas sûre de parvenir un jour à se remettre à penser de façon rationnelle.

Elle s'humecta les lèvres avant de pousser un soupir. Elle avait peut-être perdu le don de raisonner, mais certainement pas celui de ressentir. Tout son corps avait pris vie au contact de Theo, comme si chaque nerf du sommet de son crâne au bout de ses orteils s'était enflammé. Iris ferma les yeux un instant et souffla longuement. Elle n'aurait jamais cru qu'il était possible de vivre une telle ardeur, mais elle en avait savouré chaque seconde. L'intensité des émotions qui l'avaient parcourue lorsqu'il l'avait prise dans ses bras, la passion que ses caresses avaient éveillée au plus profond d'elle-même, ce sentiment d'abandon, de s'offrir à l'autre… tout avait été magique. Elle ouvrit les yeux et leva la tête pour observer son visage, souhaitant désespérément qu'il la serre à nouveau contre lui, qu'il écrase son torse d'acier contre les tendres courbes de son corps, qu'il la touche et la caresse.

Iris poussa un nouveau soupir et sourit. Elle n'éprouvait pas une once de remords. Comment aurait-elle pu ? Tout avait été si merveilleux. Elle regrettait simplement qu'il se soit arrêté si vite et l'ait laissée en proie à un désir si brûlant qu'il menaçait de la consumer. Le comte, quant à lui, ne ressentait pas du tout la même chose, à en croire son expression grave et austère. Mais Iris savait que ce n'était qu'une façade. Il avait beau donner le change, prétendre que tout ceci ne l'avait guère affecté, elle connaissait la vérité.

Lui aussi s'était retrouvé happé dans l'instant, tout comme Iris. Enfin, presque. Il était parvenu à reprendre le contrôle, à brider son désir. Elle en aurait été parfaitement incapable. Contrairement à lui, hélas.

— Eh bien… J'ignore qui devrait réprimander qui pour cette petite entorse à l'étiquette, commenta-t-elle avec un gloussement léger. Je crains que nous ne devions nous partager la faute.

— Vous devriez partir, Lady Iris, répliqua le comte en retrouvant son habituelle brusquerie et son air pincé.

— Non, répondit-elle, retenant un autre gloussement lorsque Lord Greystone fronça les sourcils. Je pense que nous devrions discuter de ce qui vient de se passer.

Il expira bruyamment.

— Oui, je suppose que vous avez raison. Je vous présente mes excuses. Ce que j'ai fait était impardonnable. Je n'aurais pas dû abuser de vous.

— Vous n'avez pas abusé de moi.

— Bien sûr que si. Je n'aurais pas dû vous embrasser ni…

Il s'interrompit et leva le menton, comme s'il était même incapable de mentionner ce qu'il venait de se produire.

— J'en suis vraiment profondément navré.

— Je vous ai embrassé aussi.

Il se figea, le menton toujours levé, tout son corps raide comme un piquet.

— Mais j'ai fait plus que vous embrasser.

Iris sourit :

— Hmm, en effet.

Elle se mordit le bout du pouce, son sourire de plus en plus radieux, et pressa son bras contre sa poitrine encore terriblement sensible.

— Et je vous y ai encouragé. Je désirais vos attentions. Vous n'avez rien à vous reprocher.

Sauf peut-être de vous être arrêté si tôt.

— Vous êtes une jeune femme innocente, rétorqua-t-il en haussant le ton, comme s'il était contrarié qu'elle ne le laisse pas s'admonester et se complaire dans sa culpabilité comme un bon pénitent.

— Je ne suis certainement plus aussi innocente que je l'étais à mon réveil ce matin, gloussa Iris, incapable de retenir sa plaisanterie.

— Pour cela, je vous présente également mes excuses.

Iris leva les yeux au ciel et poussa un soupir. Il était réellement déterminé à assumer l'entière responsabilité de ce petit interlude.

— Theo...

Elle s'interrompit un instant avant d'ajouter :

— Je suppose que je peux vous appeler Theo, à présent. Après ce que nous venons de vivre, les titres me paraissent quelque peu superflus.

Il approuva d'un hochement de tête, mais son visage ne s'adoucit pas une seconde.

— Theo, si je ne vous reproche rien, il n'y a aucune raison que vous vous sentiez fautif.

Elle le contempla, l'implorant silencieusement de la croire. Mais le comte demeura figé et muet. Rien dans son comportement ne semblait suggérer qu'il renoncerait à son sentiment de culpabilité.

— De toute façon, personne ne sait ce qu'il s'est passé entre nous. Je n'ai aucune intention d'en parler autour de moi et j'imagine que vous non plus.

— Cela va sans dire, répondit-il d'une voix presque offensée.

— Tant mieux. Ainsi, personne n'est au courant et ma réputation est intacte. Tant que nous gardons le secret, tout ira bien.

Il secoua lentement la tête :

— Vous êtes vraiment une jeune femme unique et remarquable, déclara-t-il d'un ton ouvertement admiratif.

Iris haussa les épaules. Rien dans sa conduite ne lui semblait particulièrement digne d'éloges.

— C'est vous qui êtes remarquable, contra-t-elle d'une voix douce, un sourire aux lèvres tandis qu'elle le contemplait de la tête aux pieds.

Il se contenta d'un grognement tout en balayant ses propos d'un geste de la main, comme si son compliment était quelque chose qu'il ne pouvait accepter. Iris aurait voulu lui faire la liste de toutes ses remarquables qualités. Il était courageux, séduisant, plus honorable qu'elle ne l'aurait souhaité en cet instant, mais le plus remarquable chez lui était sa capacité à lui faire perdre la tête dès qu'il la touchait. Elle n'avait jamais connu pareille intensité, pareille passion avant que Theo Crighton l'embrasse… la caresse. Oui, tout chez lui était remarquable.

Les yeux d'Iris tombèrent sur les mains de Theo, ces mains fortes et élancées avec de longs doigts souples… et elle espéra qu'il l'enlacerait à nouveau. Mais elle savait que rien de tout cela ne se produirait. Il s'estimait coupable et ne changerait pas d'avis. D'ailleurs, à la façon dont il se tenait devant elle, le corps raide et le visage fermé, Iris comprit qu'il ne commettrait plus le moindre faux pas avant des lustres.

Pourquoi fallait-il qu'il se montre aussi honorable ? songea-t-elle avec un soupir. Au moins, sa réputation était intacte, se rappela-t-elle, même s'il ne s'agissait que d'un maigre lot de consolation par rapport à ce qu'elle venait de perdre.

— Vous avez sans doute raison. Je ferais mieux de partir, finit-elle par concéder sans pouvoir masquer la déception dans sa voix.

— Oui, ce serait plus judicieux, renchérit Theo d'un

ton très formel. Je vais demander à mon cocher de vous ramener.

— Non, ce ne sera pas nécessaire. Après tout, si nous souhaitons préserver le secret, je ne dois pas arriver chez les Walberton dans votre voiture.

— Vous avez raison. Je suis navré que vous deviez repartir à pied et sans escorte.

— Une fois de plus, vous n'y êtes pour rien. Je suis venue seule. Je serai parfaitement capable de rentrer par mes propres moyens.

Elle baissa les yeux vers sa blouse et la trouva dans un état fort peu convenable.

— Oh ! je ferais sans doute mieux d'ajuster ma tenue avant de prendre congé.

— Bien entendu.

Il lui tourna le dos, comme pour lui offrir de l'intimité, bien que son geste soit inutile puisqu'il ne pouvait la voir. À moins que ce ne soit symbolique ? Lui avait-il tourné le dos pour lui signifier qu'il la repoussait ? Qu'il la rejetait ?

Tandis qu'elle glissait à nouveau les pans de sa blouse sous sa jupe, Iris espéra se tromper. Elle lissa le tissu froissé et quelque chose tomba de sous le vêtement pour rebondir sur le tapis. Elle se pencha pour le ramasser et constata qu'il s'agissait d'un petit bouton provenant de sa chemise.

C'était une babiole tellement innocente, mais sa présence dans sa main témoignait d'une situation qui n'avait rien eu d'innocent. Elle sourit en le rangeant dans sa poche, comme un souvenir des choses merveilleuses qui s'étaient produites entre eux. Il lui faudrait trouver une explication convaincante pour Annette, qui découvrirait inexorablement qu'il manquait un bouton à ses dessous.

— Bien, je suis prête. Je suppose que c'est un adieu, déclara-t-elle en lissant sa jupe.

— Adieu, Lady Iris, répondit-il en lui faisant à nouveau face. Et une fois encore, je ne puis m'excuser suffisamment pour mon terrible comportement.

— Et une fois encore, vous n'avez rien à vous reprocher.

Elle le contempla une dernière fois. Elle n'avait aucune envie de s'en aller. De sortir de chez lui, de sortir de sa vie et de faire comme si rien ne s'était produit. Hélas, c'était précisément ce dont ils avaient convenu. Pour protéger sa maudite réputation, ils devaient prétendre que la plus merveilleuse expérience qu'Iris avait connue n'avait jamais existé.

Elle fit un pas vers la porte, s'arrêta et se tourna de nouveau vers Theo. Aurait-il été vraiment déplacé de lui dire au revoir d'une simple bise sur la joue ? Après tout, cela n'avait rien d'aussi scandaleux que tout ce qu'ils venaient de faire. Un petit baiser de plus ne changerait rien, n'est-ce pas ?

Elle déglutit bruyamment, faisant fi de ses doutes, et avança d'un pas vers le comte. Comment allait-il réagir ? Avec un peu de chance, de la même manière que la première fois où il l'avait embrassé.

— Au revoir, Lady Iris, lança Theo fermement.

Comme s'il avait lu ses pensées, il recula et tendit le bras vers sa clochette pour rappeler Charles. Cependant, avant qu'il ne puisse mettre la main dessus, quelqu'un frappa à la porte.

Comme prise en train de faire une bêtise, Iris sursauta. Ils se redressèrent tous deux, comme deux jeunes gens parfaitement innocents – ou parfaitement coupables – et se tournèrent vers le vantail qui s'ouvrait.

Chapitre 17

— Entrez, lança le comte d'un ton presque trop laconique.

Charles apparut, suivi par la mère d'Iris, qui n'attendit même pas que le majordome l'annonce.

— Lady Springfeld, milord, maugréa Charles en jetant un regard légèrement offensé à la matrone qui venait de pénétrer dans le salon en le bousculant à moitié.

Theo s'inclina profondément et salua Lady Springfeld tandis qu'Iris examinait rapidement sa robe pour s'assurer que tout était en ordre avant de tapoter sa coiffure. Au moins pourrait-elle accuser sa promenade venteuse si ses cheveux étaient quelque peu défaits. Puis elle adressa un sourire rayonnant à sa mère, comme si elle était transportée de joie de la voir ici. Mais Iris n'avait rien d'une actrice et sa mère ne semblait guère convaincue. Elle observa sa fille, puis Lord Greystone, puis elle de nouveau, les sourcils haussés et les yeux écarquillés d'un air suffisamment menaçant pour qu'Iris sente la chaleur déjà bien présente dans ses joues s'intensifier et se répandre dans tout son visage.

Iris inspira profondément pour se contraindre au calme, sans se départir de son plus radieux sourire. S'il y avait un temps pour les petits mensonges, il était arrivé. Au diable les châtiments que lui réserveraient les dieux pour avoir brisé son serment ! Elle doutait fort que leur colère puisse surpasser celle de sa mère si Lady Springfeld apprenait ce qui s'était produit entre le comte et elle.

— Mère, quel plaisir de vous voir !

Petit mensonge numéro 1.

— J'étais sortie me promener et j'ai décidé de venir saluer monsieur le comte.

Petit mensonge numéro 2.

— Nous parlions justement du bon moment que nous avons passé au dîner, hier soir.

Petit mensonge numéro 3. Mais pouvait-elle vraiment le qualifier de « petit » ? Étant donné ce que Theo et elle avaient fait ensemble, déclarer qu'ils avaient simplement discuté ressemblait davantage à un gros mensonge, voire à une énormité. Iris s'efforça de maintenir son sourire, même si ses joues commençaient à la faire souffrir.

Sa mère haussa les sourcils plus haut :

— Vraiment ? répondit-elle d'un ton qui laissait entendre qu'elle n'en croyait pas un mot. Lady Springfeld examina Lord Greystone de la tête aux pieds et Iris fut certaine que, tout comme elle, Theo devait remercier le hasard de porter une redingote longue ce matin-là, car celle-ci masquait toute preuve incriminante que la mère d'Iris aurait eu tôt fait de remarquer.

— J'ai trouvé Annette dans tous ses états, expliqua la matrone, son attention revenant lentement sur Iris. Elle m'a dit que vous lui aviez demandé de rentrer récupérer votre réticule, mais elle ne l'a pas retrouvé. Elle était ensuite censée vous rejoindre au village, non à Greystone.

— Oh ! oui, je crains de m'être encore égarée.

Iris fit une moue navrée pour signifier « comme je suis

bête ». Un autre petit mensonge, mais elle avait depuis longtemps cessé de tenir les comptes.

— Quand je me suis retrouvée par hasard à proximité de Greystone, j'ai jugé plus poli de venir présenter mes respects au comte.

— Je vois. Je suppose que vous les lui avez présentés, à présent ?

— Hem, oui, en effet.

Et quels respects ! Le sourire forcé d'Iris se mua en une expression radieuse authentique. Elle dut même réprimer un petit gloussement qui menaçait de franchir ses lèvres.

— Souhaitez-vous un peu de thé, Lady Springfeld ? demanda le comte avec une amabilité surprenante, surtout en de pareilles circonstances.

— Non, je vous remercie. Je pense que ma fille a suffisamment abusé de votre hospitalité, marmonna la matrone avec une froideur qui ne lui ressemblait pas.

— Dans ce cas, permettez-moi d'appeler ma voiture pour vous reconduire chez les Walberton, proposa-t-il.

Lady Springfeld refusa d'un geste de la main :

— Non, merci. Je dois avoir une petite discussion avec Iris et une vivifiante marche sera l'occasion idéale.

Iris faillit se départir aussitôt de son sourire. *Une petite discussion ?* Voilà qui n'augurait rien de bon.

Iris et sa mère longeaient la route de campagne qui reliait Greystone au manoir des Walberton et qui lui était désormais si familière. Le vent était tombé, rendant la promenade plutôt plaisante. Du moins l'aurait-elle été si Iris n'avait pas redouté un sermon sur ce qui constituait une terrible entorse à l'étiquette : rendre visite à un homme célibataire chez lui, sans chaperon. Et ce n'était que la partie émergée de l'iceberg…

Au fil de leur marche, sa mère se mit à commenter ce qu'elle voyait ; elle admira les arbres, les cottages et les haies bien entretenues qui bordaient la route. Iris en oublia presque la « petite discussion » et se détendit, profitant de l'instant. Peut-être allait-elle s'en tirer sans répercussion, finalement, songea-t-elle avec un sourire satisfait.

— Je ne suis pas naïve, mon enfant, déclara soudain sa mère, changeant brusquement de sujet après un dernier éloge sur les charmants jardins des cottages.

Iris sentit sa sérénité et son sourire s'envoler.

— Personne n'a jamais suggéré que vous l'étiez.

Lady Springfeld lui lança un regard en biais.

— Cela va peut-être vous étonner, mais je sais très bien à quoi ressemble une femme surprise dans un élan de passion, et un homme mieux encore.

Iris grimaça, en partie parce qu'elle n'allait manifestement pas s'en tirer sans représailles, mais surtout parce qu'elle ne tenait pas du tout à ce que sa mère lui explique comment elle avait appris à reconnaître un homme surpris dans un élan de passion. Personne n'aimait contempler ses parents à travers ce prisme-là et Iris ne faisait pas exception.

— Je sais exactement comme une femme se retrouve avec les joues et le cou écarlates, et ce n'est certainement pas en discutant du dîner d'hier soir, qui a probablement été tout sauf plaisant pour le comte.

Sa mère s'arrêta et se tourna vers Iris.

— Je sais également que ce n'est pas en conversant avec un homme qu'une jeune fille finit avec les lèvres gonflées et les yeux brillants.

— Oh ! fut tout ce qu'Iris parvint à répondre.

— Comme vous dites, renchérit Lady Springfeld.

Elles reprirent leur marche, sans mot dire cette fois. Iris

se sentit soudain très coupable. Pas à cause de ce qu'elle avait fait, mais parce qu'elle n'avait jamais voulu inquiéter sa mère et qu'elle ne tenait surtout pas à lui faire honte.

— Vous êtes amoureuse de lui, mon enfant, finit par déclarer Lady Springfeld, brisant le silence avec cette surprenante annonce.

Elle avait parlé d'une voix douce, mais ses paroles frappèrent Iris avec la force d'un cri lancé depuis les toits.

Iris s'arrêta brusquement :

— Amoureuse ? Du comte ? Non, vous faites erreur.

Sa mère sourit :

— Je ne me trompe pas. J'ai observé votre comportement avec tous ces jeunes hommes qui ont essayé de vous faire la cour. Vous vous êtes montrée affable, avenante. Il vous est même arrivé de coqueter. Mais vous les avez tous traités comme s'ils n'étaient guère plus que des connaissances, des amis au mieux. Aucun ne vous a affectée comme Lord Greystone.

Iris dévisagea sa mère, réfléchissant à ce qu'impliquaient ses paroles. Non, cela ne pouvait être vrai. Elle ne pouvait pas être amoureuse du comte. Elle n'aurait jamais pu s'éprendre d'un homme reclus et grincheux, même s'il était terriblement séduisant et capable de l'embrasser jusqu'à lui en faire oublier qui elle était ou ce qu'elle faisait.

Lentement, Iris secoua la tête, ce qui tira un sourire à sa mère.

— J'ai commencé à soupçonner votre partialité pour le comte la première fois où vous avez mentionné son nom. Votre voix s'est adoucie. Un signe clair de votre inclination naissante pour lui. Suite à cela, chaque fois que vous avez prononcé son nom, vous avez réagi d'une façon particulière. : vous vous mettiez à parler avec tendresse, vous piquiez un fard ou vous sembliez avoir du mal à vous comporter normalement. Ce fut vraiment très amusant à observer.

Lady Springfeld repoussa une mèche folle du visage de sa fille avec affection.

— J'aurais préféré que vous tombiez amoureuse de quelqu'un d'autre, mais soit.

Iris se hérissa et tourna un regard outré vers sa mère :

— Pourquoi ? Parce qu'il est aveugle ? Sachez qu'il est bien plus compétent que la plupart des hommes qui ne souffrent pas de ce handicap et il est certainement bien plus courageux que tous les hommes que j'ai pu rencontrer. Je m'attendais à mieux de votre part, mère.

— Oh ! cessez de monter sur vos grands chevaux, Iris ! Ce n'est pas parce qu'il est aveugle. Mais vous savez aussi bien que moi pourquoi il aurait été plus simple de tomber amoureuse de l'un de vos autres prétendants.

Iris soupira et ses épaules s'affaissèrent.

— Lady Redcliffe ?

Sa mère opina :

— Oui, Lady Redcliffe. Hier soir, Lady Walberton m'a raconté tout ce qui s'était passé entre le comte et cette Lady Estelle, comme elle s'appelait avant. Il n'est guère aisé d'avoir une inclination pour un homme qui en aime encore une autre.

— Mais je ne suis pas amoureuse de lui, répéta Iris d'un ton démoralisé.

Sa mère se contenta de lever les yeux au ciel, quelque chose qu'elle n'avait jamais fait en présence d'Iris. Elles reprirent leur chemin et Iris se mit inconsciemment à traîner des pieds.

Ressentait-elle vraiment de l'inclination pour le comte ? Était-ce pour cette raison qu'il hantait ses pensées chaque heure de la journée et jusqu'à ses rêves, la nuit ? Était-ce pour cela qu'elle était prête à tout pour se retrouver en sa compagnie, même si cela l'obligeait à briser toutes les règles de la bonne société ? Qu'elle mourait d'envie qu'il l'embrasse et, qu'une fois au creux de son étreinte, elle éprouvait un désir pour lui que rien ne semblait pouvoir assouvir ? Sa mère avait vu juste. Elle était amoureuse du comte de Greystone, et lui se languissait d'une autre femme.

— Mais tout n'est pas perdu, déclara Lady Springfeld en reprenant soudain sa gaieté coutumière. Même si le comte en aime une autre, rien ne l'empêche de s'éprendre de vous… alors il oubliera complètement Lady Redcliffe. Et à moins que mes yeux ne me trompent, mais je suis certaine que non, il est évident que vous ne le laissez pas indifférent.

Iris ne répondit rien, réticente à l'idée d'expliquer à sa mère que, même si Lord Greystone l'avait embrassée, il ne l'avait pas fait par passion, mais pour lui donner une leçon sur les dangers qu'une jeune femme encourait en rendant visite seule à un homme. Puis il l'avait rejetée. Il n'avait eu aucun mal à reprendre le contrôle, contrairement à elle. Iris doutait qu'il eût pu faire preuve d'autant de retenue si Lady Redcliffe s'était trouvée dans ses bras. Non, sa mère voulait bien faire, mais c'était une cause perdue et plus vite Iris oublierait ce baiser, mieux cela vaudrait. Elle poussa un bruyant soupir. Ce serait un véritable exploit si elle y parvenait… un jour.

— Il suffit de l'aider à se rendre compte que son amour pour vous est bien plus grand que tout ce qu'il a pu ressentir pour Lady Redcliffe, poursuivit Lady Springfeld d'une voix pleine d'assurance.

Iris saisit le bras de sa mère et l'obligea à s'arrêter :

— Mère, on ne peut forcer quelqu'un à tomber amoureux, lui rappela-t-elle avec emphase.

Iris le savait d'expérience. Combien d'hommes au fil de ces cinq dernières saisons avaient tenté de la convaincre qu'elle éprouvait de l'affection pour eux ? Ils avaient tous échoué. Le comte était amoureux d'une autre et rien ne pourrait changer cela. Le fait qu'il l'ait repoussée aujourd'hui en était une preuve suffisamment douloureuse.

— Bien sûr que si, contra la matrone avec un sourire, pas le moins du monde découragée. Votre père n'avait pas conscience qu'il m'aimait avant que je ne l'en convainque. Ensuite, il ne me restait plus qu'à paraître terriblement surprise lorsqu'il m'a fait sa demande, comme si je n'avais même jamais envisagé qu'il puisse devenir mon époux.

— Mais je croyais que votre mariage avait été arrangé ?

— Bien sûr ! Arrangé par mes soins. Mais je n'ai jamais parlé de cela à personne, Iris, alors ayez la bonté de garder ceci entre vous et moi.

Iris acquiesça.

— Tout en dissimulant mon propre intérêt, je suis parvenue à convaincre mes parents et les siens que notre union serait avantageuse pour nos deux familles. Puis j'ai persuadé votre père, qui jusque-là n'avait jamais fait attention à moi, qu'il était désespérément amoureux de moi. Chacun était certain qu'il s'agissait de son idée et que moi, jeune fille innocente, je n'avais rien à voir avec cette histoire. Aussi, si j'ai pu convaincre deux familles bien établies *et* un fils aîné plus têtu qu'un mulet qui refusait le mariage que m'épouser était exactement ce qu'il leur fallait, alors pousser Lord Greystone à réaliser qu'il vous aime ne devrait poser aucun problème.

Iris dévisagea sa mère, bouche bée. D'émerveillement ? D'horreur ? D'admiration ? C'était difficile à dire.

— Oh ! fermez donc la bouche, ma chérie. Vous savez que c'est ce que vous désirez. C'est ce que vous avez souhaité dès votre première rencontre avec le comte.

— Bien sûr que non et ça ne l'est toujours pas ! s'exclama Iris en secouant la tête avant d'ajouter : Je ne me suis pas éprise de lui ce soir-là. Il était grossier et irascible, en plus de vivre reclus. Et n'oubliez pas qu'il est amoureux d'une autre. Comment pourrais-je épouser quelqu'un comme lui ?

Lady Springfeld leva à nouveau les yeux au ciel. Décidément, cela devenait une habitude !

— Vous pouvez vous mentir autant que vous le souhaitez, mais vous ne pouvez abuser votre mère. Le comte est l'homme qui vous est destiné.

Iris fut tentée de l'informer qu'elle avait perdu le compte du nombre de petits mensonges qu'elle lui avait racontés, mais jugea moins dangereux de garder cela pour elle.

— Quand vous mentez, vous clignez des yeux à plusieurs reprises. Vous faites cela depuis que vous êtes enfant, poursuivit la matrone. Lorsque vous avez prétendu souffrir d'une migraine, je savais que vous mentiez, mais je savais également que vous cherchiez à échapper à Lord Pratley et à sa… cour empressée, aussi n'ai-je rien dit. Toutefois, je n'aurais jamais imaginé que vous seriez assez sotte pour sortir vous promener alors qu'une tempête pointait à l'horizon. Ni que vous seriez coincée dehors toute une nuit. Cette partie-là était assez inattendue. Mais le lendemain matin, quand vous avez commencé à me parler de Lord Greystone, vous vous êtes mise à cligner des yeux si vite que j'ai cru que vous alliez générer votre propre orage. Alors je me suis dit : « Oh ! comme c'est intéressant ! » Voilà pourquoi j'ai tenu à rencontrer le comte. Et pourquoi j'ai pris la liberté de l'inviter au dîner d'hier soir.

— Vous vous fourvoyez complètement, mère, se fâcha Iris en s'efforçant de garder les yeux bien ouverts pour ne pas cligner.

Lady Springfeld éclata de rire et tapota le bras de sa fille avec tendresse.

— Si vous le dites. Je sais que vous voulez épouser le comte et je pense qu'il ferait pour vous un excellent mari, je ne lui laisserai donc pas le choix. D'ailleurs, après ce que je viens de voir, je serais en droit d'insister pour qu'il se comporte honorablement et vous conduise à l'autel.

— Non, je vous en prie, mère. Vraiment… non, la supplia Iris, désespérée, tandis qu'elle s'efforçait de formuler une explication capable de convaincre sa mère que Lord Greystone n'avait rien à se reprocher, qu'il avait fait preuve de bien plus de retenue qu'elle et qu'il ne méritait pas d'être puni pour les actes irréfléchis d'Iris.

— Oh ! ne vous angoissez pas ainsi. Je ne ferais jamais cela, la consola la matrone en tapotant le bras d'Iris pour la rassurer. Je ne vous condamne pas, pas plus que le comte. Ces choses-là arrivent souvent quand deux jeunes gens tombent amoureux. La passion peut parfois l'emporter sur la raison et ils en oublient toutes les règles de bienséance.

La mère d'Iris soupira doucement, le regard soudain perdu au loin.

— Je sais exactement ce que vous ressentez. Avant notre mariage, quand votre père me faisait encore la cour, nous aussi, nous…

— Merci, mère, j'ai saisi l'idée, l'interrompit Iris, horrifiée d'avance par ce qu'elle pourrait lui révéler.

Lady Springfeld se contenta de rire :

— Tout ce que je veux dire, c'est que cela peut arriver et que je ne vous jugerai pas. Je ne rappellerai pas non plus ses obligations à monsieur le comte. Il ne faudrait pas qu'il ait l'impression d'avoir été forcé de vous épouser, après tout. Ce n'est guère une bonne base pour une union heureuse. Non, l'idée doit venir de lui, ou du moins doit-il en être persuadé.

Elle adressa à sa fille un sourire de conspiratrice, mais Iris ne put le lui rendre. Ce plan machiavélique était celui de sa mère, pas le sien.

— Dans cette optique, je vais demander à Lady Walberton de nous autoriser à prolonger notre séjour chez eux d'un mois. Cela devrait nous laisser suffisamment de temps pour aider le comte à réaliser combien il vous aime.

Iris dévisageait toujours la matrone, la bouche ouverte, incapable de parler. Contrairement aux mères de tant de débutantes, Lady Springfeld n'avait jamais vraiment endossé le rôle d'entremetteuse. Mais de toute évidence, elle semblait aujourd'hui déterminée à se rattraper et Iris ne parvenait pas à décider si c'était une bonne ou une mauvaise chose, pour elle comme pour Lord Greystone. À moins que ceci ne soit son châtiment pour tous ses mensonges et ses entorses à l'étiquette : une cuisante et complète humiliation.

Chapitre 18

Lady Walberton fut enchantée d'apprendre que Lady Springfeld et sa fille souhaitaient prolonger leur séjour, d'autant que la nouvelle ne parut guère la surprendre. Iris était mortifiée de voir ces deux dames d'âge mûr conspirer pour une quête si vaine. Elle pouvait presque comprendre les faux espoirs que nourrissait sa mère, après tout, elle connaissait à peine le comte, mais Iris s'était attendue à ce que la sage Lady Walberton s'efforce de dissuader son amie de se lancer dans cette tâche impossible.

Au lieu de cela, elle paraissait tout aussi enthousiaste que sa mère. Tout fut rapidement arrangé : elles séjourneraient chez les Walberton pendant encore au moins un mois. Si Iris avait dû se montrer honnête, elle aurait admis que cela ne la dérangeait pas. La pléthore de bals, fêtes, dîners et pique-niques auxquels elles avaient été invitées les prochaines semaines n'éveillait plus son intérêt ; autant demeurer à la campagne et profiter de ses bienfaits. Et, si Iris avait dû se montrer *parfaitement* honnête, elle aurait reconnu être heureuse de ne pas rentrer à Londres, car alors elle n'aurait probablement plus jamais revu le comte. Et puis, pour quelle raison aurait-elle bien pu participer au reste de la saison ? Aucun homme ne l'intéressait.

Aucun homme ne l'avait jamais intéressée… jusqu'à sa rencontre avec Theo Crighton. Et maintenant qu'il l'avait embrassée, Iris était certaine que plus aucun homme ne l'intéresserait jamais, sauf lui.

Quel cruel coup du sort ! Après avoir rejeté les avances de tant de célibataires au cours de ces cinq dernières saisons, Iris était tombée amoureuse du seul homme qui ne voulait pas d'elle.

Pire, pendant cet interlude passionné, elle avait goûté à ce que le comte aurait pu lui offrir s'il l'avait aimée, mais la vie lui avait tout repris en un instant.

Le simple fait de songer à leur étreinte suffisait à la tourmenter… même si la torture était exquise. Jamais Iris n'avait vécu une expérience comme celle-ci et Lord Greystone était assurément différent de tous les hommes qu'elle avait rencontrés. On l'avait déjà embrassée par le passé, mais c'était bien la première fois qu'elle en ressortait aussi profondément bouleversée. D'autres hommes lui avaient volé un baiser, ce qui leur avait valu, au mieux, un petit gloussement de sa part. Mais aucun d'eux n'avait éveillé pareille tempête en elle ni le désir brûlant et insatiable qui l'avait consumée dans les bras du comte, au point d'en vouloir plus, tellement plus. Et aucun de ces hommes, une fois partis, ne lui avait donné la sensation d'être vide. D'avoir perdu quelque chose de précieux.

Était-ce uniquement parce que ses baisers avaient été différents de ces doux larcins dépourvus de passion qu'elle avait connus ces précédentes années ? Theo Crighton ne l'avait pas embrassée avec légèreté ni même avec tendresse, mais avec une telle intensité qu'Iris s'en était retrouvée submergée, balayée et mise à nu, sans défense. Était-ce un bon ou un mauvais signe ? Comment l'aurait-elle su ? Iris aurait tant aimé en discuter avec quelqu'un, mais il était hors de question de demander à sa mère. Lady Springfeld possédait sans doute la réponse, mais il aurait été beaucoup trop gênant de parler de ces choses-là avec elle. Iris aurait pu aborder le sujet avec sa sœur, Hazel, mais cela aurait nécessité d'écrire une lettre et elle n'était pas certaine de parvenir à décrire son état de confusion avec des mots. D'ailleurs, elle était encore moins certaine de souhaiter mettre pareilles idées sur papier. Et si sa lettre tombait entre de mauvaises mains ? Oh ! Elle aurait tellement honte qu'elle n'oserait plus jamais quitter sa chambre !

Iris n'avait donc d'autre choix que de continuer à s'interroger sur ce baiser, sur Theo Crighton et sur la détermination de sa mère à les voir bientôt mariés. La matrone avait juré de se montrer subtile pour que le comte n'ait pas l'impression qu'on lui avait forcé la main, mais lorsqu'elle annonça qu'un festival se tiendrait chez lui, à Greystone, Iris comprit que sa mère lui avait encore extorqué une promesse de façon fort peu gracieuse.

Lady Springfeld était parvenue à convaincre sans mal son amie, Lady Walberton, qu'il était indispensable de mettre sur pied une fête locale dans quelques semaines sur le thème du Moyen Âge et que, puisque le manoir de Lord Greystone possédait toujours plusieurs parties du château fort d'origine, elle ferait un décor absolument splendide.

Lady Walberton s'était empressée d'approuver et de féliciter la mère d'Iris pour sa brillante idée. Puis elle avait rapidement rassemblé les dames des domaines voisins pour former un comité d'organisation. Étrangement, Iris doutait que le comte ait trouvé cette idée brillante, mais d'après sa mère, il avait accepté immédiatement. À croire que c'était au tour de Lady Springfeld de dire de petits mensonges, songea Iris.

Lorsqu'elle l'interrogea, la réponse de cette dernière ne manqua pas de l'horrifier :

— Ne vous inquiétez pas pour Lord Greystone. Il fera exactement ce que je lui demanderai.

Elle adressa un sourire de connivence à sa fille avant d'ajouter :

— Il n'est pas idiot. Il vous a embrassée. Il sait que j'aurais parfaitement le droit d'exiger de lui bien plus que d'héberger un petit festival local. C'est un piètre prix à payer pour avoir pris tant de libertés avec vous.

— Donc vous l'avez fait chanter ? clarifia Iris, frappée d'effroi.

Sa mère ne cessait de la surprendre, mais guère de la bonne façon.

— Mais non, ma chérie, ce n'était pas du chantage. Je lui ai simplement demandé poliment d'héberger une fête qui profitera à tout le monde dans le comté et il a gracieusement accepté.

Gracieusement ? Iris en doutait fortement.

— Vous n'avez donc aucune raison de vous en faire, ajouta la matrone avant de quitter la pièce en fredonnant la marche nuptiale.

Iris la regarda s'en aller, persuadée qu'elle avait au contraire toutes les raisons de s'inquiéter.

Le jour de la fête arriva, et Theo eut l'impression de se retrouver aux prises avec une tempête bien pire que celle qui avait soufflé Lady Iris sur son seuil. Cette tempête s'appelait Lady Springfeld et elle semait actuellement le chaos dans sa vie et sa demeure.

Quelques semaines plus tôt, il vivait encore sereinement,

seul avec Max, et avait à peine entraperçu ses voisins au fil des ans. Mais à présent, c'était comme si le comté tout entier s'était donné rendez-vous sur son domaine et chacun semblait trouver normal de faire comme chez lui. Tout ceci lui avait été imposé, bien entendu, par Lady Springfeld. Cette femme, aussi rayonnante et joviale soit-elle, possédait une effrayante part d'ombre ainsi qu'un abominable talent pour faire chanter son entourage. Tout en lui suggérant qu'il serait aimable à lui d'accueillir le festival qu'elle organisait, elle était parvenue à glisser négligemment dans leur conversation des mots tels que « baisers », « inconvenant », « réputation » et, le plus dangereux de tous, « mariage ». La matrone n'avait rien exprimé ouvertement, mais elle lui avait fait comprendre sans la moindre équivoque qu'elle était au courant de ce qui s'était produit entre Lady Iris et lui et qu'elle aurait été dans son bon droit d'exiger qu'il épouse sa fille. Sur ce point, hélas, Theo ne pouvait lui donner tort. Lady Springfeld le tenait désormais à sa merci.

Fort heureusement, elle n'avait pas fait d'esclandre ni paru totalement scandalisée au nom de sa fille. Au lieu d'être furieuse, la matrone lui avait même semblé plutôt satisfaite de la situation. Les Springfeld étaient décidément une famille très singulière.

Si elle avait insisté pour qu'il épouse Lady Iris, Theo aurait consenti. Après tout, ce n'était rien de moins que ce que l'on attendait d'un gentilhomme dans pareilles circonstances. Il s'était comporté d'une façon inacceptable.

S'il avait dû justifier ses actes, Theo aurait sans doute déclaré qu'il n'aurait jamais imaginé que la jeune femme *l'autoriserait* à l'embrasser. Mais c'était un argument irrecevable. Un vrai gentilhomme n'aurait jamais dû prendre de telles libertés avec une lady à moins d'être prêt à en assumer les conséquences.

Et pour lui, cela impliquait d'héberger un festival local, et non d'épouser la demoiselle, un prix dérisoire à payer pour un interlude qui, il devait bien l'admettre, l'avait profondément bouleversé. Non seulement n'avait-il jamais imaginé qu'elle puisse l'autoriser à l'embrasser, mais il ne s'était pas attendu à ce qu'elle lui rende son baiser… et avec quelle férocité ! Sa réaction l'avait tellement surpris qu'elle lui coupait le souffle chaque fois qu'il y repensait. Et, malheureusement, il y songeait bien plus qu'il ne l'aurait souhaité. En dépit de sa détermination à sortir Lady Iris de son esprit, le souvenir de ses lèvres avides, de sa peau soyeuse comme du satin et de sa poitrine si pleine et généreuse emplissant ses paumes ne cessait de le hanter. Theo secoua la tête comme pour en chasser ces sensations. Il ne pouvait se permettre de pareilles rêveries, en particulier quand la mère de Lady Iris se trouvait quelque part sur le domaine en compagnie d'une foule de visiteurs curieux.

Il s'effondra dans son fauteuil et gratta les oreilles de Max. Au moins, l'on n'attendait rien de plus de sa part que de laisser la populace vaquer librement sur sa pelouse. Rien ne l'empêcherait de se cacher dans son salon jusqu'à la fin des festivités.

Il agita sa clochette dans l'espoir que Charles viendrait le tenir informé sur ce qui se passait dehors. Le majordome entra, mais le tintement continua. Theo était pourtant certain d'avoir reposé la clochette sur la table. Voilà qui était très étrange.

— Quel est ce bruit ? demanda-t-il en tournant la tête de droite et de gauche, à la recherche de l'origine du carillon.

— Je crains que cela vienne de moi, monsieur, répondit Charles au moment où le tintement cessa. Ce sont les grelots accrochés à mes mollets. Vous nous avez ordonné d'accéder à toutes les requêtes du comité d'organisation et, lorsque ces mesdames ont découvert mon petit passe-temps, elles ont insisté pour que je porte le costume toute la journée.

— Votre petit passe-temps ?

De quoi diable l'homme parlait-il ?

— Oui, milord. Je fais de la danse Morris et le comité m'a demandé, à moi ainsi qu'à ma troupe, de présenter une chorégraphie pour clore le festival.

Theo tourna la tête en direction de son majordome. Charles était un danseur Morris caché ? Qui l'eût cru ? Il connaissait pourtant l'homme depuis des années, mais n'avait jamais rien su de ce hobby. Ses domestiques avaient-ils eu le temps de se trouver un violon d'Ingres parce que leur maître ne donnait pas suffisamment de travail ? songea Theo.

Theo referma sa mâchoire qui était tombée de stupeur.

— Je vois, dit-il, toujours perplexe. Et les organisatrices du festival ont-elles tout ce qu'il leur faut ?

Je vous en prie, dites oui, implora-t-il silencieusement son majordome. Il ne tenait pas à être à nouveau malmené par les dames du comité qui, au cours des semaines passées, s'étaient davantage comportées comme des généraux en pleine campagne que comme des ladies bien élevées préparant une petite fête rustique.

— Oui, ces dames ont tout sous contrôle. C'est un spectacle vraiment étonnant, monsieur. Elles ont fait venir des jongleurs, des bouffons, des acrobates et des hommes déguisés en chevaliers pour amuser la foule. Sans oublier les danseurs Morris, bien sûr. Notre prestation sera le bouquet final !

Theo pouvait entendre l'enthousiasme bouillonnant dans la voix du majordome, d'ordinaire si neutre.

— Il y a des étals de tout ce qu'il est possible d'imaginer, poursuivit Charles. Des concoctions à base de plantes, du vin de sureau, des fleurs, des légumes, des pâtisseries… Et je puis vous assurer, monsieur, que notre personnel fait honneur à votre nom. Les fleurs et les légumes de nos jardiniers sont parmi les plus beaux produits présentés et personne ne saurait battre la tarte aux groseilles de notre chef ! Je suis certain qu'elle va remporter le prix.

Charles se montrait à présent bien plus passionné qu'il n'était jugé convenable pour un majordome.

— Dans ce cas, vous feriez mieux de prendre congé pour le reste de la journée afin de vous joindre aux festivités et de… danser, ou quoi que vous fassiez.

— Merci, milord, répondit gaiement le domestique, le tintement des grelots accompagnant sa révérence. Mais avant que je prenne congé, Lady Springfeld voudrait s'entretenir avec vous. Puis-je la faire entrer ?

Theo réprima un soupir agacé. Visiblement, son souhait de demeurer au calme dans sa propre maison était trop demander à cette horripilante matrone.

— Oui, qu'elle entre, ensuite allez vous amuser.

— Très bien, monsieur, dit Charles avant de tintinnabuler en direction de la sortie.

Lady Springfeld fit irruption dès que Charles fut parti :

— Lord Greystone, cela ne saurait convenir. Vous devez absolument nous rejoindre et vous mêler aux invités. C'est le devoir de l'hôte.

Elle baissa la voix avant d'ajouter :

— Et je sais que vous tenez à faire ce qui est *honorable.*

Ah, le retour des menaces voilées. Theo entendit alors une autre femme pénétrer dans la pièce, bien moins bruyamment.

Lady Iris. Il aurait reconnu son parfum n'importe où, de même que sa façon de se mouvoir. C'était ce froissement de dentelle plein de jeunesse et pourtant infiniment gracieux qui la trahissait à chaque fois.

Il s'inclina devant les deux femmes :

— Si vous insistez, Lady Springfeld, se résigna-t-il en se rappelant qu'il valait mieux cela qu'être traîné de force devant l'autel.

— Ah, formidable, roucoula la matrone comme si elle lui avait laissé le moindre choix. Prenez donc le bras d'Iris, elle vous escortera. Je suis bien trop occupée avec l'organisation.

— Avec plaisir, répondit-il en offrant son bras à la jeune femme, bien qu'il n'en éprouvât aucun à l'idée de faire ce que l'on attendait de lui.

Il circulerait rapidement parmi les invités et se retirerait dès que possible pour laisser les autres profiter de la fête.

— Oh et nous aurons besoin de vous pour décerner les prix, alors évitez de disparaître avant la fin, si vous le voulez bien, ajouta Lady Springfeld avant de repartir avec autant d'énergie qu'elle était entrée, nul doute pour aller houspiller une autre malheureuse victime.

Theo réprima un grognement de rage et mena Lady Iris vers la sortie. Pouvoir la toucher à nouveau et la sentir à ses côtés était sans doute la seule chose qui ne lui procurait aucun déplaisir. Au contraire. Après tout, il n'avait cessé d'y songer depuis leur interlude… même si, lorsqu'il avait rêvé la tenir contre lui, il avait imaginé des circonstances plus agréables.

— Je suis profondément navrée pour tout ceci,

s'excusa-t-elle tandis qu'ils longeaient le vestibule, Max sur leurs talons.

Dès qu'ils eurent atteint la porte d'entrée, le chien se faufila entre leurs jambes et se précipita dehors, excité par la présence de tant de gens et d'activités.

— Rien de tout ceci n'était mon souhait. C'est à nouveau l'œuvre de ma mère, ajouta-t-elle.

— Je n'en doute pas une seconde.

La matrone était une véritable force de la nature et il était certain, depuis qu'il l'avait rencontrée, que rien ne pouvait l'arrêter lorsqu'elle se mettait une idée en tête. Ils franchirent le seuil et Theo fut frappé par une puissante cacophonie. Des rires, des conversations sonores, les exclamations des prestidigitateurs et des hommes cherchant à rameuter la foule vers leurs étals, des numéros de tombola annoncés et des balles lancées contre des chamboule-tout, le tout mêlé aux éclats de voix des enfants en train de jouer et aux grelots carillonnant des danseurs Morris.

Lady Iris le conduisit à l'intérieur du chapiteau le plus proche et Theo entendit Tom, son jardinier en chef, déclarer bruyamment que le secret pour faire pousser de beaux légumes était une bonne combinaison de fumier de cheval et de paille. Un murmure approbateur, provenant sans doute des autres jardiniers, lui répondit.

Puis soudain, les discussions se turent.

— Continuez, je vous prie, dit Theo. Nous sommes ici parce que Lady Iris tenait absolument à admirer les légumes.

— Oh ! oui, en effet, ajouta Lady Iris en entrant dans son jeu. J'étais particulièrement impatiente de contempler les navets. J'ai cru comprendre que la récolte avait été extraordinaire, cette année ?

Ses quelques paroles suffirent à raviver les discussions ; les jardiniers se mirent à parler tous en même temps afin d'expliquer comme faire pousser le plus gros et le meilleur des navets. Lady Iris répondit de façon appropriée à chacun, puis entraîna délicatement Theo pour lui indiquer qu'ils pouvaient prendre congé. Tant mieux, songea-t-il, car les jardiniers avaient recommencé à se disputer sur les mérites des différents fumiers et des quantités à épandre.

Ils pénétrèrent dans un second chapiteau et, une fois de plus, un silence révérencieux tomba sur l'assemblée. Au froissement de coton qui s'ensuivit, Theo comprit que plusieurs femmes venaient de s'incliner.

— Monsieur le comte, Lady Iris, c'est un plaisir de vous voir, lança sa chef cuisinière.

— J'ai entendu dire que vous étiez en lice pour gagner le prix de la meilleure tarte aux groseilles ? l'interrogea Lady Iris.

— Merci, milady. Oui, j'espère l'emporter.

Theo pouvait percevoir la fierté dans la voix de la cuisinière.

— Et les meilleurs scones, ajouta une fille de cuisine.

— Oh ! je n'en suis pas sûre, Lottie, répondit la chef cuisinière avec fausse modestie. La concurrence sera rude, la chef cuisinière des Walberton a beaucoup de talent.

— Oh ! vous êtes trop aimable, intervint une autre femme, sans doute la cuisinière des Walberton.

— Et puis il y a Polly Smith, la cuisinière des Redcliffe…

Elle s'interrompit brusquement et Theo entendit plusieurs personnes s'agiter nerveusement.

— Polly est très douée aussi, renchérit-elle rapidement. Même si j'avoue ne pas être tout à fait d'accord avec sa température de cuisson. Et je trouve qu'elle ajoute un peu trop de fruits.

— Balivernes ! intervint une autre cuisinière. Plus un four chauffe fort et meilleur est le gâteau. Et il ne peut jamais y avoir trop de fruits.

— Bien, je vous souhaite bonne chance à toutes, lança Theo en menant Lady Iris vers la sortie.

Toutes les personnes présentes à ce festival étaient-elles au courant pour Estelle et lui ? Éprouvaient-ils tous de la pitié à son encontre ? Même les domestiques ? Dans ces conditions, était-il vraiment surprenant qu'il préfère ne pas se mêler à des gens qui discutaient de son infortune dans son dos ?

Dans le chapiteau suivant, Theo fut frappé par le parfum des fleurs. On leur présenta les différents compétiteurs, qui avaient tous leur propre idée de la meilleure façon d'obtenir les plus belles fleurs et de créer les arrangements les plus élégants.

Et le cycle se répéta. Lady Iris le conduisit d'un chapiteau à l'autre, où il fut accueilli avec beaucoup de chaleur et d'enthousiasme, comme un voyageur parti longtemps qui rentre enfin chez lui. En dépit de leurs tentatives parfois maladroites d'éviter de parler de Lord et Lady Redcliffe, Theo devait bien admettre que leurs aimables vœux de bonheur et leurs salutations joviales lui réchauffaient le cœur. Malgré lui, à mesure que la journée avançait, il commença lentement à se détendre.

La présence de Lady Iris à son bras était une autre source de gaieté. Pour une fois, sa prédisposition à l'allégresse s'avérait un atout, car elle conversait avec les habitants avec aisance et acceptait les tasses de thé qu'on lui offrait régulièrement avec une grâce innée. Theo pouvait également entendre les tons polis et réservés que les domestiques et villageois utilisaient pour s'adresser à la noblesse, devenir rapidement plus naturels et ouverts, parce que Lady Iris savait les mettre à l'aise avec sa joie de vivre contagieuse et son intérêt sincère pour ce qu'ils disaient.

Il devait avouer qu'elle l'aidait, lui aussi, à se décontracter. Il s'était attendu à ce qu'une certaine gêne demeure entre eux, après ce qui s'était produit, mais c'était mal connaître Lady Iris. Oui, la jeune femme rendait cette journée tout à fait tolérable, plus que tolérable même, mais cela ne signifiait pas qu'il voulait d'elle, ou de quiconque, dans sa vie. Lorsque la fête serait terminée, que les chapiteaux auraient été démontés et remballés, il reprendrait son ancienne existence comme si rien ne s'était passé.

Une soudaine douleur le frappa, comme un coup de poing à l'estomac. Il reprendrait son ancienne existence… seul. Il inspira profondément avant de souffler lentement. Quelle mouche le piquait ? C'était pourtant celle qu'il s'était choisie et celle qu'il continuerait de vivre, la vie qu'il désirait.

— Tout va bien ? demanda Lady Iris, d'un ton légèrement inquiet.

— Tout va très bien, contra-t-il brusquement.

Elle ne dit rien, mais Theo devina qu'elle l'observait avec anxiété. Hélas, qu'aurait-il pu lui répondre alors que lui-même ignorait la cause de cette étrange réaction ?

— Ah, vous voilà ! retentit la voix de Lady Springfeld, interrompant ses pensées.

Comme s'il avait pu se trouver ailleurs qu'à l'endroit exact où elle l'avait obligé à se tenir…

— Ne vous éloignez pas et ne disparaissez pas, n'est-ce pas ? lui rappela-t-elle d'un ton guilleret, même si Theo fut certain de percevoir une note de menace. N'oubliez pas que vous devez encore décerner les prix.

— Je n'ai pas oublié, répliqua Theo sans parvenir à masquer complètement son agacement.

— Cela pourrait être pire, lui chuchota Lady Iris avec un sourire dans la voix. Au moins, vous ne ferez que décerner les prix. Je détesterais être l'un des juges. Quelque chose me dit qu'il leur faudra effectuer un repli stratégique une fois les résultats annoncés.

Theo sourit en se rappelant les discussions animées sur le fumier dans le chapiteau des jardiniers. Quand Lady Iris et lui s'étaient éclipsés, ils en étaient pratiquement venus aux mains.

— Et m'est avis que certains des perdants iront noyer leur chagrin dans le vin de sureau de Marthe Williams, ajouta-t-elle.

— J'ai noté que vous étiez plus que disposée à en tester la saveur, vous aussi, renchérit-il, ce qui la fit rire.

— Au fait, à propos des juges, les coupa brusquement la mère d'Iris. Il y a eu un désaccord sur l'impartialité du juge pour le concours des tartes aux fruits et cela a engendré quelques… frictions entre les candidates.

Theo se joignit au rire d'Iris. Cela ne le surprenait pas le moins du monde. Si les cuisinières s'étaient montrées aimables les unes envers les autres en leur compagnie, Theo avait pu sentir l'esprit de compétition qui flottait dans l'air aussi sûrement qu'une odeur de gâteau en train de cuire. Il était persuadé qu'une fois Lady Iris et lui repartis, les échanges dans le chapiteau avaient pris la même tournure que dans celui des jardiniers.

— Il a été décidé qu'Iris jugerait l'apparence des scones, poursuivit Lady Springfeld.

Theo se tourna vers la jeune femme avec un sourire, amusé par sa malchance.

— Et vous, le goût et la texture.

Théo cessa aussitôt de sourire.

— Allons, dépêchez-vous, ils vous attendent sous le chapiteau dédié à la pâtisserie.

La matrone s'en fut dans un froissement de satin empressé, laissant Theo abasourdi. Quand cette femme allait-elle donc cesser de le tourmenter ?

— Je suis certaine que ce ne sera pas si terrible, le rassura Iris, bien qu'elle soupçonnât le contraire. Toutefois, nous aurions peut-être dû demander à ma mère ce qu'il est advenu du dernier juge.

— Sans doute l'ont-elles enduit de goudron et de plumes, répondit-il, l'air aussi anxieux qu'elle. Ou peut-être de beurre et de farine ? Cela aurait été plus approprié.

Elle sourit, soulagée de voir qu'il était capable d'en plaisanter.

— Bien, je crains que nous n'ayons guère le choix, soupira-t-elle en prenant son bras. Encore une fois sur la brèche, comme on dit.

Ils se dirigèrent vers le chapiteau des pâtissiers avec l'enthousiasme de deux prisonniers menés devant un peloton d'exécution.

— Nous ferions sans doute mieux de sourire, lui chuchota Iris d'un ton conspirateur. Sans cela, elles risquent de sentir notre peur.

Il baissa le visage vers elle et lui sourit :

— Qu'en dites-vous ?

— C'est parfait.

Et ça l'était. Il possédait le plus parfait des sourires. Iris aurait tant aimé qu'il le montre plus souvent. Ils pénétrèrent dans la tente et, une fois de plus, les conversations moururent aussitôt.

— Je crois que monsieur le comte et moi-même sommes censés noter les scones ? demanda Iris en s'efforçant de paraître calme.

— Oui, milord, milady, acquiesça la cuisinière de Theo. L'autre juge, il n'y connaissait rien aux tartes aux groseilles. Il n'aurait pas reconnu une bonne pâtisserie même si elle lui avait mordu le… enfin bref, je suis certaine que vous vous montrerez bien plus équitables.

— Nous ferons de notre mieux, répondit le comte avec bien plus d'assurance qu'il n'en ressentait sans doute réellement, songea Iris. Conduisez-moi jusqu'à vos délicieux scones.

Iris examina la longue ligne de scones à la confiture, aux dattes et aux raisins secs. Tous paraissaient aussi alléchants les uns que les autres : délicatement dorés, bien gonflés et parfaitement ronds ou carrés.

Theo ouvrit le premier, en prit une bouchée et mâcha, les sourcils froncés de concentration.

— Léger, belle texture et un excellent équilibre des saveurs, déclara-t-il.

Les femmes autour d'eux sourirent avec approbation et la domestique responsable de la pâtisserie bomba la poitrine de fierté. Theo passa au suivant, puis au suivant. Pour chaque scone, il maintint son expression d'intense concentration et chaque commentaire qu'il fit, en plus de flatter la cuisinière concernée, surprit Iris par son inventivité. Il ne devait pas être aisé de trouver, pour chaque création, une description différente et pertinente.

Lorsqu'on lui présenta le dernier scone, Iris comprit que le comte allait devoir relever un nouveau défi. Les scones n'étaient ni dorés, ni parfaitement ronds ou carrés et, si elle devait être honnête, ressemblaient à peine à des scones, mais plus à des cailloux contenant des morceaux de fruits brûlés.

La fille de cuisine de Greystone souriait à s'en faire tomber les oreilles, visiblement très fière de sa production.

Non sans effort, Theo ouvrit le scone, tenta d'en prendre une bouchée, puis parvint à en arracher un morceau avec ses canines. Iris observa avec émerveillement son expression toujours aussi concentrée tandis qu'il mâchait la pâtisserie trop cuite. Il lui fallut un peu de temps pour avaler le morceau, qu'Iris put presque voir descendre dans sa gorge.

— Une saveur unique, une utilisation des ingrédients intéressante et une réinterprétation surprenante d'une recette traditionnelle, énonça-t-il avec un tact qui fascina Iris.

La fille de cuisine gloussa de joie tandis que les autres participantes haussaient les sourcils ou se mordaient les lèvres pour ne pas rire.

— Pourrais-je avoir une tasse de thé ? demanda Theo, qui de toute évidence s'efforçait encore d'avaler cette dernière bouchée.

Lorsqu'il eut terminé, les domestiques se penchèrent en avant, leurs regards anxieux fixés sur Theo.

— Vous ne m'avez pas facilité la tâche, n'est-ce pas, mesdames ? sourit le comte.

Les cuisinières murmurèrent et s'agitèrent en réponse.

— Permettez-moi de me concerter un moment avec Lady Iris, puis nous rendrons notre verdict.

Iris le conduisit jusque dans un recoin de la tente où ils s'inclinèrent l'un vers l'autre.

— Je n'ai aucune idée, confessa-t-elle à voix basse. Ils ont tous l'air excellents, à l'exception du dernier. Qu'allons-nous faire ? Nous devons choisir une gagnante.

Iris jeta un œil par-dessus son épaule ; les cuisinières les dévisageaient, la mine sévère.

— Nous pourrions annoncer une égalité générale.

Theo rit :

— Quel que soit le sort qui nous attend, nous l'affronterons ensemble, murmura-t-il en refermant ses doigts sur les siens. Au moins, personne ne pourra m'accuser d'avoir été partial. C'était réellement un test à l'aveugle et j'ignore qui a fait chacun des scones.

Iris serra sa main en retour.

— Bonne chance, chuchota-t-elle. Et si les choses dégénèrent, je recommande que nous tentions une échappée.

Iris sentit son cœur se gonfler de plaisir lorsqu'il sourit à sa plaisanterie.

— Bien, allons-y, dit-il en faisant face aux candidates impatientes.

— Après avoir longuement discuté des mérites de chaque scone, prenant en compte la couleur, le goût, la légèreté et la texture, nous déclarons le scone aux dattes vainqueur.

La cuisinière des Walberton frappa dans ses mains en se tournant vers les autres compétitrices, transportée de joie.

— Ah ! Mes scones étaient les meilleurs du comté autrefois, lança la cuisinière de Theo tandis que les autres femmes offraient leurs félicitations, tantôt chaleureuses, tantôt réservées, à la gagnante. Mais je suppose que je manque un peu d'entraînement, comme on ne reçoit plus aucun invité au château…

Elle jeta un regard contrarié à Lord Greystone, puis sourit à Iris.

— Mais peut-être que cela changera bientôt ! Et je

compte bien perfectionner ma recette pour la fête de l'an prochain.

Elle se tourna vers la gagnante.

— Et alors, nous verrons bien qui fait les meilleurs scones de la région.

— Vous pouvez toujours essayer, répliqua la cuisinière des Walberton. Les miens ont une texture, une légèreté, une couleur et un goût parfaits. C'est le comte qui l'a dit.

Theo et Iris s'éclipsèrent du chapiteau avant que le ton ne monte davantage entre les deux femmes. Une fois sortis, ils éclatèrent de rire tous les deux.

— Nous ferions mieux de ne pas nous attarder, gloussa Theo en saisissant la main d'Iris. Je gage qu'il ne faudra pas longtemps avant que les rouleaux à pâtisserie se mettent à voler et je ne tiens pas à me retrouver pris entre deux feux.

Il l'entraîna à l'écart de la tente et une vague de pur bonheur submergea Iris. Cette journée avec Theo était terriblement amusante. *Il* était terriblement amusant et elle espéra qu'il passait un aussi agréable moment qu'elle.

Ils traversèrent la foule, bras dessus, bras dessous, et chaque invité leur présenta ses respects en souriant avant d'adresser un regard complice à Iris. Visiblement, la cuisinière de Greystone n'était pas la seule à présumer qu'Iris ferait partie de l'avenir de Theo. Mais tout ce qui importait pour Iris était qu'elle n'avait jamais vu Theo si satisfait et détendu. Ce constat lui faisait espérer que peut-être, *peut-être* la cuisinière avait raison et que les prochaines années lui offriraient de nombreuses occasions de s'entraîner à préparer les meilleurs scones du comté.

Le brouhaha de la foule fut soudain couvert par le tintement de dizaines de grelots. Imitant le reste des festivaliers, ils pivotèrent et se dirigèrent vers l'endroit d'où provenait la musique.

— Ce doit être les danseurs Morris, annonça Theo. Une autre activité dans laquelle l'un de mes domestiques s'est investi. Même si j'espère qu'il fera preuve de moins de combativité que nos pâtissières.

Ils atteignirent la cour, où les danseurs se projetaient dans les airs en agitant des mouchoirs blancs. Et en plein milieu de cette joyeuse assemblée se trouvait le majordome d'ordinaire si distingué, Charles, avec un chapeau garni de fleurs et un large sourire fendant son visage.

— Oh ! c'est merveilleux, fantastique ! s'exclama Iris avant de décrire la scène au comte. Je n'aurais jamais imaginé que Charles puisse être d'une nature aussi enjouée !

— Avant ce jour, moi non plus, admit Theo en secouant lentement la tête. À présent, je commence à me demander combien de mes domestiques ont des vies secrètes.

Iris rit et tapa des mains en rythme avec l'accordéon, joué par un homme jovial au visage rubicond.

— Allons, joignez-vous à moi, encouragea-t-elle Theo avec un petit coup de coude.

Le comte lui jeta un regard en biais en haussant les sourcils, mais il se mit malgré tout à frapper dans ses mains et bientôt il sourit aussi largement qu'Iris. Quand les danseurs saluèrent le public en liesse, tous deux les applaudirent avec enthousiasme et les acclamèrent avec le reste de la foule.

Les danseurs Morris s'en furent en tintinnabulant jusqu'au chapiteau le plus proche, où on leur servit de l'ale. Au plaisir avec lequel ils reçurent leurs chopes, Iris comprit que cet instant de camaraderie autour d'un verre était un attrait tout aussi important de leur activité artistique. Iris reprit le bras de Theo et le mena à l'écart des invités.

— Et si nous allions voir ce que préparent vos autres domestiques ? Si Charles est un danseur Morris, Dieu seul sait ce dont le reste d'entre eux est capable !

— Excellente idée, répondit-il, jovial. Je me suis toujours demandé si mon intendante n'était pas un genre de sorcières. Peut-être la trouverons-nous quelque part en train de dire la bonne aventure ? Oh ! et l'un de mes valets de pied a la manie de laisser tomber les assiettes. Je ne serais pas étonné d'apprendre qu'il utilise ma belle porcelaine pour s'entraîner à jongler.

Elle leva les yeux vers lui et sourit.

— Si je ne vous connaissais pas, je jurerais que vous êtes en train de vous amuser.

— Il est heureux, dans ce cas, que vous me connaissiez si bien. Je ne voudrais pas que vous vous fassiez de fausses idées, répondit-il, son expression détendue et divertie contredisant ses paroles sévères.

Iris se rapprocha un peu plus de lui, certaine qu'elle ne se faisait aucune fausse idée dans son appréciation du caractère du comte.

Chapitre 19

S'amusait-il ? Theo n'en était pas certain. Cela faisait si longtemps qu'il ne s'était pas amusé qu'il en avait presque oublié ce que l'on ressentait. Tout ce qu'il pouvait affirmer, c'était que cette fête n'était pas aussi terrible qu'il l'avait imaginé, mais comme il s'était attendu à quelque chose de parfaitement intolérable, cela ne voulait pas dire grand-chose.

— Bien, vous êtes là, retentit soudain la voix de la redoutée matrone, qui semblait avoir jailli à côté de lui tel un oiseau de mauvais augure.

Chaque fois que cette femme apparaissait, Theo se retrouvait contraint et forcé de faire quelque chose qui le dérangeait.

— Nous allons bientôt décerner les prix. Vous êtes attendu sur le podium.

Theo hocha la tête. Pas de mauvaise surprise, finalement. Elle l'avait prévenu plus tôt que cette tâche indésirable lui incomberait, il s'y était donc préparé.

— Oh ! et vous devrez également faire un petit discours, ajouta Lady Springfeld.

Ah, la voilà, la mauvaise surprise.

Theo acquiesça avec un sourire résigné ; après tout, il savait que les exigences de Lady Springfeld n'étaient guère négociables et qu'il était inutile de tenter de marchander avec pareille maître chanteuse. Acceptant son sort avec autant de dignité qu'il le pouvait, Theo prit le bras de Lady Iris et la laissa le conduire jusqu'au podium. Le brouhaha ambiant lui indiqua que la foule avait commencé à se rassembler.

Quand le silence retomba, il s'avança.

— J'aimerais vous souhaiter à tous la bienvenue sur mon domaine ; j'espère que vous passez une agréable journée.

En dépit du fait que j'ai dû héberger cette fête sous la menace et que je suis impatient que vous repartiez tous, ajouta-t-il intérieurement.

— J'ai pu goûter à de délicieux mets, aujourd'hui, et je sais de source sûre que les légumes, les fleurs et les confections de nos artisans sont tous absolument remarquables.

Sauf que je ne peux pas les voir.

— Je pense pouvoir affirmer avec assurance que les produits de cette partie des Cornouailles sont les meilleurs du comté. Et comme les Cornouailles sont le meilleur comté d'Angleterre, cela signifie que nos produits sont les meilleurs de toutes les îles britanniques.

La foule accueillit cette déclaration exagérément généreuse par des acclamations enjouées et des cris d'approbation.

— Chacun d'entre vous ici mérite d'être félicité pour ses brillants efforts, mais hélas tout le monde ne peut remporter un prix. Passons donc à la remise de ces coupes et rubans.

— Et nous sommes tous drôlement heureux de vous revoir, milord ! lança une voix anonyme.

Plusieurs hommes renchérirent :

— Bien dit ! Bravo !

Et finalement, toute la foule se mit à l'acclamer et à l'applaudir.

— J'ai l'impression que vous leur avez manqué, monsieur le comte, intervint Lady Springfeld tandis que Theo écoutait bouche bée la surprenante joie des spectateurs.

Quand les dernières clameurs s'éteignirent, l'on décerna les prix, les heureux festivaliers repartirent et les chapiteaux furent démontés. Theo s'était attendu à ce que cela marque la fin de la journée. Il avait payé sa rançon à la vile matrone. À présent, Lady Springfeld et Lady Iris pouvaient elles aussi s'en aller et le laisser en paix. Mais non. Apparemment, Lady Walberton et les membres du comité d'organisation devaient impérativement dresser le bilan de la fête immédiatement, dans sa demeure.

— Oh ! mais nous n'aurons pas besoin de vous, déclara Lady Springfeld, au grand soulagement de Theo. Lady Iris et vous-même pouvez vous retirer dans votre salon pendant que nous tenons notre réunion dans la salle bleue.

Elle traversa le vestibule en compagnie des autres dames, qui parlaient toutes en même temps. Theo se retrouva seul avec Lady Iris dans l'entrée.

Comme vous êtes généreuse, songea amèrement Theo, *de me dire quelle pièce de ma propre demeure je puis utiliser.*

Mais il était vain de se lutter ; il se contenta de prendre le bras de Lady Iris et de se replier dans la salle qu'on lui avait assignée. La porte se referma derrière eux dans un léger claquement et Theo commença à s'interroger sur les motivations de Lady Springfeld. Pensait-elle qu'en laissant Theo seule avec Lady Iris, il serait incapable de se contenir, qu'il finirait inévitablement par l'embrasser et se retrouverait une nouvelle fois à la merci de la matrone ?

Eh bien, elle se trompait ! Il était parfaitement capable de se comporter avec la plus grande bienséance... comment osait-elle croire le contraire ? Ne lui en avait-il pas fourni la preuve céans ? Il avait passé la journée avec Lady Iris à son bras, envoûté par son délicieux parfum de fleur d'oranger et d'eau de rose, douloureusement conscient de son corps chaud si près du sien, et pourtant il s'était conduit en tout temps comme le parfait gentilhomme qu'il était. L'incident qui s'était produit quelques semaines plus tôt était son unique encoche sur une ardoise vide de fautes. Et cela ne faisait pas de lui une sorte de bête primaire !

Il mena Lady Iris jusqu'à l'endroit où il savait que les fauteuils avaient été placés.

— Cette journée fut un exceptionnel succès ! Tellement que je soupçonne Lady Walberton d'espérer tenir une nouvelle édition du festival à Greystone tous les ans, déclara la jeune femme d'un ton taquin en s'écroulant sur son siège.

Theo s'installa dans le fauteuil voisin. Il faudrait lui passer sur le corps, voulut-il répondre, mais il ne souhaitait pas gâcher la joie de Lady Iris. Ce n'était guère sa faute si sa mère dissimulait un esprit perfide sous des extérieurs gais et aimables.

— Hmm, préféra-t-il marmonner pour ne pas se mouiller.

— Je constate que ce projet vous enchante, gloussa-t-elle avec amusement.

Quelqu'un frappa timidement à la porte avant de faire lentement pivoter le vantail dans un long grincement.

— Pardonnez-moi, milady, Lady Springfeld m'envoie. Je vais m'asseoir là-bas, dans le coin, si cela vous convient ?

Ainsi, Lady Springfeld le considérait bel et bien comme une bête que l'on ne pouvait laisser seule en compagnie de sa fille. Sans doute s'attendait-elle à ce que Theo tente de séduire Lady Iris dès l'instant où ils se retrouveraient en tête à tête ? C'était pour cela qu'elle leur envoyait un chaperon pour les surveiller.

— Merci, Annette. Oui, ce sera très bien, acquiesça Lady Iris à l'intention de sa femme de chambre. Avez-vous passé une journée agréable ?

— Oh oui, merci ! C'était absolument merveilleux, répondit la petite voix enthousiaste depuis l'autre bout de la pièce.

Theo s'efforça de réprimer son irritation face à la présence de la domestique. Après tout, les convenances l'exigeaient. Cela ne signifiait pas forcément que Lady Springfeld ne lui faisait pas confiance. Mais il ne pouvait nier qu'au plus profond de lui, il avait attendu avec impatience, et non sans plaisir, de passer un peu de temps seul avec Lady Iris, même brièvement. Il n'avait pas eu l'intention de l'embrasser à nouveau, mais la présence de la jeune femme ne lui était pas totalement odieuse et il commençait à s'habituer à ses rires et bavardages incessants. Au moins, avec un chaperon dans la pièce, Lady Springfeld ne pourrait l'accuser de prendre des libertés avec sa fille. Dieu merci. Il préférait ne pas imaginer quelle nouvelle promesse elle lui extorquerait s'il embrassait à nouveau la demoiselle… organiser la prochaine saison de chasse, un bal masqué et peut-être une ou deux fêtes de fin de semaine ?

Lady Iris se tortilla sur sa chaise pour se tourner vers sa camériste et le délicat froissement de ses bas en soie frottant l'un contre l'autre assaillit les oreilles de Theo. Il s'agita dans son fauteuil, mal à l'aise. Il devait absolument éviter de penser aux longues jambes de Lady Iris enveloppées dans de la soie ou à toute autre partie de son corps souple et tendre qu'il avait eu le plaisir de toucher.

Tandis que la jeune femme poursuivait sa discussion avec la chambrière, Theo se redressa et toussota pour déloger une étrange boule qui obstruait sa gorge. Il ne devait pas non plus songer à leur baiser, à ses mains caressant ses courbes. Se conduire ainsi lui avait déjà attiré bien assez de problèmes… et il ne tenait pas à compliquer sa vie davantage. Mais l'espace d'un instant, il se demanda si organiser une saison de chasse ou un bal pour gagner le droit d'embrasser à nouveau Lady Iris serait une si mauvaise transaction.

À quoi diable pensait-il ? Aussi tentant que cela lui parût, le prix était bien trop élevé. Il n'avait aucune intention d'embrasser à nouveau Lady Iris. Tout comme il n'avait pas eu l'intention de l'embrasser la première fois qu'il l'avait prise dans ses bras. Il ne comprenait toujours pas comment c'était arrivé, mais tout s'était passé très vite et ne devrait jamais se reproduire.

La porte grinça à nouveau et Charles entra, cette fois, Dieu merci, sans tintement de grelots. Il fut suivi par un Max épuisé qui, après avoir reçu les attentions enjouées qu'il attendait de la part de Lady Iris, s'écroula aux pieds de Theo et se mit presque aussitôt à ronfler.

— Dois-je servir du thé, monsieur ? s'enquit Charles. Et la cuisinière demande si vous aimeriez quelques scones. Apparemment, elle est impatiente de tester une nouvelle recette.

— Non ! s'exclamèrent Theo et Lady Iris à l'unisson, avant d'éclater de rire devant leurs réactions identiques.

— Merci, Charles, mais non, répondit Theo avec un peu plus de sérieux. Mais je vous invite à servir des scones et du thé à la femme de chambre de Lady Iris, ainsi qu'au comité d'organisation.

— Votre danse Morris était pleine de gaieté, Charles ! ajouta Lady Iris. N'est-ce pas, Annette ?

— Oh ! oui, c'était très impressionnant, renchérit la camériste depuis l'autre extrémité de la pièce, d'un ton étrangement timide. La plus belle danse que j'aie jamais vue. Et vous étiez tellement élégant dans votre costume !

Charles et Annette étaient-ils en train de coqueter ? Lady Iris jouait-elle les entremetteuses avec leurs domestiques ? Tout ceci devenait bien trop informel au goût de Theo.

— Ce sera tout, Charles, déclara-t-il d'un ton qui, il l'espérait, ferait comprendre à chacun présent qu'il ne tolérerait pas un tel niveau de familiarité.

— Très bien, monsieur. Je reviens dans un instant avec le thé pour la femme de chambre.

— Peut-être Annette souhaiterait-elle prendre son thé dans l'aile des domestiques ? suggéra Lady Iris. Vous pourrez me rejoindre une fois votre boisson terminée, Annette. Je suis certaine que vous n'en aurez pas pour longtemps, et Charles laissera la porte ouverte par souci des convenances.

Lady Iris conspirait-elle avec sa mère ? Essayaient-elles toutes deux de le piéger ? Theo savait qu'il aurait dû émettre une objection. Même avec la porte ouverte et même si la camériste n'était absente qu'un bref instant, Theo risquait toujours de se retrouver dans une situation compromettante dont Lady Springfeld pourrait se servir pour le faire chanter.

Mais il demeura muet tandis que la femme de chambre quittait la pièce en compagnie de Charles. Quelle mouche le piquait ? Était-il en train de perdre son instinct de survie ?

— Ne vous inquiétez pas, gloussa Lady Iris. Je sais que ma mère vous a menacé pour obtenir que vous hébergiez ce festival, mais ce n'est pas une femme vindicative. Elle ne vous forcerait jamais à faire quelque chose qui vous causerait un tort réel.

Était-elle sérieuse ? Ce festival avait causé un tort indiscutable à sa tranquillité et à sa sérénité. Il n'y aurait jamais consenti si elle ne l'avait pas contraint.

— Oh ! n'ayez pas l'air si offensé, ajouta-t-elle. Vous savez que vous vous êtes amusé, aujourd'hui. Et héberger un festival n'est-il pas infiniment préférable au mariage avec moi ?

— Je… eh bien, je…

Theo ignorait quoi dire. Elle avait raison : il ne voulait pas l'épouser. Mais cela ne signifiait pas qu'obtenir la main de Lady Iris était un destin abject que tout homme souhaiterait s'épargner. C'était un destin que *lui* souhaitait s'épargner et pas seulement avec Lady Iris, mais avec toutes les femmes.

— Détendez-vous. Je vous taquine. Mais mère ne vous aurait jamais imposé un mariage entre nous. Pouvez-vous réellement imaginer mon adorable mère pousser quelqu'un à agir contre son gré ?

— Elle m'a fait héberger cette fête, lui rappela-t-il avec brusquerie, retrouvant enfin sa voix.

— Oui, et vous avez passé un après-midi agréable, n'est-ce pas ? Allons, admettez-le.

Theo exhala bruyamment.

— Avouez que vous vous êtes amusé. Je le sais, continua-t-elle d'un ton taquin.

— Oh ! fort bien. Oui. Ce n'était pas aussi terrible que je l'avais imaginé.

— Et ?

— Et, oui, il m'est arrivé par moments de trouver cela plaisant.

— Vous voyez, ce n'était pas si difficile à reconnaître, gloussa-t-elle.

Il voulut la réprimander pour son ton taquin, mais se contenta de sourire. Elle avait raison. Cela ne lui avait rien coûté de l'admettre.

— Je suppose que le verre de vin de sureau de Marthe m'a permis de me détendre.

— *Le* verre ? rit-elle.

Il haussa les épaules :

— D'accord, *les* verres. Je compte commander un tonneau ou deux de ce délicieux vin pour m'aider à supporter le festival de l'an prochain.

Qu'était-il en train de raconter ? Il n'aurait même pas dû plaisanter sur ce sujet. Il n'avait aucune intention d'héberger une nouvelle fête. Visiblement, le vin de sureau l'affectait plus qu'il ne l'avait imaginé.

— Je suis certaine que les habitants des environs seraient ravis que vous acceptiez de recommencer l'an prochain. Ils étaient tous tellement heureux de vous revoir. De toute évidence, vous leur aviez beaucoup manqué.

Theo balaya l'idée d'un grognement.

— Je suis le comte de la région. Quel autre accueil auraient-ils pu me faire ?

Elle baissa la voix :

— Vous n'êtes pas obligé de réagir ainsi, vous savez.

— Comment cela ?

— Vous repoussez votre entourage. Tout le monde était sincèrement heureux de vous retrouver, aussi bien au festival qu'au dîner, l'autre soir. Et j'ai *vu* combien vous vous êtes amusé, aujourd'hui, ce qui prouve que vous n'avez plus besoin de vous cacher.

— Je sais parfaitement que je n'ai pas besoin de me *cacher*, répondit-il, d'un ton plus véhément qu'il ne l'avait souhaité. *Je me tiens à l'écart* par choix. Vous pouvez bien appeler cela comme vous voulez.

— Mais vous étiez si heureux, je vous ai vu sourire et même rire. Je ne crois pas que votre ancienne façon de vivre vous satisfasse vraiment, poursuivit-elle d'une voix grave, qui n'avait plus rien de taquin.

— Balivernes.

Il s'attendit à ce qu'elle lui oppose un barrage d'arguments pour contrer son affirmation, mais elle ne dit rien. Elle ne lui rappela pas une fois de plus combien il s'était amusé aujourd'hui. Sur ce point, elle avait étonnamment raison. Une fois que le choc de voir tant de gens sur ses terres s'était estompé, il avait aimé rencontrer à nouveau les roturiers des environs. Et, bien malgré lui, il avait trouvé leur accueil chaleureux très réconfortant, comme s'ils lui vouaient une affection sincère.

— Bon, très bien. J'ai passé une journée divertissante, mais cela ne veut pas dire que je compte changer ma façon de vivre. Comme je vous l'ai dit, je suis parfaitement heureux ainsi.

— Hmm, se contenta-t-elle de répondre.

Il attendit l'inévitable leçon de morale. Elle allait lui opposer que s'il était si heureux que cela, pourquoi se montrait-il aussi irritable ? Il crut même qu'elle allait l'insulter en lui rappelant que se cacher était le comportement d'un lâche. Mais non, Lady Iris demeura inhabituellement muette.

— Bon, très bien, dit-il à nouveau pour répondre aux questions qu'elle n'avait pas posées. Peut-être ne suis-je pas entièrement heureux. Mais j'ai choisi de vivre ainsi, fin de la discussion.

Elle ne dit rien. Theo tapota l'accoudoir du bout des doigts. Le silence de la jeune femme faisait croître son irritation de seconde en seconde. Il savait qu'elle était toujours là. Il pouvait entendre sa douce respiration, humer son enivrant parfum, alors pourquoi ne répondait-elle pas ? Après tout, les bavardages incessants étaient sa spécialité. Pourquoi ne se mettait-elle pas à jacasser à propos de la météo ou à s'extasier devant Maxou-Max… n'importe quel sujet de discussion aurait été préférable à cette condamnation muette de son style de vie.

— Bon, très bien, répéta-t-il pour meubler le silence. Je me suis conduit comme un lâche. C'est ce que vous pensez, n'est-ce pas ? Que je me suis caché chez moi parce que j'étais incapable d'affronter le monde extérieur ? Que j'ai battu en retraite après mon échec ?

— Vous n'êtes pas un lâche ! répondit-elle aussitôt d'un ton presque indigné. Après ce que vous avez fait, personne ne pourrait vous considérer comme quelqu'un qui manque de courage.

Theo souffla du nez avec agacement.

— Je ne vous parle pas de l'incendie. Cette nuit-là, j'ai fait ce que n'importe quel homme aurait fait à ma place. Je vous parle de la façon dont j'ai vécu depuis mon accident.

— Moi aussi, répliqua-t-elle. Votre univers tel que vous le connaissiez s'est écroulé autour de vous, après ce terrible accident. Vous avez fait ce qu'il fallait pour vous protéger. Ce n'était pas de la lâcheté, mais de la survie.

Que diable racontait-elle ? Pour se protéger ? De quoi ? De qui ? Du monde ? De ces gens au festival qui paraissaient ravis de me revoir ? D'Estelle ?

Balivernes. Il n'avait pas peur d'eux. Il n'avait peur de rien.

Theo planta les ongles dans les accoudoirs de son fauteuil, son irritation se muant en colère sourde. Ou croyait-elle qu'il cherchait à se protéger d'elle ? De la potentielle douleur que lui causerait son rejet ? De la crainte d'être à nouveau éconduit ? C'était encore plus stupide ! Il ne voulait pas d'elle. Il ne voulait d'aucune femme dans sa vie et il n'appréciait pas du tout la tournure que prenait cette discussion.

— Vous avez été blessé, poursuivit-elle. Il est naturel de souhaiter s'isoler pour se rétablir.

Ne cesserait-elle donc jamais de raconter des absurdités ? Il avait envie de hurler contre elle d'une façon très éloignée du comportement d'un gentilhomme. Il était temps de couper court à ses suppositions ridicules, de lui rappeler qu'elle n'avait aucun droit de lui parler de cette façon… Après tout, elle ne signifiait rien à ses yeux.

— Dois-je vous faire remarquer, Lady Iris, que vous outrepassez ce qui est considéré comme une conduite appropriée de la part d'une jeune femme lorsqu'elle est en compagnie d'un gentilhomme ? grogna-t-il, les dents serrées. Vous vous êtes présentée chez moi deux fois sans y avoir été invitée, la dernière dans l'objectif de me réprimander pour une faute d'étiquette que je n'avais pas commise. Et voilà que vous vous octroyez le droit de remettre en question la façon dont je choisis de vivre ma vie.

Quand il eut terminé sa tirade, Lady Iris éclata d'un rire bien plus sonore qu'il n'était généralement acceptable en société. Ce n'était guère la réaction que Theo avait espérée.

— Et dois-je *vous* faire remarquer, milord, que ledit gentilhomme a peut-être perdu le droit de dire à ladite jeune femme quel comportement est convenable ou non depuis qu'il l'a embrassée à lui en couper le souffle et glissé sa main sous sa blouse ?

Theo se figea sur sa chaise. Comment pouvait-elle parler de ce qui s'était passé entre eux si librement, comme s'il s'agissait d'un simple sujet de taquinerie ? La plupart des demoiselles auraient été trop contrites pour y faire allusion, alors en plaisanter ! Il espérait seulement que personne ne les écoutait depuis le couloir.

— Estimez-vous que ce bref instant d'intimité que nous avons partagé vous donne le droit de critiquer ma façon de vivre ? gronda-t-il d'un ton menaçant.

Le froissement attrayant de la soie attira son attention lorsqu'elle s'agita sur sa chaise. Il s'efforça de ne pas se laisser distraire, se concentrant sur les paroles agaçantes qu'elle venait de proférer.

— Il est tout naturel de se renfermer lorsqu'on a besoin de guérir, mais ce n'est plus nécessaire, à présent. Vous devriez sortir profiter du monde. Renouer avec les gens des environs. Vous étiez heureux, autrefois, il n'y a aucune raison pour que vous ne puissiez l'être à nouveau… mais cela n'arrivera pas si vous continuez de vous tapir entre ces murs.

— Je suppose que vous allez ensuite m'encourager à me marier, à fonder une famille, à faire partie de la communauté ?

— Serait-ce si terrible ? demanda-t-elle avec douceur.

Theo demeura silencieux un moment, incapable de formuler toutes les raisons pour lesquelles ce serait effectivement *terrible*. C'était tout ce qu'il avait désiré autrefois, mais plus aujourd'hui. Et si la petite Lady Iris se faisait des illusions dans ce sens, il comptait bien les anéantir immédiatement :

— Pire que terrible. Je n'ai aucune intention d'épouser

qui que ce soit. Jamais. Et j'apprécierais que vous gardiez vos avis pour vous. Certes, nous avons partagé un court instant d'intimité, mais cela ne vous donne aucun droit de remettre mes choix en question, pas plus que moi les vôtres.

— Vous avez raison, acquiesça-t-elle avec douceur.

Theo savait qu'il se montrait froid et cruel, et il en ressentait une violente culpabilité, mais il ne pouvait tolérer qu'elle exige de lui qu'il bouleverse toute son existence uniquement parce qu'elle n'approuvait pas ses décisions.

— Ce ne sont pas mes affaires, reconnut-elle sans une once de jovialité. Je suppose que je ressemble un peu à ma mère. Je veux seulement que tout le monde soit heureux.

Theo grogna :

— Et, comme votre mère, vous aimez interférer dans la vie des autres.

— Oui, vous avez sans doute raison, admit-elle d'un ton factuel, comme si l'insulte la laissait de marbre. Mais uniquement lorsque nous pensons agir pour le mieux.

Il ne put que répondre par un second grondement mécontent.

— Et nous voulons vraiment ce qu'il y a de mieux pour vous, poursuivit-elle en adoptant ce ton apaisant et affectueux, comme si elle parlait à un petit garçon. Mais Theo n'était pas un enfant et il ne laisserait personne s'adresser à lui ainsi !

— Vous m'avez fait chanter, m'avez forcé à ouvrir ma demeure au tout-venant, contraint à assister à un dîner où j'ai dû endurer… alors que je vous avais pourtant clairement dit que je ne souhaitais pas m'y rendre. Si c'est ainsi que votre mère et vous croyez aider les gens, je détesterais voir comment vous vous comportez quand vous avez une dent contre un pauvre bougre.

— Le dîner était une erreur, j'en conviens, mais une erreur totalement fortuite.

Le souvenir d'Estelle en train de glousser et de coqueter avec son époux à quelques mètres de lui surgit brusquement dans l'esprit de Theo. *Une erreur.* Ce dîner n'avait pas été une erreur, mais un véritable désastre, tout comme chacun de ses contacts avec le monde extérieur depuis que Lady Iris avait envahi sa vie avec sa gaieté excessive et son horripilant besoin de fourrer son nez partout. Cette femme qui croyait qu'il suffisait de rire d'un problème pour le résoudre ! Elle ne réglerait pas toutes les crises sur Terre en les tournant à la plaisanterie. Elle ne le pousserait pas à changer en le forçant à participer à un stupide dîner ou à un festival ridicule.

— Et j'ai bien conscience que je ne devrais pas donner aussi ouvertement mon opinion, poursuivit Lady Iris en s'agitant sur son fauteuil.

— Cela ne vous a pourtant pas empêchée de le faire.

Il s'enfonça dans son siège, prêt à entendre sa prochaine théorie grotesque.

— Je sais que Lady Redcliffe vous a blessé, affirma-t-elle. Mais vous ne devriez pas continuer de vous punir pour la façon dont elle vous a traité. Rien de tout ceci n'était votre faute. Vous méritez d'être heureux et de vivre pleinement.

Theo eut l'impression qu'un étau gelé se refermait sur sa poitrine, coinçant son souffle dans sa gorge.

— Vous avez raison, répondit-il, les dents si serrées qu'il en avait mal à la mâchoire. Vous ne devriez pas donner votre opinion aussi ouvertement et j'apprécierais si, à l'avenir, vous vous absteniez de le faire.

— Je voulais simplement…

— Oh ! oui, *simplement* ! siffla-t-il avec hargne. Vous

croyez toujours que tout est *simple* ! Qu'il vous suffira de glousser pour tout arranger, rendre tout le monde heureux et faire de ce monde un endroit radieux ! la coupa-t-il avant qu'elle ne puisse prononcer un autre conseil ou jugement malavisé dont il ne voulait pas.

— Non ! Je disais juste…

— Maintenant que vous avez fini de me dire comment je devrais vivre ma vie et ce que je devrais ressentir, je pense que vous feriez mieux de partir et de rejoindre la couvée de femmes qui a envahi mon salon bleu.

Avant qu'elle puisse prononcer une parole de plus, Theo saisit sa clochette et la fit retentir de toutes ses forces.

— Vous avez sonné, monsieur, demanda Charles avec une touche d'ironie, étant donné que Théo était encore en train d'agiter la cloche vigoureusement.

— Oui, Charles, tonna-t-il en replaçant la clochette sur la table dans un claquement catégorique. Lady Iris s'en va. Maintenant. Veuillez l'escorter jusqu'au salon bleu. Il est plus que temps pour toutes ces dames de prendre congé.

— Bien, monsieur.

Theo entendit Max japper de plaisir lorsque Lady Iris lui caressa la tête. Elle dit adieu au chien, mais n'étendit pas la courtoisie au comte. Quand la porte se referma derrière elle, Max émit un couinement sonore.

— Oh ! ne commence pas, gronda-t-il l'animal. Tu étais parfaitement heureux avant qu'elle entre dans notre vie. Tu n'as pas besoin d'elle, alors oublie-la.

Max s'allongea à ses pieds, mais continua à gémir tristement.

Chapitre 20

Iris n'avait aucun regret suite à sa conversation avec Theo Crighton. Non, ce n'était pas tout à fait vrai. Elle regrettait d'avoir détruit la fragile complicité qu'ils avaient partagée pendant la journée. Et elle regrettait qu'il l'ait repoussée. Mais si elle avait dû remonter le temps, elle lui aurait dit exactement la même chose, mot pour mot. Il fallait bien que quelqu'un ait le courage de le faire.

Le voir continuer à gâcher sa vie, enfermé dans son château, lui brisait le cœur.

C'était un homme foncièrement bon qui méritait une belle vie, avec une femme qu'il aimerait sincèrement et qui l'aimerait en retour. Iris ne serait jamais cette femme, c'était évident à présent, mais il pouvait toujours rencontrer quelqu'un… à condition de sortir de chez lui et d'arrêter de repousser tous ceux qui tentaient de l'approcher. Et à condition de se libérer enfin de son amour destructeur pour Lady Redcliffe. Iris bouillait de rage chaque fois qu'elle songeait à cette horrible femme. Pas parce que le comte était amoureux d'elle, du moins pas *seulement* pour cela, mais parce qu'elle ne méritait pas son amour, pas après l'avoir traité d'une façon aussi abjecte.

Elle pénétra dans le salon bleu et sa mère leva vers elle un regard interrogateur. Iris secoua légèrement la tête, le visage fermé. Lady Springfeld se contenta de hausser les épaules et de reprendre sa discussion avec les autres matrones, qui cherchaient à savoir s'il serait intéressant d'avoir une compétition de quilles au festival de l'année suivante, ainsi que des balades à dos d'âne ou de poney pour les enfants.

Iris s'assit en silence dans un coin tandis que les conversations allaient bon train et fut bientôt rejointe par sa femme de chambre au visage rayonnant. De toute évidence, Annette avait eu plus de chances qu'Iris dans ses poursuites amoureuses même si, hélas, leur retour prochain à Londres risquait de causer bien du chagrin à la jeune domestique.

Lorsque les débats prirent fin, sans véritable résolution aux divers problèmes, mais une promesse d'une nouvelle réunion pour en discuter plus avant, les femmes se rassemblèrent pour prendre congé. Elles se dirigèrent vers le salon pour dire au revoir au comte, se disputant toujours sur les mérites des poneys par rapport aux ânes. La mère d'Iris lui suggéra de se joindre à elles, mais quand Iris déclina la proposition, la matrone haussa un sourcil.

— J'ai déjà pris congé, expliqua-t-elle à sa mère, qui sembla peu convaincue, mais n'insista pas.

Iris demeura dans le couloir pendant que les dames du comité submergeaient Lord Greystone de paroles de gratitude et de ravissement, exprimant combien elles étaient heureuses du succès de cette journée et laissant entendre qu'il faudrait recommencer l'année suivante. Les réponses brèves du comte lui apprirent que son humeur ne s'était guère améliorée depuis son départ, mais cela ne parut pas froisser ces dames qui quittèrent le salon aussi enjouées qu'à leur entrée. Toutes regagnèrent les voitures qui les attendaient dans un frou-frou généralisé de dentelle et de soie.

— Ce fut une journée fort satisfaisante, dans son ensemble, déclara allègrement Lady Walberton tandis que Lady Springfeld, Iris et elle-même grimpaient dans son équipage. Quelle excellente idée d'avoir tenu le festival sur le domaine de Greystone ! Et il a semblé beaucoup s'amuser, aujourd'hui.

Elle adressa un sourire à Iris avant d'ajouter :

— Et je crois que c'est à vous que nous le devons. Je pense que vous lui avez fait forte impression, ma chère.

Iris se força à lui rendre son sourire.

— Espérons qu'il est enfin prêt à laisser le passé derrière lui et à reprendre sa place dans notre bonne société. Qui sait, nous aurons peut-être un mariage dans le comté, bientôt !

Iris continua de sourire, même si sa mâchoire commençait à la faire souffrir. Lady Walberton les couva, elle et sa mère, d'un regard radieux.

Quand elles atteignirent la demeure des Walberton, la mère d'Iris la prit par le bras et la tira avec empressement dans les escaliers jusqu'à sa chambre. Le festival n'était pas l'unique chose que la matrone comptait analyser et disséquer pour en discuter. Sa mère voulait savoir tout ce qui s'était passé entre le comte et elle lorsqu'ils s'étaient retrouvés seuls dans le salon, tout ce qu'ils s'étaient dit et chaque geste qu'ils avaient fait. Iris tenta de lui relater les faits aussi fidèlement que possible, les paroles qu'elle avait prononcées, les réponses de l'homme et sur quel ton.

— Je crains d'avoir défait tous les maigres liens d'amitié que nous avions noués pendant le festival… C'est un cas désespéré, mère, gémit Iris lorsqu'elle eut enfin terminé de tout lui raconter.

— Pas nécessairement, contra Lady Springfeld en pinçant les lèvres comme si elle réfléchissait intensément.

Iris admirait l'optimisme de sa mère, même s'il lui paraissait à présent totalement futile. Mais après tout, ce n'était pas elle que le comte avait éjectée de son salon.

— Il vous a embrassée et il a pleinement apprécié votre compagnie, aujourd'hui, reprit la matrone. Nous devons juste imaginer de nouveaux stratagèmes pour vous permettre de passer du temps tous les deux, alors il se rendra compte combien il vous aime.

Iris ne put retenir un soupir :

— Mère, soyez raisonnable, nous avons déjà reculé notre départ de plus trois semaines. Nous ne pouvons pas vivre indéfiniment chez les Walberton.

Sa mère agita la main comme pour signifier que ce ne serait pas un problème

— Je suis certaine que Lady Walberton n'y verra pas le moindre inconvénient.

— Et notre famille ? Et la fin de la saison ? Je n'ai guère envie d'assister à d'autres bals, mais peut-être Daisy voudra-t-elle ? Elle aura besoin d'un chaperon. Et je suis sûre que vous manquez à notre père.

— Convaincre votre sœur d'assister à un bal est un exploit que même moi je n'ai pas su accomplir. J'ai pratiquement renoncé, mais si un miracle se produisait, votre frère pourrait l'escorter. Et votre père peut toujours venir nous rendre visite ici. Non, je sens que votre union avec le comte est imminente. Nous ne devrions pas abandonner si près du but.

— Mais il ne m'aime pas, mère, rétorqua Iris sans parvenir à masquer son désespoir.

— Pas *encore*, répondit Lady Springfeld avec emphase. Il ne vous aime pas *encore*, Iris, n'oubliez jamais cela.

Certains hommes ont juste besoin d'un peu plus d'encouragements que d'autres, voilà tout. Votre père ressemblait beaucoup au comte, pour cela.

Iris se laissa choir sur son lit pendant que sa mère faisait les cent pas dans la chambre à la recherche de stratégies susceptibles de faire enfin battre le cœur de pierre de Theo Crighton. Un problème bien plus épineux qu'un simple choix entre des balades à dos d'âne ou de poney.

— Peut-être devrions-nous organiser un bal, ici, chez les Walberton. Et si nous…

— Non, mère, la coupa Iris. Je sais que vous souhaitez mon bonheur, mais cette bataille est vaine. On ne peut pas forcer un homme à tomber amoureux. Soit il vous aime, soit il ne vous aime pas. Et le comte ne m'aime pas, il n'aurait pas pu être plus clair sur ce point.

— Mais voyez votre père, lui aussi croyait qu'il ne…

— Non, mère, vous vous trompez. Père serait tombé amoureux de vous quoi qu'il arrive. Je suis certaine, quoi que vous en pensiez, qu'il s'est épris de vous dès votre première rencontre. Ce n'est pas le cas du comte. Tout ceci n'est qu'une perte de temps, en plus d'être effroyablement gênant.

— Oh ! ma chérie, répondit sa mère en s'asseyant sur le bord du lit. Je n'ai jamais eu l'intention de vous rendre malheureuse.

Elle essuya la petite larme qui s'était inexplicablement faufilée sur la joue d'Iris.

— Si tout ceci vous chagrine ou vous cause de l'embarras, je cesserai aussitôt, bien entendu.

— Ne pourrions-nous simplement rentrer à Londres et oublier tout ceci ?

La mère la dévisagea longuement.

— Si c'est ce que vous souhaitez, ma chérie. Ce que vous souhaitez *réellement* ?

— Ça l'est, répondit Iris en hochant fermement la tête.

Ce n'était pas tout à fait ce qu'elle désirait, mais c'était ce dont elle devrait se contenter. En dépit des assertions de Lady Springfeld, Iris savait qu'on ne pouvait forcer un homme à tomber amoureux. Et elle était tout aussi certaine de ne pas souhaiter l'amour d'un homme qu'elle aurait obtenu par la ruse ou un quelconque stratagème. Mieux valait accepter la réalité : Theo Crighton, comte de Greystone, n'était pas amoureux d'elle, et aucun bal, festival ou pique-nique ne changerait cela.

Theo fulminait. Il continuait de se disputer avec elle dans sa tête. Pour qui se prenait-elle à envahir sa vie, à tenter de tout transformer, de le transformer, *lui* ? Croyait-elle vraiment qu'un malheureux baiser lui donnait le droit de lui dire comment vivre ? Certainement pas ! Il se félicitait de l'avoir remise à sa place.

Depuis qu'il l'avait pratiquement éjectée de chez lui, Theo n'avait plus reçu la moindre nouvelle de Lady Iris ou de son encombrante mère. Il s'était attendu à recevoir d'autres invitations ridicules ou des menaces voilées s'il ne participait pas à tel ou tel événement en société. Mais rien de tout ceci ne se produisit. Le chantage semblait avoir cessé.

Bien. La mère et la fille avaient enfin compris le message ! Il pouvait reprendre le cours normal de sa vie. Il ne lui restait plus qu'à chasser Lady Iris de son esprit et il serait libéré de son emprise. Theo se remit à faire les cent pas, les paroles grotesques de la jeune femme résonnant dans sa tête.

— Me cacher ! gronda-t-il à haute voix.

Il fit volte-face et retraça les mêmes pas qu'il effectuait depuis des heures au milieu de son salon.

Comment *osait-elle* prétendre qu'il se cachait ?

Comment *osait-elle* le traiter de lâche ?

Il s'arrêta. Non, ce n'étaient pas ses mots. Elle lui avait dit qu'il n'avait rien d'un lâche. Mais elle avait soutenu qu'il se terrait chez lui pour prendre le temps de guérir, comme s'il était un genre de bête blessée. Il recommença ses va-et-vient. Comment *osait-elle* le comparer à une bête blessée ?

Il serra les dents plus fort encore jusqu'à en avoir la mâchoire douloureuse sous toute cette tension, tension que cette petite sotte lui avait infligée. Il n'avait jamais été aussi agité avant qu'elle fasse irruption dans sa vie. Peut-être avait-elle dit vrai en prétendant qu'il n'était pas réellement heureux, peut-être même n'avait-il jamais été réellement satisfait, contrairement à ce qu'il avait affirmé, mais au moins avait-il vécu sans toute cette affreuse fébrilité qui semblait menacer de le faire exploser et le plongeait dans la plus terrible confusion. Elle seule en était responsable. Avant qu'elle atterrisse sur son seuil, trempée par l'orage, il n'avait jamais arpenté cette pièce en fulminant et en divaguant comme un aliéné.

Puis, aussi soudainement qu'elle était apparue, elle avait disparu de sa vie.

— Bon débarras, marmonna-t-il.

Il vivrait bien plus heureux sans ses visites impromptues pour lui donner contre son gré son avis sur sa façon de vivre.

Peut-être était-elle repartie à Londres ?

Il se figea à nouveau. Était-elle rentrée chez elle retrouver la longue parade de bals, fêtes, pièces de théâtre, pique-niques et autres mondanités qui remplissaient sans nul doute son calendrier ? Sans doute brillait-elle à chacun de ces événements, entourée d'une horde d'admirateurs gauches comme Lord Pratley. Eh bien, qu'ils la gardent ! Et qu'elle retourne donc à ce style de vie, si c'était ce qui lui convenait ! Ce n'était pas pour lui. Et comment *osait-elle* penser qu'il aurait dû vivre de cette façon ? Ce n'était pas parce qu'elle aimait passer ses journées à rire et à se divertir de façon frivole que c'était ce qu'il désirait, lui aussi.

Il se remit à faire les cent pas au milieu de son salon, puis s'arrêta de nouveau brutalement. Et à ces fêtes, bals et pique-niques, embrassait-elle un autre homme ? Un autre que lui était-il en train de déchaîner cette passion brute et sauvage qui sommeillait en elle, comme il l'avait fait lorsqu'il l'avait tenue dans ses bras ? Un autre que lui était-il en train de l'étreindre fermement, de presser son corps doux et tendre contre le sien ?

Sans s'en rendre compte, il serra les poings jusqu'à enfoncer ses ongles dans la chair de ses paumes. Et pourquoi se soucierait-il de ce qu'elle faisait ou de qui elle embrassait ? Sa fourbe de mère pouvait bien faire chanter tous les gentilshommes de Londres pour les forcer à épouser Lady Iris, il s'en moquait complètement ! Au moins, il était désormais à l'abri de ce terrible destin !

Oui, c'était un soulagement, vraiment, qu'elle soit rentrée à Londres, loin de lui. Elle pourrait librement piéger un autre homme pour lui passer la corde au cou. Non, il se montrait injuste. Elle n'avait jamais essayé de le forcer à l'épouser. Pourtant, si elle l'avait souhaité, elle aurait pu sans difficulté. Et sa mère aurait également pu exiger leur union au lieu d'un simple festival sur son domaine.

Mais il demeurait soulagé qu'elle soit partie, de retour à son ancienne vie et hors de la sienne.

Il fit volte-face et se figea. Mais il n'était pas tout à fait certain qu'elle était rentrée à Londres. Peut-être logeait-elle toujours chez les Walberton ? Sa mère n'avait-elle pas mentionné qu'elles y resteraient le mois entier ? Mais ce temps était pratiquement écoulé. Elles avaient déjà rallongé leur séjour une fois, il n'y avait aucune raison pour qu'elles s'attardent davantage. Lady Iris se trouvait peut-être encore à quelques minutes de marche de Greystone… il pouvait à nouveau être victime d'une visite importune, et ce à tout moment !

Peut-être ferait-il mieux de s'en assurer, juste pour apaiser son esprit. Il pouvait se rendre à pied chez les Walberton et leur demander si, oui ou non, leurs invitées avaient quitté le comté. Il pourrait alors la sortir définitivement de ses pensées, certain de ne plus jamais être dérangé par Lady Iris ou sa mère. Max apprécierait la promenade et l'exercice lui ferait du bien, à lui aussi. Ce pourrait même être le remède idéal pour cet excès d'énergie qui électrisait tout son corps. Il connaissait suffisamment bien le chemin et, avec Max à ses côtés, il ne devrait avoir aucun mal à s'orienter.

Oui, c'était une excellente idée. Il sonna la clochette pour appeler Charles.

— Apportez-moi mon manteau, mon chapeau et ma canne, demanda-t-il avec une détermination toute neuve. Je vais sortir me promener avec Max.

— Bien, monsieur, répondit Charles. Mais vous avez de la visite. Dois-je d'abord la faire entrer ?

Chapitre 21

— Pardon ? gronda Theo, bien qu'il ait parfaitement entendu.

Le majordome toussota :

— Il s'agit de Lady Estelle Redcliffe, monsieur.

Comme si ses poumons avaient été perforés, Theo poussa une exclamation étranglée.

— Faites-la entrer, Charles, ordonna-t-il, surpris que le choc se soit si vite transformé en dépit.

Il avait cru que Charles allait annoncer Lady Iris. Mais dans ce cas, pourquoi ressentait-il une telle déception ? Il avait attendu cet instant pendant six ans.

Quand le majordome fut ressorti, il approcha de son fauteuil, saisit sa veste, l'enfila et se figea. Theo n'avait pas oublié la dernière fois où Lady Redcliffe s'était trouvée entre ses murs… encore une débutante, sa fiancée qu'il était impatient d'épouser et d'emmener en Italie pour leur voyage de noces. La femme avec laquelle il avait planifié tout son avenir. Mais ce temps-là était révolu et Theo n'était plus le même homme. Elle allait voir ce qu'il était devenu. Un pitoyable invalide, un reclus qui ne s'était jamais remis de la douleur que lui avait causée son abandon. Un homme qui, comme l'avait dit Lady Iris, s'était caché du monde pour tenter de soigner ses blessures, trop brisé pour reprendre sa place dans la société.

— Theo, comme il est bon de vous revoir !

Sa voix n'avait pas changé. Toujours aussi légère. Toujours aussi insouciante et mélodieuse. C'était une voix qui l'avait autrefois ensorcelé.

— Lady Redcliffe, répondit-il en s'inclinant profondément.

— Je suis navrée de me présenter sans avoir été invitée, mais j'étais certaine que vous ne m'en voudriez pas. Allez-vous me proposer de m'asseoir ?

Il désigna d'une main le fauteuil installé devant la cheminée, celui qui avait été placé là pour que Lady Iris puisse se réchauffer et se sécher après être arrivée chez lui trempée jusqu'aux os. Le siège depuis lequel elle avait questionné ses choix de vie. Celui dont il l'avait pratiquement éjectée avant de lui annoncer de façon très claire qu'il ne voulait plus jamais la revoir.

— Je saluais vos voisins et je me suis dit que je ne pouvais décemment pas passer si près de chez vous sans venir présenter mes respects, expliqua-t-elle en s'asseyant.

Theo se demanda s'il devrait lui faire remarquer qu'elle vivait à une très courte distance de Greystone, mais qu'elle était malgré tout parvenue à l'éviter pendant six ans. Six années pendant lesquelles il avait désespérément souhaité qu'elle lui rende visite.

— Vous êtes la bienvenue, ici, Lady Redcliffe, répondit Theo sans vraiment savoir si c'était la vérité.

— Oh ! je vous en prie, appelez-moi Estelle. Et asseyez-vous ! À moins que vous n'ayez besoin d'assistance ?

Il entendit le froissement de son jupon lorsqu'elle se leva.

— Non, merci, je n'ai perdu que la vue, pas le reste

de mes capacités, répliqua-t-il en s'installant dans le second fauteuil.

— Oui, je commence à m'en rendre compte, répondit-elle avec un sourire dans la voix avant de marquer une pause, comme si elle prenait le temps de le jauger. C'était un *tel* plaisir de vous recroiser, l'autre soir chez les Walberton. J'espère que vous aussi étiez heureux de me voir ?

Elle s'interrompit à nouveau, puis éclata de rire :

— Enfin, vous ne pouviez pas réellement me voir, n'est-ce pas, mais vous me comprenez ?

Il réprima sa colère face à sa tentative d'humour et se contenta de hocher la tête.

— C'est vraiment un plaisir de vous retrouver, Theo. Vous avez bonne mine, je dois dire. Bien meilleure que je ne l'aurais imaginé.

Elle s'agita sur son siège, faisant crisser le satin de sa robe.

— Mais vous avez toujours été un homme séduisant. Et vos cicatrices se sont presque estompées, à présent.

Il entendit sa voix se rapprocher lorsqu'elle se pencha vers lui.

— Elles sont loin d'être aussi hideuses que ce que l'on m'avait rapporté.

— J'ignore à quoi ressemblent mes cicatrices. Comme vous l'avez fait remarquer, je ne peux pas les voir.

Theo ne comprenait pas pourquoi il était si furieux contre Lady Redcliffe. Était-il devenu si grincheux qu'il ne parvenait plus à s'apaiser lorsque la femme qu'il avait aimée se trouvait en face de lui ? Une femme qui avait hanté ses pensées pendant ces six dernières années. Même s'il devait admettre que cela avait changé, récemment… Il ne songeait plus aussi souvent à Estelle depuis quelque temps. Les semaines passées, Lady Iris avait régulièrement fait irruption dans son esprit, au point d'en chasser tous les souvenirs de la femme qu'il avait autrefois juré d'aimer jusqu'à sa mort.

— Eh bien, croyez-moi sur paroles, elles ont presque disparu.

Et pourtant, vous ne cessez d'en parler.

— Et vous semblez surmonter votre handicap avec beaucoup d'aisance, poursuivit-elle.

— Je me débrouille. Et vous-même, Lady Estelle ? Je suppose que la vie de femme mariée de la haute noblesse vous comble à tout point de vue ?

Il était curieux de savoir si elle était heureuse et impatient d'éloigner la conversation du sujet de son infirmité.

Elle s'agita sur son siège :

— C'est en partie la raison de ma visite, Theo. Je tenais à m'excuser d'avoir choisi Lord Redcliffe plutôt que vous.

Ce fut au tour de Theo de se tortiller dans son fauteuil, croisant les jambes et se redressant contre son dossier. Il n'avait guère envie de retourner le couteau dans la plaie, de repenser à cet instant fatidique où elle l'avait abandonné quand il avait eu le plus besoin d'elle.

— À l'époque, je croyais réellement avoir fait le choix le plus rationnel, poursuivit-elle d'un ton implorant. Le seul choix qu'il me restait vraiment. J'espère que vous comprenez, Theo.

Il n'avait pas compris, à l'époque, et n'était toujours pas sûr d'y parvenir aujourd'hui.

— Mais ce n'est pas exactement ce que vous m'avez demandé, n'est-ce pas ? reprit-elle. Vous m'avez demandé si la vie de femme mariée de la haute noblesse me comblait à tout point de vue.

— Est-ce le cas ?

— Eh bien, j'admets que j'adore mon statut de femme

mariée… il s'accompagne de tant de libertés. Et j'adore ma position dans la société, le rang que me confère le titre d'épouse d'un comte.

— Vous avez donc tout ce dont vous rêviez. Peu de gens peuvent en dire autant.

— Mais vous me manquez, Theo, dit-elle doucement, comme si elle avait baissé la tête.

Elle aussi lui avait affreusement manqué, Theo devait bien le reconnaître. Pendant ces six dernières années, il n'avait cessé de se demander à quoi aurait ressemblé son existence s'il n'avait pas été blessé pendant cet incendie. Il aurait été marié à la dame de ses pensées. Ils auraient eu une vie charmante. Sans doute auraient-ils eu des enfants. Au lieu de cela, il avait vécu seul avec son chagrin et sa colère pour unique compagnie, pendant que la femme qu'il aimait se trouvait avec un autre homme.

— J'espère vous avoir manqué aussi, Theo.

— Oui, terriblement, reconnut-il avec honnêteté. Mais ce qui est fait est fait.

— Mais cela ne veut pas nécessairement dire que tout doit se terminer, s'empressa-t-elle de lui répondre.

Theo fronça les sourcils. Bien sûr que tout était terminé. Elle avait épousé quelqu'un d'autre.

Elle baissa la voix :

— Comme je vous l'ai dit, les femmes mariées jouissent de certaines libertés. J'ai fait mon devoir d'épouse en donnant à mon mari deux beaux et solides garçons. Il m'autorise désormais à profiter des mêmes opportunités que celles qu'il a saisies pendant toute notre vie conjugale. Des opportunités que je compte bien savourer à mon tour. Avec vous.

Theo demeura muet, choqué par la tournure de cette conversation.

— Vous voyez ce dont je veux parler, n'est-ce pas ?

Il resta coi.

— Allez-vous me forcer à le dire à voix haute ?

Elle patienta, mais il préféra ne rien répondre.

— Oh ! Theo, ne comprenez-vous pas ? Je vous offre de devenir votre maîtresse.

Une fois encore, il choisit le mutisme.

Elle gloussa avec légèreté

— Si vous voulez de moi, bien sûr.

Mais son rire indiquait clairement qu'elle s'attendait à ce qu'il accepte sans réfléchir. Alors pourquoi hésitait-il ?

— Si vous craignez que vos voisins l'apprennent, rassurez-vous, s'empressa-t-elle d'ajouter, visiblement persuadée que c'était cette inquiétude qui l'empêchait de répondre. Personne n'en saura rien. Je rends régulièrement visite à Lady Walberton, ce qui profiterait parfaitement à notre accord. Nous n'aurions qu'à être très discrets.

Elle baissa la voix :

— Je sais combien vous me désiriez, Theo, et combien vous me désirez toujours. Aujourd'hui, je peux enfin devenir vôtre.

— Je ne pense pas que ce soit une bonne idée, Lady Redcliffe, finit-il par répondre, surpris par sa propre réaction.

Elle gloussa à nouveau, mais son rire teinté d'amertume n'avait plus rien de mélodieux.

—Vous n'avez pas besoin de vous montrer aussi honorable. Mon époux ne se donne guère cette peine.

Elle s'interrompit et inspira profondément avant d'ajouter :

— Oh ! Theo, je suis si malheureuse. Mon mari ne m'aime plus, lui dévoila-t-elle soudainement. Depuis qu'il a eu ses fils, il ne me touche pratiquement plus. Lorsqu'il m'a épousée, il semblait ne jamais pouvoir se lasser de moi. Il me couvrait de cadeaux et me répétait sans cesse que j'étais d'une beauté époustouflante. À présent, c'est à peine s'il m'adresse la parole et je sais qu'il a une maîtresse à Londres.

Elle se tut un instant et, quand elle parla à nouveau, sa voix était pleine d'amertume et de défi :

— Je ne vois pas pourquoi je ne pourrais pas en faire autant. Je suis certaine qu'il s'en moquerait.

Était-ce le rôle qu'elle espérait qu'il endosse ?

Elle s'offrait à lui afin de se venger de son époux infidèle qui avait cessé de flatter sa vanité ? Elle souhaitait que Theo vante sa beauté et la couvre de cadeaux à son tour ? C'était un rôle qu'il avait été heureux de jouer six ans plus tôt, mais aujourd'hui ?

Elle se mit debout et s'approcha de lui :

— Dites-moi, Theo, dites-moi que vous serez mon amant.

Il voulut se lever aussi, mais elle plaqua une main sur son épaule :

— Mais je suis sotte. Je sais que vous me désirez. J'ai vu votre réaction lorsque nous nous sommes croisés au dîner des Walberton.

Elle se pencha vers lui et approcha son visage du sien.

— Vous pourriez enfin me faire vôtre, Theo, murmura-t-elle à son oreille. Non comme épouse, mais comme amante.

Elle effleura sa joue d'une caresse légère.

— Mon mari n'attend pas mon retour avant ce soir, susurra-t-elle, son sous-entendu étant très clair.

Theo saisit son poignet et se leva brusquement :

— Lady Redcliffe, vous êtes une femme mariée. Vous avez fait vœu de fidélité envers votre époux.

— De fidélité ? Envers mon époux ? répéta-t-elle

d'un ton soudain dur. Vous ne savez rien de ma vie. Mon époux ne m'aime plus.

Sa voix s'adoucit aussitôt :

— Mais vous, oui. Quand je vous ai vu au dîner des Walberton, quand j'ai remarqué votre réaction à ma présence, j'ai su que vous étiez toujours amoureux de moi.

Elle se pencha vers lui :

— Mon époux ne m'a jamais aimée comme vous le faisiez, Theo. Comme vous pourriez encore le faire.

— Vous avez fait votre choix il y a six ans, Estelle, répondit-il avec douceur.

— Dois-je comprendre que vous comptez vraiment refuser ma proposition ?

Elle rit devant l'absurdité de cette possibilité.

— Absolument.

Theo n'en revenait pas lui-même.

— Je suis navré que votre union ne vous ait pas comblée comme vous l'espériez. Mais le temps pour vous et moi est révolu. Je pense que vous devriez retourner auprès de votre époux.

— Comment ? Êtes-vous sérieux ? *Je m'offre à vous*, Theo. Vous savez très bien que j'aurais pu avoir n'importe quel autre homme, lorsque nous nous sommes rencontrés. Et je suis toujours une femme désirable. De nombreux gentilshommes seraient heureux de me prendre comme amante.

— Dans ce cas, je vous souhaite bonne chance avec eux.

Elle recula brusquement, comme s'il l'avait giflée.

— Vous avez changé, Theo. Ce feu a fait bien pire que vous voler votre vue et vous défigurer. Il a aussi fait de vous un imbécile.

— Je suis navré que ma décision vous blesse. Ce n'était pas mon intention.

— Vous vous imaginez sans doute que cette jolie petite chose qui vous tenait compagnie au dîner des Walberton s'intéresse à vous, rétorqua-t-elle avec fiel. Croyez-moi quand je vous dis que vous vous fourvoyez. Elle est presque aussi belle que moi et ne manque certainement pas de prétendants. Jamais elle ne choisira un invalide défiguré pour époux.

— Estelle, vous êtes en colère. Vous feriez mieux de partir avant que vos paroles ne dépassent votre pensée, répondit-il, surpris de prendre toute cette situation avec autant de calme et de détachement.

— Vous perdez votre temps, avec elle. Elle vous a peut-être fait l'honneur de vous parler pendant le dîner, mais tout cela ne vous mènera à rien. Ce genre de jolies filles joue avec les hommes comme vous simplement pour s'attirer l'attention de meilleurs partis. Je connais les stratagèmes des femmes et, croyez-moi, Lady Iris n'est pas pour vous.

Était-ce cela qui avait ravivé l'intérêt d'Estelle pour lui ? Était-elle jalouse qu'une autre femme réputée pour sa beauté ait parlé et ri avec lui ? Était-elle réellement si mesquine ?

— Lady Iris faisait uniquement preuve de compassion parce que vous êtes un invalide, poursuivit-elle. Vous n'imaginez tout de même pas avoir plus de chances de l'épouser, *elle*, que vous n'en aviez de m'épouser, moi ?

— Non, vous avez probablement raison, dit-il.

— Oh. Bien, dans ce cas, haleta-t-elle d'une voix manquant de conviction, au moins, vous ne passerez pas pour un imbécile devant elle. Et je sais de source sûre que Lord Pratley et Lady Iris sont pratiquement fiancés.

Theo aboya un rire sans humour. La dernière fois qu'il avait parlé avec Lord Pratley, il lui faisait *pratiquement* la cour. À présent, ils étaient *pratiquement* fiancés. Sans doute bientôt seraient-ils *pratiquement* mariés.

— Je ne vois pas ce que cela a de drôle, cracha Estelle. C'est vous qui ferez ricaner toute la haute société si vous vous ridiculisez en faisant la cour à Lady Iris.

— Je pense qu'il est temps que vous partiez.

Il tendit la main et agita sa cloche une fois.

— Pourriez-vous raccompagner Lady Redcliffe jusqu'à la sortie, je vous prie ? demanda-t-il à Charles quand le domestique se présenta.

Soufflant bruyamment sa frustration, Estelle quitta la pièce dans un frou-frou de tissu précipité. Theo se laissa choir dans son fauteuil et secoua lentement la tête, incrédule. Il avait gâché toutes ces années à pleurer la perte de quelque chose qui n'avait jamais existé. Il s'était cru amoureux de Lady Estelle, mais il comprenait à présent qu'il ne l'avait jamais vraiment connue. Sa beauté rayonnante et sa propre fierté masculine l'avaient aveuglé bien plus sûrement que l'incendie. Il lui avait fallu perdre la vue pour enfin voir la vérité.

Oui, il avait gaspillé six années de sa vie, mais il était hors de question d'en galvauder une seconde de plus.

Il appela Charles et lui demanda de lui ramener son manteau, sa canne et la laisse de Max. Theo était plus déterminé que jamais à marcher jusqu'au domaine des Walberton, mais cette fois avec un objectif bien différent.

Chapitre 22

Lorsque Theo se présenta à la porte de la demeure, le domaine des Walberton était en proie à une telle effervescence qu'il eut l'impression de se retrouver au cœur d'une fourmilière. Plusieurs voitures étaient avancées ; les chevaux attelés s'ébrouaient et piétinaient le sol impatiemment. Des domestiques charriaient malles et boîtes, s'interpellaient pour se crier des instructions, tandis que d'autres effectuaient des allers et retours entre les équipages et le vestibule où étaient entassés davantage de bagages.

Theo espéra qu'il n'arrivait pas trop tard et que Lady Iris se trouvait encore chez les Walberton. Il arrêta un valet de pied qui passait et lui demanda d'emmener Max aux cuisines pour lui offrir un bol d'eau. Quand le domestique revint, il l'interrogea au sujet de Lady Iris :

— Savez-vous si elle réside toujours ici ?

— Oui, milord, répondit aussitôt l'homme en livrée. Mais madame la comtesse et sa fille vont bientôt partir. Ce sont leurs bagages que nous chargeons actuellement. Elles doivent prendre le train ce soir pour rentrer à Londres.

Theo poussa un profond soupir. Il ne s'était même pas rendu compte qu'il avait retenu son souffle. Il n'était pas trop tard.

— Pourriez-vous s'il vous plaît informer Lady Iris que Lord Greystone demande une audience ?

L'homme s'en fut aussitôt et, à l'aide de sa canne, Theo grimpa le perron jusqu'au hall d'entrée, où il patienta anxieusement. Lorsque le valet de pied revint, il le conduisit au salon.

— Lord Greystone, dit Iris.

De doux froissements de soie accompagnèrent ses pas quand elle avança vers lui.

— Je ne pensais pas vous revoir. Je vous en prie, asseyez-vous.

Elle prit son bras et le mena jusqu'à un fauteuil. Theo attendit le frou-frou de tissu indiquant qu'elle avait pris place, puis il s'installa face à elle. Il n'avait guère réfléchi à ce qu'il comptait lui dire. Son unique certitude était qu'il avait besoin de lui parler, de se trouver à nouveau en sa compagnie, de tenter d'arranger les choses entre eux, même si c'était la dernière fois qu'il la voyait.

— Êtes-vous venu afin de me réprimander de vous avoir réprimandé ?

Elle gloussa avec son habituelle gaieté. Theo sourit. Il réalisait seulement maintenant qu'il en était venu à chérir ces petits rires qui ponctuaient la plupart de ses phrases.

— Non, Lady Iris. Je suis venu afin d'implorer votre pardon.

— Mon pardon ?

Il perçut l'incrédulité dans sa voix.

— Oui, pour tout ce que je vous ai fait endurer depuis notre première rencontre.

Elle demeura muette, mais Theo pouvait aisément l'imaginer en train de le dévisager, les yeux écarquillés de stupeur. Il n'avait jamais été homme à se repentir. Du moins, jamais n'en avait-il pris la peine jusqu'à ce qu'il croisât la route de Lady Iris, et malheureusement, ces excuses-ci s'avéraient tout aussi difficiles à présenter que le semblant de regret qu'il lui avait exprimé quelques semaines plus tôt. Mais il se devait de persévérer. Il était essentiel pour lui de retrouver l'estime de Lady Iris avant qu'elle ne quitte le comté pour toujours.

— Je me suis montré grossier, brusque et terriblement impoli et vous ne méritiez pas cela.

Encore pas de réponse. Avait-il tant choqué cette délicieuse discoureuse qu'elle en avait perdu sa langue ? Il espérait que non.

— Et malgré la manière abominable dont je vous ai traitée, vous êtes demeurée avec moi bienveillante et courtoise en tout temps.

— Bienveillante ? *Courtoise* ? À notre dernière rencontre, j'ai critiqué sans vergogne votre façon de vivre et vous m'avez très clairement fait comprendre que vous n'appréciiez guère mes remontrances.

— Et je tiens à vous présenter mes excuses pour mon comportement. Vous avez certes questionné mes choix, mais je sais à présent que vous l'avez fait avec cœur et les meilleures intentions du monde. Vous êtes une femme charmante et attentionnée, d'une chaleur et d'une générosité rares. J'aurais dû prendre le temps de réfléchir à vos aimables conseils. Au lieu de cela, j'ai répondu à votre gentillesse par des invectives et de la colère.

— Oh !

Elle demeura muette un instant.

— Je ne vous contredirai pas sur ce point, finit-elle par reconnaître en adoptant à nouveau ce ton taquin qu'il adorait davantage à chaque minute passée en sa compagnie.

Theo sourit, puis reprit plus sérieusement. Il avait

tant à lui relater… Il ne pouvait se laisser distraire par le carillon mélodieux de sa jolie voix.

— Je n'en avais pas conscience sur l'instant, mais je comprends maintenant que tout ce que vous m'avez dit était exact.

— Je… Vous… Vraiment ?

Son exclamation ébahie lui tira un nouveau sourire.

— Avant que vous entriez dans ma vie, je n'avais jamais réalisé combien j'étais en colère, lui expliqua-t-il. J'étais furieux contre tout et tout le monde pour ce que j'avais perdu. Ce que je *croyais* avoir perdu. Je voulais punir le monde entier, alors je me suis replié sur moi-même. Vous m'avez fait comprendre que la seule personne que je punissais en agissant ainsi… c'était moi.

Il inspira profondément afin de chasser la colère qui l'envahissait, une colère qui n'était plus destinée au monde, mais à lui-même, à l'homme qu'il avait été.

— Vous m'avez montré que la seule personne que je blessais, c'était moi. Je pouvais vivre avec cette prise de conscience, mais je ne pouvais continuer en sachant que j'avais fait preuve d'une grossièreté impardonnable envers la femme qui avait eu la bonté et le *courage* de me dire la vérité. Pour tout cela, je vous présente à nouveau mes plus humbles excuses.

— Oh ! Theo, je ne puis vous blâmer pour votre réaction. Pas plus que je ne vous blâme de vous être renfermé. N'importe qui en aurait fait autant après cet incendie et… vous savez. Lady Redcliffe et tout le reste.

— Oui, reconnut-il avec un soupir résigné. L'incendie, Lady Redcliffe et tout le reste. Telles étaient les injustices auxquelles je m'étais raccroché, si férocement d'ailleurs qu'elles m'entraînaient vers le fond. J'étais comme un homme qui se noie. Ce n'est que lorsque j'ai enfin lâché prise que j'ai pu refaire surface.

— J'en suis si heureuse.

Il pouvait entendre son sourire dans sa voix.

— Je souhaiterais également remercier votre mère avant que vous ne partiez pour Londres.

— Ma mère ? s'exclama-t-elle. Voulez-vous la remercier de vous avoir tourmenté ou de vous avoir fait chanter ?

Il rit en percevant le choc dans sa question.

— Un peu des deux. J'aimerais la remercier de m'avoir forcé à assister à ce dîner. Si je n'avais pas participé à cette soirée, je n'aurais jamais recroisé Lady Redcliffe.

— Oh ! je vois.

Mais la déception clairement discernable dans sa voix lui apprit qu'elle n'avait pas du tout compris son propos. Theo s'interrompit pour réfléchir, déterminé à tout lui expliquer correctement.

— Quand Lady Redcliffe est venue me parler après une séparation de plusieurs années, je dois bien admettre que cette rencontre m'a dévasté. Comme vous le savez, j'avais été amoureux d'elle autrefois, nous devions nous marier. Me trouver à nouveau en sa compagnie et en compagnie de l'homme qu'elle avait finalement épousé m'a rappelé tout ce que j'avais perdu et n'aurais jamais.

— Je sais, j'en suis tellement navrée. Tout comme ma mère. Elle ignorait tout de votre passé avec Lady Redcliffe, à l'époque.

Theo leva les mains pour l'interrompre :

— Ce n'est pas ce que je voulais dire et ni vous ni votre mère n'avez d'excuse à me présenter. Cette rencontre avec Lady Redcliffe a également changé ma vie.

Il l'entendit inspirer brusquement, puis d'un ton grave, elle répondit :

— Je vois.

Une fois encore, il sut qu'elle ne comprenait pas, qu'il ne se montrait pas suffisamment clair.

— Recroiser Lady Redcliffe m'a fait prendre conscience que je n'avais jamais vraiment été amoureux d'elle. Que je n'avais même jamais vraiment su ce qu'était l'amour.

— Elle… Vous… Vraiment ?

Sa confusion lui tira un sourire.

— Je *croyais* être amoureux d'elle. Elle était la plus belle femme de ma connaissance et je m'étais laissé éblouir. Je sais désormais que c'était la seule chose dont je m'étais épris : sa beauté physique. Et que j'étais un homme affreusement superficiel. J'aimais me pavaner avec la débutante la plus désirable de la saison à mon bras, j'aimais susciter l'envie de tous mes pairs. Et pendant six ans, je me suis lamenté d'avoir perdu tout ceci… alors que je n'avais rien perdu du tout. Et certainement pas l'amour.

Il réprima la colère qui l'envahissait chaque fois qu'il repensait à toutes ces années gâchées et s'efforça de continuer.

— Quand elle m'a rejeté parce que je n'étais plus celui que j'avais été, parce que j'étais devenu un aveugle défiguré, je me suis renfermé sur moi-même. Je détestais ne plus être celui que tous les autres hommes enviaient. Après l'incendie, je ne pouvais plus être cet homme-là, alors je me suis caché comme un ermite et j'ai évité les gens, car je ne supportais pas l'idée que l'on s'apitoie sur mon sort. Mais la seule personne à s'apitoyer, c'était moi. Je m'apitoyais sur mon propre sort, sur ce que j'avais perdu, sans me rendre compte que je n'avais rien perdu. Je comprends aujourd'hui que le seul être qui mérite notre pitié, c'est l'homme superficiel que j'étais autrefois, celui qui ne se souciait que des apparences. Ma rencontre avec Lady Redcliffe après tout ce temps m'a enseigné cette dure leçon et c'est à votre mère que je le dois.

— Elle sera ravie de l'entendre. Elle n'avait pas eu l'intention de vous blesser et s'était sentie terriblement coupable après le dîner.

Elle s'interrompit avant d'ajouter :

— Même si cela ne l'a pas empêchée de vous faire chanter pour héberger son festival, ce qu'elle n'aurait jamais dû faire non plus.

— Au contraire. Je lui dois des remerciements pour cela également. Vous aviez entièrement raison. Je me suis beaucoup amusé ce jour-là. J'ai eu beau tenter de le nier, me retrouver en compagnie de tous ces gens m'a fait grand bien, tout comme le fait d'entendre à nouveau des rires et de l'activité sur mon domaine.

— C'est formidable. Dois-je en déduire que vous comptez reprendre votre place dans la société ?

— Oui, je l'espère.

— J'en suis enchantée. Vous méritez d'être heureux, Theo.

— Mais je ne suis pas venu ici dans le seul but de vous présenter mes excuses, continua-t-il. Je suis également venu vous dire à quel point je vous admire.

— Vous ? Vous m'admirez... *moi* ?

— Oui, vous êtes une femme d'une remarquable beauté.

— Oh ! je vois.

Il perçut la déception dans sa voix.

— Je sais que vous êtes d'une grande beauté, car les réactions des hommes en votre présence ne trompent pas, toutefois, ce n'était pas tout à fait le sens de mes propos. Je parlais d'une autre forme de beauté. Vous possédez une belle âme, un cœur merveilleux. Vous êtes douce, généreuse, clémente et brave, et pour toutes ces raisons, vous êtes la plus belle femme que j'aie jamais rencontrée.

— Je vous admire également, Theo, répondit-elle avec un sourire dans la voix. Pour votre force et votre courage.

Elle gloussa.

— Sans oublier votre charme ravageur, ajouta-t-elle, ce qui le fit rire. Non pas que je me soucie de choses aussi superficielles que les apparences, conclut-elle en riant à son tour.

Theo lui avait presque tout dit à présent, mais il demeurait un poids sur son cœur dont il tenait à se libérer avant qu'elle ne rentre chez elle. Il se leva, franchit la courte distance qui le séparait de Lady Iris et s'agenouilla devant elle.

— Lady Iris. Ce que je ressens pour vous dépasse la simple admiration.

Il inspira profondément dans l'espoir de reprendre contenance.

— J'ai également réalisé que j'étais tombé amoureux de vous.

Il patienta. Un interminable silence lui répondit, soudain brisé par une exclamation haletante :

— Vraiment ?

— Oui, Iris. Je vous aime.

Comme il était bon de prononcer à voix haute une vérité qu'il avait fuie pendant si longtemps !

— Je sais que vous devez rentrer à Londres ce soir et je n'attends rien de vous, mais je ne pouvais vous laisser partir sans vous faire part de ma plus profonde et sincère inclination. Vous rencontrer a bouleversé ma vie. Vous m'avez changé, vous avez fait de moi un homme meilleur. Vous avez ramené la lumière et la chaleur dans ma sombre et glaciale existence, comme le soleil qui réchauffe une froide journée d'hiver. Je sais que je ne suis pas digne de vous. Et je sais que je n'ai aucun droit d'espérer que vous m'aimiez en retour, mais pour vous, je jure de poursuivre mes efforts et de continuer à m'améliorer.

— Vous l'êtes… vous en avez le droit… vous le pouvez, balbutia-t-elle. Oh ! ce que je veux dire, c'est que vous *êtes* digne de moi et vous avez le droit d'espérer que je vous aime en retour, parce que c'est le cas. Et je crois que ça l'a toujours été.

— Je… Vous… Vraiment ? s'exclama-t-il d'une façon si similaire à la sienne qu'elle éclata de rire.

— Oui ! Je crois être tombée amoureuse de vous dès l'instant où je vous ai vu, assis devant l'âtre de votre salon, l'air sombre et grincheux. Je savais que sous cette mine austère se cachait un homme merveilleux avec un cœur noble. À notre première rencontre, quelque chose au plus profond de moi m'a murmuré que je me trouvais face à l'homme que j'allais é… dont j'allais m'éprendre.

— Épouser ? Étiez-vous sur le point de dire « épouser » ?

— Non, répondit-elle avec emphase. À moins que *vous* ne soyez sur le point de le dire ?

— J'admets que je l'espérais, mais je n'aurais jamais imaginé cela possible.

Il saisit ses mains douces et délicates au creux de ses paumes.

— Pouvez-vous réellement envisager de vous unir à un homme comme moi ? M'autoriseriez-vous à vous faire la cour ?

— Oh ! cessez de tourner autour du pot. Vous savez bien que j'en serais comblée, le coupa-t-elle avant de se pencher vers lui pour déposer un baiser sur sa joue.

Une déferlante de joie s'abattit sur Theo, d'une puissance telle qu'il n'en avait jamais connu. Il eut brusquement envie de chanter, de danser, de voir le monde entier aussi heureux que lui ! Mais il ne fit rien de tout cela. Il devait préserver sa dignité. Après tout, il fallait respecter les convenances.

— Dans ce cas, je tiens à faire les choses comme il se doit.

Il porta sa main à sa bouche et l'embrassa délicatement :

— Lady Iris Springfeld, me ferez-vous l'honneur de consentir à devenir mon épouse ? Si vous acceptez, je promets de faire tout ce qui est en mon pouvoir pour vous rendre heureuse, pour que vous vous sentiez aimée chaque jour de votre vie, car vous méritez un tel amour.

Elle demeura muette.

— Iris ? demanda-t-il à nouveau, avec un peu moins d'assurance. Consentez-vous à m'épouser ?

— Oh ! pardonnez-moi, s'exclama-t-elle d'une voix étranglée. Je souriais en hochant la tête… L'émotion… Mais j'aurais dû vous dire oui, Theo. Oui, j'accepte de vous épouser. Oui, oui, oui.

Theo n'aurait jamais cru qu'il puisse exister plus grande allégresse que celle qu'il avait ressentie lorsqu'elle lui avait avoué son amour. Mais il s'était trompé. L'entendre accepter sa demande en mariage propulsa son bonheur jusqu'au firmament. Il était si fou de joie qu'il en eut presque le vertige.

— Dans ce cas, je vais m'empresser de demander à vos parents l'autorisation de vous courtiser. Pensez-vous qu'ils me l'accorderont ?

— Je peux d'ores et déjà vous garantir que ma mère y consentira. Et si vous avez son accord, il va de soi que vous obtiendrez automatiquement celui de mon père.

Elle se tut, mais Theo était certain qu'elle souriait.

— Mais si vous tenez à vous en assurer, vous pourriez

m'embrasser à nouveau. Si ma mère nous découvre, elle n'aura d'autre choix que de vous forcer à m'épouser.

Il rit. C'était une merveilleuse idée. Theo se releva, enlaça Lady Iris et l'embrassa tendrement, savourant son arôme féminin, se délectant de la douceur de sa peau soyeuse.

Il avait eu l'intention de déposer un simple baiser sur sa bouche, pour sceller leur engagement, mais lorsqu'il se retrouva les bras chargés de son corps chaud et vibrant, ses lèvres contre les siennes et qu'Iris saisit délicatement des joues entre ses paumes, il ne put se contenir bien longtemps. Il l'étreignit avec force et l'embrassa avec passion, comme pour s'unir à elle, pour ne plus faire qu'un. Et elle lui rendit son baiser avec tout autant de férocité. Elle plongea les doigts dans ses cheveux, maintenant son visage contre le sien, comme si elle craignait qu'il prenne la fuite. Mais elle n'avait rien à craindre. Pour la première fois de son existence, il se trouvait exactement là où il voulait être… là où il espérait demeurer toute sa vie. Dans ses bras. Theo laissa ses paumes glisser le long de son dos et franchir la courbe de ses hanches. Sentir la rondeur de ses fesses à travers son jupon manqua de lui faire perdre la tête. Oh ! comme il était impatient de savourer leur nuit de noces ; il pourrait enfin la débarrasser de ses vêtements et explorer son corps. Il comptait bien toucher, caresser et embrasser chaque pouce de sa peau. Theo n'était pas certain de réussir à résister à la tentation de passer à l'acte maintenant. Ils prévoyaient de se marier… aurait-ce vraiment été si inconvenant ?

Derrière lui, comme s'il provenait d'une autre planète, le grincement d'une porte que l'on ouvre retentit.

— Iris, nous devons nous préparer à…

La matrone s'interrompit lorsqu'elle les découvrit. Elle semblait peiner à consigner ce qu'elle voyait.

— Oh ! mère, vous nous avez surpris… quel dommage ! s'exclama Iris avec un rire dans la voix, ses bras toujours enroulés autour des épaules de Theo, ses lèvres à quelques pouces des siennes. Je crois que vous allez devoir forcer le comte à m'épouser, finalement.

— C'est ce que je constate.

Lady Springfeld bondit vers l'avant. Theo recula d'un pas, s'attendant au pire.

— Oh ! je suis tellement heureuse pour vous deux ! scanda la matrone en prenant leurs mains, ce qui acheva de choquer Theo. Je crois n'avoir jamais vu de couple plus amoureux ni mieux assorti.

Elle les libéra :

— Oh ! Seigneur ! Je vais ordonner aux domestiques de décharger nos bagages et prévenir Lady Walberton que nos plans ont à nouveau changé.

Elle se précipita vers la porte :

— Et je suppose que je peux d'ores et déjà commencer à préparer un mariage. En attendant, faites comme si je n'avais jamais été là !

Lorsque l'huis claqua derrière elle, ils lui obéirent avec empressement.

Chapitre 23

Il ne fallut guère de temps avant que toute la famille d'Iris se présente pour rencontrer son promis, et bientôt la demeure de Theo résonna de leurs rires et causeries.

Cette grande, bruyante, chaleureuse et merveilleuse famille se composait de la benjamine d'Iris, Daisy, qui avait apporté sa bicyclette avec elle par le train pour explorer la campagne environnante ; de son aînée, Hazel, l'époux de celle-ci, Lucas, et leur fille, Lucy, qui malgré ses deux petites années, avait déjà hérité de la volubilité familiale ; de son frère, Nathaniel, et de ses parents. Le père d'Iris était le seul membre de la famille qui ne passait pas tout son temps à bavarder ou à plaisanter et il devint instantanément un allié de Theo face à toutes ces femmes pleines d'entrain.

Sookie, le petit carlin, faisait partie des visiteurs. Lorsqu'on lui présenta Max, chacun retint son souffle, car il était essentiel pour Iris et Theo que leurs compagnons à quatre pattes s'apprécient s'ils voulaient être assurés d'un heureux avenir ensemble. Les deux animaux se reniflèrent brièvement, Max semblant chercher à savoir si cette minuscule créature était bien un chien, mais l'enjouement de Sookie ne tarda pas à le convaincre et rapidement, ils se mirent à jouer. Chacun poussa un soupir de soulagement. Sookie et Max étaient maintenant les meilleurs amis du monde et, malgré leurs évidentes différences, ils passaient leurs journées à se courir après et leurs nuits à dormir recroquevillés l'un contre l'autre devant la cheminée.

Un noble lévrier irlandais s'entichant d'un petit carlin ne fut pas le seul changement surprenant à survenir dans la vie de Theo après qu'Iris et sa famille commencèrent à séjourner chez lui.

Iris proposa de lui lire certains de ses livres préférés, et Theo découvrit qu'il appréciait les romans gothiques… du moins aimait-il écouter Iris lui en faire la lecture. L'entendre lui narrer des récits de vampires, de maisons hantées et d'odieux meurtriers le fascinait, même si le son de sa jolie voix et le fait de partager ce plaisir simple avec elle contribuaient sans doute autant, si ce n'est davantage, à sa fascination que les histoires en elles-mêmes.

Mais plus surprenant encore que ses goûts littéraires inédits, qu'un lévrier irlandais jouant avec un carlin ou que Charles tintinnabulant en danseur Morris, fut la disparition de ses cauchemars. Dès l'instant où il se libéra enfin de ses démons pour entrevoir son avenir, un avenir avec Iris, ses tourments nocturnes s'évanouirent. Theo était impatient de se forger une nouvelle vie et il espérait ne jamais redevenir l'homme qu'il avait été avant que Lady Iris Springfeld fasse irruption à Greystone. Il était passé d'une existence austère et morne à une vie où le bruit et l'activité ne cessaient jamais… et il adorait cela ! Il faisait désormais partie d'une famille accueillante et heureuse qui l'enveloppait d'affection. Mais il y avait bien plus que cela. Il était amoureux pour la première fois. Vraiment amoureux.

Parfois, cet amour se trouvait simplement là, assis

en silence à l'arrière-plan, tel un cadre enjolivant son quotidien. Parfois, il bouillonnait à l'intérieur de lui et Theo ressentait le besoin de dire à Iris ce qu'il éprouvait, de crainte d'exploser. Quand cela se produisait et qu'ils étaient seuls, il pouvait s'autoriser à lui faire une déclaration passionnée. Mais si l'envie le prenait par surprise, lorsque sa famille était présente, par exemple, il devait alors se contenter de lui murmurer son amour à l'oreille, de lui saisir la main ou de toucher son bras pour lui rappeler toute la ferveur de son affection.

Theo était certain qu'à chaque nouvelle journée passée aux côtés d'Iris, son amour pour elle grandissait. Et s'il s'agissait d'une merveilleuse sensation, cela rendait également l'attente avant leur mariage de plus en plus difficile. Fort heureusement, ses parents s'accordèrent sur le fait qu'il n'était pas nécessaire pour le comte de courtiser la jeune femme sur une longue durée. Dieu merci.

Et finalement, après ce qui leur parut une éternité, le grand jour arriva. La cérémonie se tint dans l'église située aux abords du domaine de la famille d'Iris, dans le Dorset. Le couple devait ensuite séjourner une petite semaine à la demeure familiale des Springfeld avant de regagner les Cornouailles. Theo en fut profondément reconnaissant. Il n'était pas certain de pouvoir garder le contrôle pendant tout le voyage et il ne tenait pas à consommer le mariage dans un wagon couchette. Debout devant l'autel tandis que le vicaire récitait l'office, Theo fut tenté de dire à l'homme de se hâter. Quand enfin, il les déclara mari et femme, Theo pouvait à peine croire un tel bonheur possible. Mais lorsque le vicaire lui annonça qu'il pouvait embrasser la mariée, il réalisa qu'il s'était trompé, une fois de plus. Transporté d'une joie indescriptible, il se pencha en avant et embrassa délicatement sa femme, savourant la douceur de ses lèvres désormais familières et son arôme enchanteur de fleur d'oranger et d'eau de rose.

— Oh ! voilà qui était un peu trop sage à mon goût, lui murmura son impertinente épouse, ce qui tira un sourire à Theo.

— Hélas, nous devrons nous en contenter pour l'instant, Lady Greystone. Après tout, le vicaire nous observe, répliqua-t-il à son oreille, en profitant pour effleurer sa joue de ses lèvres. Vous devrez attendre que je vous aie pour moi seul.

— Hmm, seul et dépourvu d'une mise plus formelle, j'espère, chuchota-t-elle en retour.

Theo bascula la tête en arrière et partit d'un grand rire, même si ce genre de comportements était sans doute peu convenable dans une église. Iris se joignit au rire de son époux. *Son époux.* Existait-il plus merveilleuse phrase dans la langue de Shakespeare ? S'il était possible de mourir de bonheur, Iris était certaine que ses jours étaient comptés. Mais comment ne pas perdre la tête d'allégresse lorsque l'on épousait l'homme le plus formidable sur cette Terre ?

Elle aimait Theo Crighton. Chaque fois qu'elle songeait à lui, un petit frisson de plaisir parcourait tout son corps, comme en cet instant.

Le vicaire brandit les mains pour indiquer aux invités de se lever.

— C'est bon, il ne nous regarde plus, murmura Iris à Theo. Vous pouvez m'embrasser à nouveau.

— Et qu'en est-il de vos parents, de votre famille et des convives ? dit-il, riant toujours. Ou souhaitez-vous demander à toute la congrégation, ainsi qu'aux villageois, de fermer les yeux ?

— Je suis sûre que nous pourrions arranger cela.

Theo l'attira au creux de son étreinte et l'embrassa à nouveau sous les acclamations et les applaudissements de la petite foule. Prenant sa main, il la mena jusqu'à la sortie de l'église dont ils émergèrent sous un soleil rayonnant. Puis il l'embrassa encore, cette fois sous une pluie de pétales de rose tandis que les cloches retentissaient à travers la campagne.

— Et cette fois, ma chère, vous devrez vous en satisfaire jusqu'à ce soir, dit-il lorsqu'il libéra ses lèvres.

Iris résista à l'envie de bouder et de taper du pied. Elle n'avait d'autre choix que d'attendre. Il leur faudrait d'abord participer au repas du mariage, écouter les discours et danser avec les invités. Il était si tentant de dire à tout le monde de poursuivre sans eux, car ils avaient des choses bien plus importantes à faire. Mais Iris savait qu'elle en serait incapable. Elle avait beau mourir d'envie de se retrouver seule avec Theo, elle tenait également à partager ce merveilleux moment avec sa famille et ses amis.

Elle se tourna vers son mari adoré, qui souriait aussi largement qu'elle. En vérité, il souriait si souvent depuis qu'il avait commencé à la courtiser officiellement qu'il était difficile de croire qu'à peine quelques mois plus tôt, il n'avait jamais souri, jamais ri, son visage figé dans une expression sérieuse et lugubre. Désormais, Theo était devenu l'homme qu'elle avait toujours deviné sous ses manières brusques. Un homme aimant et charmant, parfaitement capable d'éprouver de la joie, de donner et de recevoir de l'amour.

Sa famille les encercla ; ils parlaient tous en même temps et leurs félicitations et vœux de bonheur se mêlaient au chant des cloches. Son aînée, Hazel, faisait une resplendissante demoiselle d'honneur et sa benjamine,

Daisy, avait troqué son éternelle tenue de cycliste contre une magnifique robe en soie crème et une couronne de marguerites fort à propos. Bien que persuadée que Daisy devrait être autorisée à vivre sa vie comme elle l'entendait et à se vêtir selon ses propres goûts, Iris était contente que sa petite sœur n'ait émis aucune objection à porter la toilette de demoiselle d'honneur qu'elle lui avait choisie.

— Je suis si heureuse ! s'exclama sa mère en embrassant Iris tandis que son père serrait la main de Theo. J'ai réussi à marier deux de mes filles. Plus qu'une, à présent ! clama-t-elle en essuyant une larme qui avait coulé sur sa joue.

Elle se tourna et adressa un large sourire à la benjamine :

— Et avec une aussi jolie parure, je suis certaine que je n'aurai aucun mal à trouver un époux convenable pour Daisy, comme je l'ai fait pour Hazel et vous.

Les trois sœurs levèrent les yeux au ciel à l'unisson avant d'éclater de rire. Iris n'avait guère le cœur à faire remarquer à leur mère qu'Hazel et elle avaient trouvé leurs époux toutes seules. Si Iris n'avait pas quitté le manoir des Walberton en plein milieu d'une tempête, elle n'aurait peut-être jamais rencontré l'amour de sa vie. Elle soupçonnait également Hazel d'être tentée de rappeler à la matrone qu'elle avait fait la connaissance de son époux dans des conditions fort peu conventionnelles et quelque peu scandaleuses. Quant à Daisy, chacun savait qu'elle n'avait aucune intention de se marier. Jamais. Tout ce qu'elle désirait, c'était vivre libre en tant que femme indépendante et explorer le monde depuis la selle de sa bicyclette. Mais hélas, Iris savait que leur mère ferait la sourde oreille au vœu de célibat de Daisy. Comme Lady Springfeld l'avait souvent répété à la benjamine, trouver l'amour et faire du vélo n'étaient pas des activités qui s'excluaient mutuellement.

Iris se tourna vers son époux, lequel était aux prises avec une interminable file de convives qui souhaitaient lui serrer la main et le féliciter. Le pauvre homme semblait épuisé et Iris refusait que l'on épuise son mari. Après tout, elle avait des projets pour ses merveilleuses mains, ce soir.

Un second frisson de plaisir la parcourut de la tête aux pieds lorsqu'elle songea à sa nuit de noces. Ils seraient enfin ensemble, seuls et mariés. Elle venait de jurer d'aimer Theo Crighton jusqu'à ce que la mort les sépare. Iris avait fait un unique autre serment, par le passé, celui de se marier par amour et elle l'avait tenu. Elle venait d'en faire un nouveau, mais Iris était certaine qu'elle n'aurait aucun mal à chérir son mari jusqu'à la fin de leurs jours.

Vous avez aimé ce livre ? Découvrez très bientôt *Pour le cœur d'un duc*, le nouveau roman d'Ann Lethbridge, dans votre collection Les Historiques.

Retrouvez prochainement,
dans votre collection

Les Historiques

L'esclave du Viking, de Caitlin Crews - N°978

Royaume viking d'York, Xe siècle

Elle l'a fait. Eithne, l'insignifiante esclave, s'est affranchie du joug d'Ulfric, ce sulfureux guerrier norrois dont elle était la captive. Dans son élan désespéré pour se libérer de ses chaînes, elle l'a même blessé de sa dague, laissant la marque indélébile de sa rébellion sur son beau visage sombre. Désormais, Eithne en est bien consciente, Ulfric la pourchassera jusqu'au bout du monde pour se venger d'elle ! Si le Viking entend lui rappeler combien il est dangereux de désobéir à son maître, Eithne doit résister à l'attrait qu'il exerce encore sur elle. Pas question pour elle d'abandonner sa liberté si chèrement acquise, pour l'homme détestable qui sait si bien faire éclore en elle ce désir indécent…

Noces à l'écossaise, de Jenni Fletcher - N°979

SÉRIE : ALLIANCES DANS LES HIGHLANDS - TOME 2

Écosse, début de l'automne 1360

Coira est désespérée. Pour éviter une guerre entre son clan et celui des Campbell, la voici contrainte de se marier… avec Fergus MacMillan, l'homme qu'elle a abandonné devant l'autel six ans auparavant ! Au simple souvenir de ce fiancé aussi attirant qu'effrayant, Coira ne peut s'empêcher de frissonner. Quel sombre traitement lui réservera-t-il, après sa trahison ? Fergus, sous ses airs de guerrier intraitable, est-il capable de lui pardonner ? Une chose est sûre : à l'idée de le revoir, Coira sent soudain son cœur battre très fort…

Le baiser du chevalier, de Ella Matthews - N°980

SÉRIE : LES CHEVALIERS DU ROI - TOME 3

Angleterre, XIVe siècle

Lorsqu'il s'éveille, Alewyn est subjugué. Une véritable beauté à la chevelure de feu se tient à son chevet. Elle dit s'appeler Lady Johanne et lui confie l'avoir mis à l'abri après l'avoir trouvé inconscient près du château de Brae. Lady Johanne… la femme soupçonnée de haute trahison qu'il est censé espionner pour le compte du roi ! Pour Alewyn, qui désire tant prouver sa valeur face aux chevaliers d'élite auxquels il appartient, ce tête-à-tête avec la douce lady représente une chance inespérée de mener à bien sa mission. Mais parviendra-t-il à jouer un double jeu auprès de Johanne, tout en résistant à l'attirance extrême qu'elle exerce sur lui ?

Les Historiques

HARLEQUIN

Pour le cœur d'un duc, de Ann Lethbridge - N°981

LONDRES, XIXE SIÈCLE

Il n'est jamais trop tard... pour devenir duchesse ?

Depuis le décès de son époux trois ans plus tôt, Amelia offre ses services de marieuse à la bonne société londonienne. Et elle est fière de sa réputation ! Elle veut donc le meilleur pour ses protégées, qui font leurs débuts dans le monde. Mais sa belle assurance s'envole lorsque, à l'occasion d'un bal huppé de la capitale, elle se retrouve face au très convoité duc de Stone. Cet homme insaisissable n'est autre que le diable au charme ravageur qui a autrefois anéanti tous ses espoirs... Maintenant qu'elle n'est plus une jeune fille innocente, Amelia saura-t-elle contrôler les émotions qu'éveille en elle ce duc au cœur de pierre ?

Les feux de la passion, de Denise Lynn - N°982

POITIERS, 1169

Mariée adolescente à un tout jeune homme qui s'est enfui sitôt après les noces, Adrienna a grandi sans jamais connaître ni rechercher le feu de la passion. Jusqu'au jour où, à la cour d'Aliénor d'Aquitaine, l'arrivée d'un chevalier diaboliquement séduisant fait très vive sensation. Un seul regard de l'étranger... et Adrienna se sent consumée, animée d'une faim nouvelle qui, désormais, ne va plus lui laisser de repos. Et, tandis qu'elle rêve en secret de se donner à lui, voilà qu'elle découvre avec stupeur que ce prétendu étranger n'est, en réalité, pas un inconnu pour elle. Il s'agit... de son époux, Hugh de Ryebourne, plus viril, plus impressionnant qu'autrefois, et qu'elle croyait ne plus jamais revoir !

Un Viking pour défenseur, de Meriel Fuller - N°983

Angleterre, 1069

Libérée des sables mouvants par un inconnu aux yeux de glace, Lady Gisela – déguisée en paysanne saxonne – ne peut que lui obéir. Elle consent donc à cheminer aux côtés de ce Viking pour l'aider à retrouver le bourreau de sa sœur s'il accepte en contrepartie de lui prêter main-forte pour libérer son frère, Richard, retenu au château de Pagenal. S'expose-t-elle à une menace supplémentaire en faisant confiance à cet homme dont elle ignore tout, ou s'assure-t-elle la protection d'un guerrier aussi puissant qu'attirant ?